风起云涌的变革时代　　个人命运的起起落落
周梅森以"人民的名义"书写近代中国大历史

周梅森 著

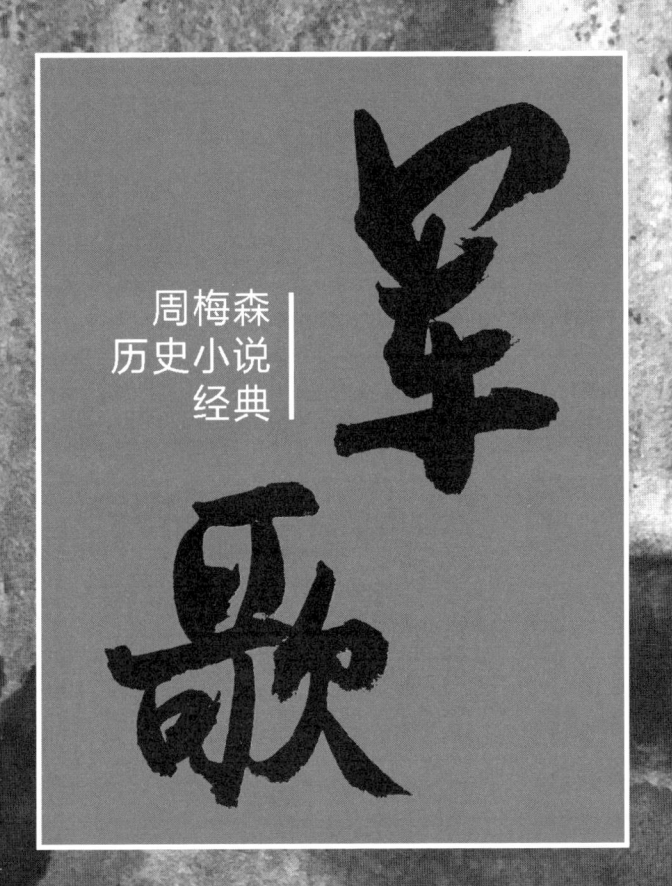

军歌

周梅森历史小说经典

江苏凤凰文艺出版社
JIANGSU PHOENIX LITERATURE AND ART PUBLISHING, LTD.

图书在版编目（CIP）数据

军歌 / 周梅森著. — 南京：江苏凤凰文艺出版社，2018.8
ISBN 978-7-5594-1653-7

Ⅰ. ①军… Ⅱ. ①周… Ⅲ. ①中篇小说－小说集－中国－当代 Ⅳ. ①I247.5

中国版本图书馆 CIP 数据核字(2018)第 043281 号

书　　　名	军歌
著　　　者	周梅森
责 任 编 辑	孙金荣　李　黎
装 帧 设 计	夏艺堂艺术设计+夏周
出 版 发 行	江苏凤凰文艺出版社
出版社地址	南京市中央路 165 号，邮编：210009
出版社网址	http://www.jswenyi.com
印　　　刷	江苏凤凰通达印刷有限公司
开　　　本	718×1000 毫米　1/16
印　　　张	18.5
字　　　数	250 千字
版　　　次	2018 年 8 月第 1 版　2018 年 8 月第 1 次印刷
标 准 书 号	ISBN 978-7-5594-1653-7
定　　　价	40.00 元

（江苏凤凰文艺版图书凡印刷、装订错误可随时向承印厂调换）

目录

军歌 // 001

冷血 // 099

日祭 // 191

军　歌

　　早就知道有个徐州喽。我们营有个大个子连长是徐州人,老和我谈徐州,还背诗哩:"九里山前古战场,牧童拾得旧刀枪。"说那里自古便是兵家必争之地。没想到,还真的争上了呢!和日本人争。民国二十七年三月,最高统帅部一声令下,咱五六十万人马"呼啦"上去了,先在徐州郊外的台儿庄打了一仗,揍掉日本人两三万兵马。哦,这就是轰动一时的"台儿庄大捷"。接下来,糟啦,被九个师团的日本人围住了。徐州防线崩溃,成千上万的弟兄成了日本人的俘虏。这大多数俘虏的情况我不清楚。只知道其中有千把号人被日本人押到一个煤矿挖煤,那个煤矿在苏鲁交界的地方,离徐州城也许百十里吧?

　　那年,我二十九岁,被俘时的军职是第二集团军二十七师机枪连连长,战俘编号是"西字第一○一二号"……

第一章

哨子响了,尖厉的喧叫把静寂的暗夜撕个粉碎。战俘们诈尸般地从铺上爬起,屁股碰着屁股,脑瓜顶着脑瓜,手忙脚乱地穿衣服、靸鞋子。六号大屋没有灯,可并不黑,南墙电网的长明灯和岗楼上的探照灯,穿过装着铁栅的门窗,把柔黄的光和雪白的光铮铮有声地抛入了屋里。铁栅门"哗啦"打个大开,战俘们挨在地铺跟前,脸冲铁门笔直立好,仿佛两排枯树桩。

六十军五八六旅一○九三团炮营营长孟新泽立在最头里,探照灯的灯光刺得他睁不开眼,耳旁还老是响着尖厉的哨音。每当立在惨白的灯光下,他总会产生一种错觉,以为那哨音是探照灯发出的。他的身影拖得很长,歪斜着将汤军团的一个河南兵田德胜遮掩了。田德胜一只脚悄悄勾着铺头草席下的鞋子,两手忙着扎裤子。不知谁放了一个屁,不响,却很臭,立在身后的王绍恒排长骂了声什么。

狼狗高桥打着贼亮的电棒子,引着两个日本兵进来了。电棒子的灯柱在弟兄们脸上一阵乱撞。后来,高桥手一挥,两个日本兵把一个弟兄拉了出去。孟新泽认出,那弟兄是耗子老祁。老祁在川军里正正经经做过三年排长,民国二十七年四月在台儿庄打得很好,升了连长,五月十九日徐州沦陷,做了俘虏。他那连长前后只当了十八天。

孟新泽心头一阵发紧,突然想尿尿,身后的王绍恒排长扯了扯他的衣襟,压低嗓门说了句:

"怕……怕要出事!"

声音仿佛是从遥远的天边飘来的。

孟新泽没作声,只把一只脚抬起,用脚跟在王绍恒脚尖上踩了一下。

高台阶上,高桥在叫:

"六号的,通通出来站队!"

孟新泽看看站在另一排头里的汤军团排长刘子平,二人几乎同时机械地迈着脚步,跨出了六号大屋的窄铁轨门槛。

院子里已站满了人。一号到五号的弟兄,已在他们前面排好了队,他们也驯服地走到固定的位置上站好了。孟新泽站在斜对着高台阶的水池旁边,前方三步开外的地方立着一个端三八大盖的矮胖鬼子,那鬼子在吸烟,一阵阵撩人的烟雾老向他鼻孔里钻。

院落一片明亮,不太像深夜。高墙电网上的一圈长明灯和岗楼上的四只探照灯,为这二百多名马上要下井干活的战俘制造了一个不赖的白昼。

高台阶上站着狼狗高桥,高桥一手扶着指挥刀的刀柄,一手牵着条半人多高的膘壮的狼狗。狼狗不住声地对着弟兄们吼,身子还一挣一挣的。台阶下,站着许多端枪的日本兵,其中,有两个日本兵夹着耗子老祁,嘴里叽哩咕噜咒骂着什么。老祁驼着背,歪着扁脑袋,嘴角在流血,显然已挨了揍。

高桥不说话,塑像似的。这个痨病鬼喜欢用阴险的沉默制造恐怖,战俘们对他恨个贼死。

狼狗疯狂地叫。

狼狗的叫嚣加剧了溢满院落的恐怖气氛。

每到这时候,孟新泽便觉着难以忍受,他宁愿挨一顿打,也不愿在这静默的恐怖中和高桥太君猜哑谜。

一只黑蚂蚁爬上了脚面,又顺着脚面往腿杆上爬,他没看到,是感觉到的。他挺着脖子,昂着光秃秃的脑袋,目视着高桥,心里却在想那只黑蚂蚁。他想象着那只黑蚂蚁如何在他汗毛丛生的腿上爬,如何用黑黢黢的身子拱他腿上的汗毛,就像他被俘前在坟头林立的刺槐林里乱冲乱撞似的。刺槐林是他三十五岁前作为一个军人的最后阵地,他就是在那里把双手举过了头顶,轻而易举地完成了一个军人很难完成的动作。这个动作结束了他十八年军旅生涯的一切光荣。他从此记下了这个耻辱的日子。这个日子很好记,徐州是二十七年五月十九日失守的,他二十日上午便做了俘虏。

简直像梦一样,五十万国军说完便完了,全他妈的垮下来了。陇海、津浦四面铁路全被日本人切断,事前竟没听到一点风声,战区长官部实在够混账的!长官们的混账,导致了他的混账;他这个扛了十八年大枪的中国军人竟在日本人的刺刀下举起了双手。

完成这个动作时,他几乎没来得及想什么。蹲在坟头后面的王绍恒排长把手举了起来,他便也举了起来。那时,他手里还攥着打完了子弹的发热的枪。

耻辱、愧疚,都没想到,他当时想到的只是面前那个日本兵的枪口和刺刀。生的意念在那一瞬间来得是那么强烈,那么自然,那么不可思议。他举起了手。他在举起手的时候,看到那日本兵黢黑的刀条脸上浮出了征服者高傲的微笑,半只发亮的金牙在阳光下闪了一下。

他自己杀死了自己。

他由此退出了战争,变成了战俘营里的苦力。

他由此陷入了无休无止的悔恨中……

小腿肚上痒痒的。黑蚂蚁还在爬,他想抬起腿,抓住黑蚂蚁将它捻个稀烂,可抬腿抓了一下没抓住。他又极力去想黑蚂蚁,借以忘掉高桥太君和他的狼狗。

高桥太君得了痨病是确凿的,没病没伤,他的长官不会把他派到这里来。到这里看押战俘的,除了一小队日军,大都是从作战部队里剔下来的废物。高桥有肺痨,那战俘营最高长官龙泽寿大佐也断了一条胳膊,据说是在南京被守城国军的炮弹炸飞的。龙泽寿今夜没露面。没有大事,龙泽寿不会露面。

孟新泽由此断定:他们的计划日本人并不知道,倘若知道了,眼前的阵势决不会这么简单。

身后的王绍恒却吓得不轻,他又扯了扯孟新泽的衣襟,似乎想说什么,孟新泽悄悄地但却是狠狠地将王绍恒的手甩脱了。

面前那个矮胖的鬼子兵把一支烟抽完了,烟屁股摔到了身边的水池里,发出了一声"吃拉"的响声。立在高台阶上的高桥以一阵按捺不住的咳嗽,结束了这刻意制造出的沉寂。

"你们的,要逃跑,我的知道,通通的知道!有人向我报告的有,我的知道!"

高桥抽出指挥刀,刀尖冲着台下的耗子老祁:

"他的,就是一个!我的明白!我的,要给你们一点颜色瞧瞧!"

高桥牵着狼狗从台阶上走下来,把狗交给孟新泽面前的矮胖子牵着,独自大踏步走到老祁跟前,用指挥刀挑起了老祁的下巴:

"你的说:要逃跑的还有什么人?"

老祁被雪亮的指挥刀逼着,仰起了脑袋,脖子上的青筋凸得像蚯蚓:

"我没逃!没!"

"你的昨夜在井下,哪里去了?"

"拉……拉屎!"

"拉屎的,一个钟头?嗯?大大的狡猾!"

孟新泽心中一惊,一下子断定:他们当中确有告密者!否则,高桥不会了解得这么清楚。昨夜,老祁确是从煤窝里出去了一趟,他是去寻找那条秘密通道的,出去的时间确有一个多钟头。他出去的时候,刚放落大顶上的第一茬煤,回来时,这茬煤已装了一大半。

"我……我没逃!拉过屎,我在老洞里迷糊了一会儿!"

高桥恼了,指挥刀在手中打了个滚,刀刃逼到了老祁的脖子下:

"你的逃跑,我的明白!你们的逃跑,我的通通的明白!抵赖的不行!说,你的和什么人的联系?"

刀刃割破了老祁的脖子,一股鲜红的血像出洞的蛇似的,缓缓爬到了指挥刀的刀面上。老祁向后倾斜的身子抖动起来,身上那件破军褂的衣襟像旗一样"呼达"、"呼达"的飘。

孟新泽又想尿尿。

小腹中的液体几乎要从那东西里迸出来。红蛇在他眼前动,一股夹杂着汗气的淡腥味直往他鼻孔里钻。他闭上眼,又认真地去想黑蚂蚁——真他妈的怪,黑蚂蚁不见了,他感觉不到黑蚂蚁的存在了。

闭合的眼睛依然亮亮的,仿佛一片沸沸腾腾的红雾,高桥的面孔在红雾中时隐时现。

"说!通通的说出来!要逃跑的还有什么人!嗯?"

高桥话音刚落,狼狗又凶恶地狂叫起来。

老祁依然在徒劳地狡辩。

眼前的红蛇变成了浑身血红的大蟒,大蟒恶狠狠地向他跟前扑。他听到了老祁骤然爆发出的哀号。他的精神顷刻间几乎要崩溃了,他一下子竟悲观地认定:老祁完了。他们蓄谋已久的计划又要泡汤了。

这时,老祁却叫了起来:

"我日你祖奶奶!大爷就是想逃!想……逃!你……你狗日的杀了大爷吧!"

高桥一见老祁认了账,反倒把指挥刀从老祁的脖子下抽了回来。

"你的,要逃跑的?"

"大爷活够了,杀不死就逃!"

"就你一个?"

"就我一个!"

"嗯!明白!明白!"

高桥手一挥,狼狗狂吠着扑向了老祁,老祁惊恐地转过身往后跑,没跑出两步就被狼狗压倒在地上。

老祁屁股上的一块肉被狼狗撕了下来,惨叫着死了过去,身下一摊血。

高桥又走到高台阶上训话。

"你们的听着,逃跑的,通通的一个样!你们的,逃不出去!乔锦程和何化岩的游击队通通完蛋了,你们的,只有好好挖煤,帮助帝国政府和皇军早日结束东亚战争,才能得到自由!现在,通通的下井干活!"

青石门楼下的钢板门拉开了,在刺刀和枪口的威逼下,战俘们幽灵似的通过门外的吊桥,踏上了通往四号大井的矸石路。从他们栖身的这座阎王堂到四号大井的工房门口,共计是一千三百多步,孟新泽数过。

在四号井工房门口,阎王堂的鬼子看守和矿警队进行了交接。上井的七至十二号的二百余名弟兄被鬼子看守押走了。他们却在几十个矿警的严密监视下,领了柳条帽和电石灯,排队在罐笼前站好,等候下井。

孟新泽和他身后六号大屋的弟兄排在最后面,他在跨进泥水斑驳的罐笼时,听到了西严炭矿锅炉房深夜报时的汽笛。这是半个月以来他在地面上听到的唯一的一次夜笛。狼狗高桥突然制造出的恐怖,使今夜下井晚了半个钟头,使得他们在地面上度过了中华民国二十九年六月十七日的零点。

开采方法是陷落式的。这种开采法不需要大量的坑木支架,不需要精心设计,更不需要高昂的成本,只要有充足的人肉便行。黑乌乌的煤窝子,像野兽贪婪的大嘴,平均三五天嚼掉一个弟兄。煤层下的洞子是他们自己打的,野兽的贪婪大嘴是借他们的手造出的,而它嚼起他们来竟毫不留情!近两年来,有一百二十多个弟兄被冒落的煤顶砸死、砸伤。在井上是狼狗、皮鞭、刺刀,在井下是冒顶、瓦斯、透水、片帮,简直看不到生路在哪里。从今年三月开始,便有几个弟兄尝试着逃跑。在井上逃的两个,一个被挂在电网上电死了;一个被狼狗咬断了喉咙。三个在井下逃的,两个出去后又被抓住,一个钻进老洞子里被脏气憋死了。

弟兄们没被吓住,他们还是要逃,于是酿出了一个集体逃亡的计划。里外一个死,与其在这阴暗的煤洞里一个一个慢慢地死,倒不如轰轰烈烈地闹腾一番,痛痛快快地死。大家都赞成逃,串连在秘密进行着。然而,谁都不知道领头的是哪一个,还不敢问,怕别的弟兄怀疑自己不安好心。也是,人落到这种分上,没一个靠得住!谁不想活?保不住就有人为了自己活,不惜让许多弟兄死。

王绍恒排长也想活。在被俘之前自由自在活着的时候,他没意识到活着是件难事，进了战俘营，才明白了，为了活下去，他必须躲避一些东西，争取一些东西，付出一些东西。眼睛变得异常灵活，鼻子变得异常敏锐。他能迅速捕捉到不利于自己生命存在的环境、气氛、场合，机警而又不动声色地逃得远远的。他变成了一个好窑工，他凭着自己的谨慎、细心和超人的感觉，躲过了一次又一次灭顶的灾难。

集体逃亡的计划他是知道的。是营长孟新泽告诉他的。他张口喘气激动了几天。他当然要逃的，他做梦都在想着收回自己生命的主权。只要能成功，他一定逃。他认为这一回有成功的希望，听说有外面游击队接应哩！可当耗子老祁被拉出去时，他一下子又觉得逃亡计划完了。他怕老祁供出孟新泽，孟新泽再供出他。他怕高桥的指挥刀也架到他的脖子上。他知道，只要高桥的指挥刀架到他的脖子上，一切秘密他都会供出来的，他受不了那种折磨，他压根儿不是条硬汉子。若不是抗日口号烧沸了他的热血，若不是他表姐夫在一〇九三团当团长，他不会投笔从戎的。

走过坑木支架的漫长井巷，又爬了大约三百米上山的洞子，那张着大嘴的野兽又出现在他的面前了。矿警孙四把枪往怀里一搂，擦着洋火点了一支烟。悬在棚梁上的大电石灯太阳般的亮，孙四额上的每一条皱纹都照得彤红。

孙四吐着烟圈对弟兄们结结巴巴地嚷：

"干……干活！都……都他姥姥的干……干活！完……完不成定额，日本人教……教训你们！"

转脸瞅见了刚爬上来的监工刘八爷，孙四又嚷：

"八爷，你……你他姥姥的还……还到窝里去……去看着，有……有事给我讲……讲一声！"

刘八爷显然不高兴，手里玩蛇也似的玩着鞭子：

"孙四，你也太舒服了吧？按皇军的规定可该你进窝管人，老子管筐头、管出炭！"

孙四挺横，小眼睛一瞪：

"皇……皇军要日你姨，你……你狗日的也……也叫日？！"

一个弟兄憋不住笑了。

又短又粗的刘八爷操起鞭子在那弟兄胸前甩了一鞭,气恨恨地骂:

"笑你娘的屄!干活!通通进窝干活!谁他娘耍滑头,八爷就抽死他!"

都进去了。

王绍恒排长不动声色缩在最后头,每向窝里走一步,眼睛总要机灵地转几圈,把窝子上下左右的情况迅速看个遍。他的耳朵本能地竖了起来,极力捕捉着夹杂在纷乱脚步声、浓重喘息声和工具撞击声中的异常声响。手中的灯拧得很亮,雪白的光把一层层黑暗剥掉了抛在身后。鼻子不停地嗅,仔细分辨着污浊空气中的异常气味,他知道,瓦斯气味有些甜,像烂苹果。

一切都正常。

他放心了。

这煤窝的代号是二四二〇,为什么叫二四二〇,王绍恒不清楚。弟兄们也都不清楚。在二四二〇窝子里干活的弟兄,共计二十二人,全是六号的,正常由五个弟兄装煤,十几个弟兄拉拖筐。窝口,短而粗的刘八爷监工;煤楼边,矿警孙四验筐。一切都是日本人精心安排好的,他们的一举一动,都逃不脱日本人的眼睛。但是,矿警孙四不错,据说这小子当年也当过兵,日本人过来,队伍散了,才干了矿警。他对弟兄们挺照应的,不像那个刘八爷!刘八爷偏又怕他,八爷使皮鞭,孙四使枪,就凭这一条,八爷也没法不怕。孙四爱睡觉,八爷也爱睡觉;孙四自己睡,也怂恿八爷睡;两人常倒换着睡。一人睡上半班,一人睡下半班,反正日本人也瞧不着。刘八爷一睡觉,弟兄们的日子就好过了,一些密谋便半公开地在煤窝中酝酿了。

王绍恒记得很清楚,昨日耗子老祁出去探路时,刘八爷已到避风洞的草袋堆上睡觉去了,孙四不会向日本人报告的,那么,向日本人报告的,必是窝中的弟兄。可又奇怪:既然向日本人告密了,为什么不把集体逃亡的计划都端给日本人呢?为什么只告了一个老祁?

斜歪在煤窝里,机械地往拖筐里装着煤,王绍恒还不住地想。

不知装了几筐煤之后,他突然想通了:这告密者是个狡猾的家伙!他不一下子把所有的秘密都出卖给日本人,是有心计的。他是在投石问路,看看告密以后,日本人能给他什么好处。好处给得多,他就全卖;好处给得少,他就和弟兄们一起逃,里外他不吃亏!

卑鄙的混蛋,应该设法找到他,掐死他!他在拿弟兄们的生命和日本人做交易哩!

他王绍恒不会这么干,他希望自己活下去,活得尽可能好一些,可却决不会主动向日本人告密。

这个告密者是谁?是谁?

几乎人人都值得怀疑。

窝子里的浮煤快装完的时候,营长孟新泽将拖筐向他脚下一摔,用汗津津的膀子碰了他一下,悄悄说:

"弄清楚告密的家伙了!"

"谁?"

"听说是张麻子!"

"听……听谁说的?"

他很吃惊。

"这不用问,回头等刘八睡觉时,咱们——"

孟新泽做了一个凶狠的手势。

没等他再说什么,孟新泽营长又从他面前闪过去,往别的弟兄面前凑。

王绍恒吃惊之余,觉出了自己的冒失。最后那句会引起孟新泽怀疑的话,他不该问。孟新泽从哪儿弄来的消息,他不应该知道。这里的事情就是如此,一切来得都有根据,一切又都没有个来源,谁也不能问,谁也不敢问,孟新泽向他讲什么,都是"听说",鬼知道他听谁说的!

这听说的消息都蛮可靠的。三月里,听说八路乔锦程的游击大队从鲁南窜过来了,四月下旬的一天夜间,日本西严炭矿的炸药库升了天,轰轰隆隆的爆炸声响了大半夜。后来又听说点炸药库的事不是乔锦程的游击大队干的,是原国军团长何化岩的游击总队干的,说是何化岩司令手下的人马有一千三,光机枪就有十几挺哩!他们由此知道了,这矿区周围的山区里还有乔锦程和何化岩的游击队。他们由此酝酿了集体逃亡的计划,决定分头和乔锦程、何化岩的游击队取得联系,里应外合,一举捣毁四号井和阎王堂两座战俘营,挣脱日本人的魔爪。

偏偏在这时,张麻子向日本人告了密。除掉张麻子是极自然的。他们不除掉张麻子,下一步,张麻子一定会借日本人的手除掉他们!

有关杀人的热辣辣的念头闪过之后,冷静下来一想,王绍恒又本能地感觉到事情有些不对头。他突然发现,自己又站在一个陷阱边缘上了,只要一不小心,他就可能落入这个陷阱中被日本人吃掉!日本人不是傻瓜,昨天有人向他们告了密,今天告密者突然死掉了,他们不会不怀疑!孟新泽他们干得再漂亮、再利索,日本人也要追查的!他不能逃跑不成,先把自己的命送掉,更不能在高桥滴血的刀刃下供出逃亡的秘密。

他从心里感到冷。

他揣摩了半天,还是决定不参加这次正义的谋杀。

刘八爷到煤窝外的避风洞迷迷糊糊搂婊子的时候,他弯着腰,捂着肚子,跑出了煤窝,对坐在煤楼守护洞里的孙四说,要去拉屎。

田德胜拉完最后一筐煤,把电石灯灭了,拖筐往煤帮一竖,身子一缩,双手抱膝,猴儿似的蹲到筐里去了。这是他自己发明的安全打盹法。他得趁着弟兄们用钢钎放落煤顶上一茬煤的工夫,美美眯上一会儿。眯觉之前,照例蛮横无理地摔了一句话在筐外:

"都听着噢,谁要向日本人告状,爷爷就砸断他狗日的腿!"

那口气,仿佛他不是日本人的苦力,而是什么了不得的大英雄似的。

"哎,田老二,今儿个该你放顶!"

田德胜被俘前的排长刘子平提醒说。

刘子平是个高高瘦瘦的山东人。

田德胜压在胳膊上的冬瓜头抬了起来,两只肉龙眼一眨,不怀好意地笑了：

"哦，该我放顶？难为你刘排骨想得起！既然想起了，你狗日的就辛苦辛苦吧！"

刘子平极委屈地叫：

"凭什么？老子凭什么代你放顶？！老子是你的排长！想当初……"

田德胜邪火上来了，"腾"的从竖着的拖筐里弹将出来，炮弹似的。

"排长？屌毛！这里还有长？呸！通通都他妈的屌毛！"

竟然从破裤裆里摸出了两根，放在嘴边吹了口气，在手上捻着：

"喏，就是这种撸不直、带弯儿的！"

"你……你……你田老二又是什么东西！"

"我？嘿嘿，我——"

田德胜咧着螃蟹似的大嘴，展露着一口东倒西歪的黄板牙，无耻地道：

"我他妈的是屌，单操你娘！"

刘子平闭了气，不敢作声了。他知道，再骂下去，田德胜这畜生就要动武了。他退到了煤帮的另一侧，将电石灯的灯火捻小，悄悄蹲下了。

身边的桂军排长项福广低声安慰了他一句：

"老刘，别理他！越理他，他越犯邪！"

刘子平不理田德胜，田德胜却还不罢休，他又悻悻地走到刘子平面前，抬腿踢了踢刘子平的屁股：

"咦，爷爷刚才不是说了么？今日放顶的差使你顶了！你狗日的咋坐下了？起来！起来！"

刘子平仰着长方脸，大睁着一双细小的眼睛，费力地咽着吐沫：

"我……我凭什么替你干？"

田德胜胳膊一撸，拳头一攥，胳膊上的肌肉聚到了一起，凸暴暴的，仿佛趴着一只蛤蟆，他胳膊一曲一伸，那蛤蟆便在皮下兴奋地搏动起来，似乎要从胳膊上跳将下来。

"凭什么？你说呢？"

又撩开小褂,将灯笼也似的拳头死命在厚实的胸肌上砸,砸得"咚咚"响。

"凭什么!爷爷就他妈的凭这个,你狗日的不服气,就和爷爷比试一下!日他娘!还排长,团长也他妈的屌毛!"

煤窝中的弟兄都愣愣地看着,没有人劝阻,也没有人出面应战。田德胜的这套把戏他们看得多了,见惯不惊了,田德胜瞄上了谁,谁只好认倒霉。田德胜有力气,又邪得吓人,自然有资格称爷爷的。

今日,算刘子平倒霉。

刘子平却赖在地上死活不起身。

"咦,你狗日的咋闭气了!起来!妈的,起来!"

灯笼也似的拳头在刘子平脑袋上方晃,刘子平屁股上又吃了两脚。

孟新泽过来了,向刘子平使了个眼色:

"老刘,去吧!我们一起去!老田累了,让他歇一会儿吧,都是自家弟兄!"

刘子平这才慢吞吞地站了起来。

田德胜却眼皮一翻:

"歪子,你瞎扯什么?我不累,就他妈的犯困,想眯一会儿!"

敢叫孟新泽歪子的,六号里只有田德胜一个。孟新泽的嘴确有一些歪,且一抽一抽的,据说是在徐州战场上被大炮震的,谁知道呢?!

孟新泽并不介意,又对田德胜道:

"困了就睡一会儿吧!刘八过来时,我们喊你!"

田德胜笑了,大模大样地拍拍孟新泽的肩头:

"行!还是孟哥体贴人!"

说毕,将小褂一掖,将胸前那两块绝好的肌肉掩了,旁若无人地往自个的拖筐跟前走,到了跟前,身子一缩,又进去了。

得意自不必说的。汤军团的普通大兵田德胜凭着一身令人羡慕、又令人胆怯的肌肉,赢得了又一次生存竞争的胜利。

田德胜算个极地道的兵油子,三年之中卖过四次丁,最后一次,进了汤恩伯军团的新兵团,台儿庄会战爆发之后本想拔腿的,不料,没逃成,差一点挨枪毙。大撤退的时候,他又逃了一次,运气更糟,竟被日本人活拿了,押到阎王堂当牲口。在阎王堂里,他发现了自己的价值,一阵乱拳,把国军军营里固有的一切秩序都砸了个稀烂,他所憎恶的那些长儿们、官儿们,通通毫无例外地变成了屌毛!他从不掩饰他对这些长儿们、官儿们的蔑视,他也不怕他们的报复。有一次,刘子平、孟新泽几个人抱成团教训他,按在煤窝里揍他,也没把他揍服。他倒是单对单地让他们都领教了他的老拳,逼着他们承认了他的权威。

六号里的弟兄们认定他是畜生。

他认定弟兄们都是屌毛。

弟兄们对他自然是信不过的,一切秘密都尽可能地瞒着他,他也不去问,似乎根本没想过要从这座地狱里逃出去,他仿佛找到了最合乎自己生存的土地,打算一辈子呆在这儿!

蹲在拖筐里,沉重的大脑袋压在抱起的手臂上,他想睡,可却睡不着。他不傻,他知道弟兄们正酝酿着一个什么计划,只瞒着他一人。他有些不平,感到不合理。他不去问,可心里极想知道它。他要闹清楚:这计划是否会触犯他的利益,他关心的只是这一点,他是为自己活着的,只要不触犯他的利益,他便不管,反之,则不行。

今日的事有些怪。孟歪子一会儿蹭到这个人面前叽咕两句,一会儿挪到那个人面前叽咕两句,大约又要玩什么花头了,尤其可疑的是:他竟怂恿他去睡觉,那必是想趁他睡着时干点什么!

他突然想到了自己:

他们该不是要对我下手吧!

不敢睡了。两只肉龙眼一下子睁得很大,脑袋在胳膊上偏了过来,透过拖筐的破洞和缝隙向煤窝深处看。煤窝深处一片昏黄迷蒙的灯光,灯光中飞舞着的煤屑、粉尘像一团团涌动的浓雾。钢钎捅煤顶的声音和煤顶塌落的声音响个不停。

没发现什么异常情况。

没有人向他这里摸。

他还是不放心,悄悄将拖筐边的电石灯点了,拧亮灯火,对着煤窝照。

他这才发现了一个秘密——

几个弟兄压着一个什么人在满是煤块的地下扑腾,另几个弟兄装模作样在那里捅煤顶,其实是想把煤尘扬得四处飞舞,遮掩住煤窝深处杀人的内幕!

妈的,他们要杀人!

他们今日敢杀那人,明日必然敢杀他田德胜。他不能不管。他得显示一下自己的力量。

他悄悄将柳条帽戴了起来,把电石灯咬在嘴上,操起身边的一把大锹,狼一般窜了过去。

"妈的,你们干什么?!"

压在那受害者身上的孟新泽转过了铁青的脸,歪斜的嘴角下意识地抽颤了一下,极严厉地低吼了一声:

"没你的事,走开!"

他不走。

几个弟兄扑了上来。

他操起煤锹,抡了一个大圈儿。

几个弟兄全站住了。

那个受害者在地下挣,挣了半天,从一个弟兄的手指缝里憋出了一句话:

"二哥,救……救我!"

是张麻子!

"放开麻子!"

"没你的事,走开!"

孟新泽再次重申。

"放开!"

他又喊。

就在这时,一个挪到他身后的弟兄,恶狠狠地搂住了他的后腰,他手中的铁锨落到了地下。

几个弟兄一拥而上,把他压倒了。

他突然意识到:他完了。

一只汗津津的臭牛皮似的手死命捂住他的嘴,几只拳头冰雹也似的落到他头上、腰上、大腿上。他叫不出,也挣不动。

这时,孟新泽又说话了,他叫大伙儿住手。

孟新泽半蹲半跪着俯在他身边,对他说:

"老田,你听着:今日的事与你无关!你什么也没看见!什么也不知道!张麻子是自作自受!懂吗?!"

他睁着迷茫的眼睛,身子向上挣:

"张……张麻子怎么了?"

"他向日本人报告,说耗子老祁要逃跑,老祁才被高桥折腾得死去活来!"

"妈的,你……你们咋不早和我说一声!"

按在他身上的手松了,他"腾"的爬起来,操起锨,窜到张麻子面前,将压在张麻子身上的人拨开,狠狠对着被掐个半死的张麻子的脑袋砸了一锨。

张麻子身子向上一挺,死了。

一个人死起来竟这么容易。

田德胜把粘着鲜血、脑浆的铁锨在煤堆里搓了几下,又打了个嘹亮的哈欠:

"孟大哥,你们忙你们的,我他妈的真得眯一会儿了!咱啥也不知道,啥也不知道!"

又旁若无人地走了。

仿佛刚才只是捻死了一只蚂蚁。

再一次蹲到拖筐里,没几分钟,煤顶轰隆隆落了下来,咆哮的煤尘像黑龙一样向窝外冲。田德胜身边的电石灯灭了。

就在这工夫,田德胜看到,一盏晃动的灯从窝子外面钻了进来。近前一看,提着那盏灯的,是王绍恒排长。

发生这一切的时候,王绍恒排长不在现场,他闹肚子,拉屎去了,矿警孙四可以作证。

这一班很正常,包括煤顶冒落,砸死一个苦力,通通属于正常——正常的生产事故。大日本皇军的圣战煤,每万吨支付十三条性命的成本,今日只是把应该支付的成本支付了进去,一点也不值得惊奇。

事故发生的时候,是六月十七日三时四十五分。矿警孙四做了当班记录,并在十七日十二时上井交接时,把那具砸得稀烂的尸体在井口工房里完整无缺地交给了阎王堂的日本人……

阎王堂的名是我们给起的。我们还编了顺口溜唱:"上井阎王堂,下井鬼门关,圣战瞎屌扯,皇军快完蛋……"这类顺口溜编了不少哩,日本人都不知道,他们要是知道,我们就得吃苦头喽!

当时,千余号弟兄被分押在两处,阎王堂一处,四号井护矿河内还有一处。这四号井原是西严炭矿——早先叫中国煤矿股份有限公司——开拓的,后来,徐州沦陷,开矿的资本家炸了西严镇的主井跑了,日本人才接收过来,在护矿河外又筑了高墙把它和外面隔开了。

西严镇距我们阎王堂只有四里地,距四号井也不到五里,听说镇西的山里有咱游击队,弟兄们都梦想着搞一次暴动。不管日本人盯得多紧,还是有人在暗中活动,主事人是谁,至今我也不知道……

第二章

狼狗高桥歪斜着身子依在竹凉椅上吃刨冰,铁勺把搪瓷茶缸里的刨冰屑搅得沙沙响。两个日本兵没吃,他们电线杆似的立着,上了刺刀的三八大盖对着弟兄们的胸脯子。高桥瘦弱的身子完全浸在高墙投下来的一片阴影中,他脸上、脖子上没有一丝汗。两个日本兵也站在阴影的边缘,只有头顶微微晒了些太阳。

是中午一点多钟的光景,太阳正毒。

六号大屋的弟兄全在火毒的太阳下罚站,仿佛一群刚从地狱里爬出来的黑鬼。他们回到阎王堂,连脸也没捞着洗,就被高桥太君瞄上了。

高桥太君不相信张麻子死于煤顶的冒落,认定这其中必有阴谋。

在高桥太君的眼里,这个被高墙电网围住的世界里充满了阴谋,每个战俘的一举一动,一言一行,都带有某种阴谋的意味。而他的责任,就是通过皮鞭、刺刀、狼狗等等一切暴力手段,把这些阴谋撕碎、捅穿、消灭!

张麻子昨日向他告密,今日就被砸死了,这不是阴谋还会是什么?他们怎么知道告密者是张麻子呢?谁告诉他们的?他要找到这个人,除掉这个人,他怀疑战俘中有一个严密的组织,而且在和外面的游击队联系,随时有可能进行一场反抗帝国皇军的暴动。

这怀疑不是没有根据的。四月里,西严炭矿的火药库炸了,战俘中间便传开了一些有关游击队的神奇故事,一些战俘变得不那么听话了。这迫使他不得不当众处决一个狂妄的家伙。那家伙临死前还狂呼:"你们这些日本强盗迟早得完蛋!乔锦程、何化岩的游击队饶不了你们!"他们竟知道矿区周围有游击队,竟能叫出乔锦程和何化岩的名字!这都是谁告诉他们的?!

吃完了刨冰,身子依在凉椅上换了个姿势,阴阴的脸孔正对着那群全身乌黑、衣衫褴褛的阴谋家们,高桥太君脸上的皮肉抽动了一下,极轻松地规劝道:

"说嘛!哎?统统地说出来,我的,大皇军的既往不咎!说出来,你们的,通通回去睡觉!"

没人应。

站立在暴烈阳光下的仿佛不是一个个有生命的人,而是一根根被大火烧焦了的黑木桩。

高桥太君从凉椅上欠起了身子,按着凉椅的扶手,定定地盯着众人看。看了一会儿,慢慢站了起来,驼着背,抄着手,向阳光下走。

他在王绍恒排长面前站住了:

"你的说,张麻子的不是被冒顶砸死的,是有人害他,嗯?是不是?你的,大胆说!"

王绍恒垂着脑袋,两眼盯着自己的脚背,喃喃道:

"太君,我的不知道!窝子里出事时,我的不在现场,跟班矿警可以作证!"

"你的,以后也没有发现什么可疑的事吗?你的不知道有谁向你们通风报信吗?哎?"

王绍恒艰难地摇了摇头:

"我的不知道!什么也不知道!太君明白。井下冒顶,经常发生。昨夜,是张麻子放顶,想必是他自己不小心……"

"八格呀噜!"

高桥太君一声怪叫,一拳打到王绍恒的脸上,王绍恒身子晃了晃,栽倒在地上,鼻孔里出了血。

高桥两只拳头在空中挥舞着,一阵歇斯底里的咆哮:

"你们的阴谋,我的通通的明白,你们的不说,我的晒死你们!饿死你们!困死你们!"

高桥太君又回到凉椅上躺下了。

一场意志力的较量开始了。高桥太君要用胜利者的意志粉碎战俘们的阴谋。战俘们则要用他们集体的顽强挫败高桥的妄想。

战争在他们中间以另一种形式进行着。

他们做了战俘却依然没有退出战争。

刘子平排长希望这一切早些结束。

当高桥走到王绍恒面前,逼问王绍恒时,他的心骤然发出一阵狂乱的跳荡。他忘记了悬在头上火炉般的太阳,忘记了身边众多弟兄的存在。他觉着自己是俯在一间密室的门口,窃听着一场有关自己生死存亡问题的密谈。王绍恒站在孟新泽后面,距他只有不到一大步。他斜着眼睛能瞥到王绍恒半边脸膛上的汗珠,能看到王绍恒小山一样的鼻梁,他甚至能听到王绍恒狗一样可怜的喘息。高桥的脚步声在王绍恒身边停下时,他侧过脸,偷偷地去瞧高桥脚下乌亮的皮靴,他希望这皮靴突然飞起,一脚将王绍恒踢倒,然后,再唤过凶恶的狼狗,那么,今日的一切便结束了,他的一桩买卖就可以开张了。

他知道王绍恒的怯弱,断定王绍恒斗不过高桥太君和他的狼狗。他佩服高桥太君的眼力。高桥这王八别人不找,偏偏一下子就瞄上了王绍恒,便足以证明他窥测人心的独到本事。

他不恨王绍恒,一点也不恨。他和王绍恒没有怨隙,没有成见,在很多时候,很多场合,他甚至可怜他。他决不想借日本人的手来折磨一个怯弱无能的弟兄。当那个恶毒的念头突然出现在脑际的时候,他自己都感到吃惊!其实,按照他的心愿,他是极希望高桥太君好好教训一下田德胜的。田德胜那畜生不是玩意,依仗着力气和拳头经常欺辱他。可他很清楚,田德胜是个不怕死的家伙,高桥太君和他的狼狗无法粉碎他顽蛮的意志!高桥太君从那畜生嘴里掏不出一句实话!

突破口在王绍恒身上!

王绍恒应该把那个通风报信者讲出来!

他揣摸王绍恒是知道那个通风报信者的。王绍恒和孟新泽都是一〇九三团炮营的,素常关系很好,孟新泽的一些谋划和消息来源必然会多多少少暴露在王绍恒面前的,他只要把这个人供出来了,事情就好办了……

王绍恒竟不讲。

愚蠢的高桥竟用一个拳头结束了这场有希望的讯问。

王绍恒混账!

高桥更混账!

这一对混账的东西把本应该结束的事情又没完没了地延续下去了,他被迫继续站在这杀人的烈日下,进行这场徒劳无益的意志战。

身上那件沾满煤灰的破褂子已被汗水浸透了,黑糊糊的脸上,汗珠子雨似的流。汗珠流过的地方露出了白白的皮肉,像一条条弯弯曲曲的小河沟。脚下干燥的土地湿了一片。头上暴虐的烈日继续烘烤着他可怜的身躯,仿佛要把他躯体内的所有水分全部榨干,使他变成一条又臭又硬的干咸鱼。那种生了黑虫的干咸鱼他们常吃,有时会连着吃一两个月呢。

够了!

他早就受够了!

他不愿做干咸鱼,也不愿吃干咸鱼!他要做一个人,做一个自由自在的人,以人的权利,享受生活中应有尽有的一切。

咽了口唾沫。

身后"扑通"响了一声,闷闷的。

他判定,是一个弟兄栽倒了。

响起了皮鞭咆哮的声音。他大胆地扭头一看,栽倒的弟兄被皮鞭逼着摇摇晃晃立了起来。

那弟兄没有开口的意思。

看来,高桥太君今日要输。高桥太君知道有阴谋,却不知道阴谋藏在哪里。他为高桥太君惋惜,也为自己惋惜。

逃亡计划刘子平是知道的,他认定不能成功。在地面逃,有日本人的电网、机枪、狼狗。在井下逃,更属荒唐,竖井口,风井口,斜井口,日夜有矿警和日本人把守,连个耗子也甭想出去。说是有游击队,他更不相信。

共产党乔锦程的游击队不会冒着覆灭的风险来营救国军战俘的——尽管国共合作了，他们也不会下这种本钱。何化岩究竟有多大的可能前来营救，也须打个问号。高桥不是一再说游击队全被消灭了么?! 五月之后，不是再没听说过游击队的事情么？退一步讲，即使有游击队，有他们的配合，弟兄们也未必都能逃出去。倘或双方打起来，最吃亏的必是他们这些手无寸铁的弟兄！如果他吃了一颗流弹，送了命，这场逃亡的成功与否，便与他一点关系也没有了。

世界对他刘子平来说，就是他自己。他活着，呼吸着，行动着，这个世界就存在着，他死了，这个世界就不存在了，这是个极明确极简单的道理。

得知大逃亡的秘密，他心中就萌发了和日本人做一笔买卖的念头。他认为做这笔买卖担的风险，要比逃亡所担的风险小得多。他只要向日本人告发了这一重大秘密，日本人就会把他原有的自由还给他，他的生命就将得到最大限度的升值。

这念头使他激动不已。

希望像一缕诱人的晨曦，飘荡在他眼前。

然而，他是谨慎的，他要做的是一笔大买卖，买卖成交，他能赚回宝贵的自由；买卖做砸了，他就要输掉身家性命。他不能急，他要把一切都搞清楚，把一切都想好了，在利箭上弦的一瞬间折断箭弓，这才能在日本人面前显出自己的价值。

张麻子竟走到了他前面，竟把耗子老祁告了。他感到震惊：原来，想和日本人做这笔人肉买卖的并不是他一个！他拿别人的性命做资本，别人也拿他的性命做资本哩！

张麻子该死。他参加了处死张麻子的行动。在田德胜砸死张麻子之前，他和两个弟兄死死压在张麻子身上。他用一双手捂着张麻子的嘴。他对张麻子没有一点怜悯之情，——事情很清楚，张麻子是他的竞争对手。

过后想想，却觉出了张麻子的可怜。张麻子是替他死的。如若他刘子平在张麻子前面先走了一步，那么，死在田德胜铁锹下的就该是他了。

他吓出了一身冷汗。做这笔大买卖也和逃亡一样要担很大的风险哩！一时间,他打消了向日本人告密的念头。他不愿死在日本人的枪口下,自然,也不愿死在自己弟兄的铁锨下。

任何形式的死,对生命本身来说都是相同的。

他原以为日本人对张麻子的死不会过问,不料,日本人竟过问了。站到了烈日下,那死去了几个小时的告密念头又顽强地浮出了脑海,他希望日本人找到那个通风报信者,为他的买卖扫清障碍。

这个通风报信的家伙会是谁呢？矿警孙四？监工刘八？送饭的老高头？井口大勾老驼背？都像,又都不像。其实,送饭的老高头,井口的老驼背,与他都没有关系。他告密也不会去找他们。他要知道的,是矿警孙四和监工刘八是不是靠得住。他没有机会向日本人直接告密,却有机会向孙四和刘八告密。只要这两个人靠得住,他的买卖就能做成功……

脑袋被纷乱的念头搅得昏沉沉的。

这时,西严炭矿的汽笛吼了起来,吼声由小到大,持续了好长时间。炽热的空气在汽笛声中震颤着,身边的弟兄都不约而同地抬头看太阳。太阳偏到了西方的天际上,是下午四点钟了。这不会错,西严炭矿的汽笛历来是准确的。西严炭矿的窑工们是八小时劳作制,每日的早晨八点,下午四点,深夜零点放三次响,这三次放响,唯有深夜零点的那次与他们有关。他们是十二小时劳作制,深夜零点和中午十二点是他们两班弟兄交接的时刻。

不错,是放四点响。

这就是说,他们在六月的烈日下曝晒了三四个钟头！这就是说,一场徒劳无益的意志战快要结束了,是的,看光景要结束了。

刘子平排长一厢情愿地想。

王绍恒斜长的身影被牢牢压在脚下的土地上动弹不得。四点钟的太阳依然像个脾气暴烈的老鳏夫,挥舞着用炽热的阳光织成的钢鞭在王绍恒和他的弟兄们头顶上啸旋。阳光开始发出嗡嗡吟吟的声响,王绍恒觉着自己挺不住了,脑门上一阵阵发凉,眼前朦朦胧胧升起旋转飞舞的金星。

仍没有结束的迹象。

高桥躺在竹凉椅上吃第三茶缸刨冰,他干瘦而白皙的脸上依然没有一丝汗迹,几个日本兵将三八大盖斜挎在肩上,悠然自得地抽着烟。南面一至五号通屋里的弟兄已发出阵阵鼾声。

这一切强烈地刺激了他,他一次次想到:这太不合理!他不该在这六月的烈日下罚站!出事的时候,他不在现场嘛!日本人不该这么不讲道理!他感到冤枉,感到委屈,真想好好哭一场。

高桥是条没有人性的狼,是个该千刀万剐的混蛋,如果有支枪,他不惜搭上一条性命,也要一枪把这混蛋崩了。

其实,他早就知道高桥不讲道理,早就知道这电网、高墙围住的世界里不存在什么道理,可他总还固执地按照高墙外那个自由世界的习惯思维方式进行思维,还固执地希望高墙外的道理能在这片狭小的天地里继续通行。狼狗高桥的思维方式和战俘营里的野蛮秩序,他都无法适应。他不断地和他们发生冲突,又不断地碰得头破血流,每当碰得头破血流时,他就变得像落入陷阱中的狼一样,绝望而烦躁,恨不得猛然扑向谁,痛痛快快咬上几口。

只有这疯狂的一瞬,他才是个男子汉。然而,这一瞬来得快,退得也快,往往没等他把疯狂的念头变成行动,涌上脑门的热血就化成了冰冷的水,他也就顺理成章地变成了怯弱的娘儿们。

他时常为自己的怯弱感到羞惭,高桥站到他身边时,他怕得不行,两眼瞅着自己的脚背,不知咕咕噜噜说了些什么。仿佛鼻子下的那张嘴不是他自己的,仿佛他的大脑已丧失了指挥功能。高桥的拳头落到他脸上,把他打倒在地了,他才意识到:他并没讲什么对弟兄们不利的话,才感到一阵欣慰。

他不能出卖弟兄们,不能把逃亡的计划讲出来!他出卖了别人,也就等于出卖了自己!逃亡计划流产,对他没有任何好处,他生命的希望,自由的希望是和那个逃亡计划连在一起的。

他却无法保证自己不讲出来。拖着疲惫不堪的身子走到阳光下,已是三四个钟头了。这三四个钟头里,他不止一次地想到,他挺不住了!挺不住了!他两条干瘦的腿发木、发麻,青紫的嘴唇裂开了血口,体内的水分似乎已被太阳的热力蒸发干净。被高桥打倒在地时,他真不想再爬起来了,他真希望就这样睡着,直到高墙外的战争结束……

恍惚之中,两团旋转的黄光扑到了他身边,两只从半空中伸下来的铁钳般的手抓住他肩头,抓住他胳膊,将他竖了起来,他听到了高桥野蛮无理的叫喊:

"……晒死你们!饿死你们!困死你们!"

不!他不死!决不死!活着,是件美好的事!再艰难,再屈辱的活也比任何光荣的死更有意义,更有价值!活着,便拥有一个世界,拥有许多许多美好的希望和幻想,而死了,这一切便消失了。

他要活到战争结束的那天。

面前的金花越滚越多,像倾下了一天繁星,高墙、房屋和凉椅上的狼狗高桥都他妈腾云驾雾似的晃动起来。耳鸣加剧了,仿佛有成千上万只蜜蜂同时飞动起来,嗡嗡嘈嘈的声音响成一片……

眼前骤然一黑,维系着生命和意志的绳索终于崩断了,他"扑通"一声,再一次栽倒在被阳光晒热了的地上,沉沉地睡了过去。

扑来了两个日本兵。

他们试图把他重新竖起来。

却没有成功。

"抽!用鞭子抽!装死的不行!"

高桥吼。

两条贪婪噬血的黑蛇一次次扑到了他的脊背上,他不知道。昏迷,像一把结实可靠的大锁,锁住了他心中的一切秘密。

他挺住了。

后来,从昏睡中醒来,他自己都有点不相信:他竟熬过了这顿毒打,竟做了一回硬铮铮的男子汉。

他感动得哭了……

最终下令结束这场意志战的,是阎王堂最高长官龙泽寿大佐。

龙泽寿大佐是在王绍恒排长被拖到六号通屋台阶下的时候,出现在弟兄们面前的。他显然刚从外面的什么地方回来,刻板而威严的脸膛上挂着汗珠,皮靴上沾着一层浮土,军衣的后背被汗水浸透了,一只空荡荡的袖子随着他走动的身体,前后飘荡着。

他走到高桥面前时,高桥笔直地立起,靴跟响亮地一碰,向他鞠了一个躬。

他咕噜了一句鬼子话。

高桥咕噜了一串鬼子话。

孟新泽听不懂鬼子话,可能猜出高桥和龙泽寿在讲什么。他脑子突然浮出了一个大胆的念头:拼着自己吃一顿皮肉之苦,立即把面前的一切结束掉。

不能再这么拼下去了,再拼下去,他们的逃亡计划真有可能在烈日下晒得烟消云散!这僵持着的每一分钟、每一秒钟都潜伏着可能爆发的危险。

他要向龙泽寿大佐喝一声:"够了!阴谋是莫须有的!逃亡是莫须有的,大佐,该让你的部下住手了!"

在整个阎王堂里,孟新泽只承认龙泽寿是真正的军人,龙泽寿不像管他们的高桥那么多疑、狡诈,又不像管七号到十二号的山本那么阴险、毒辣。龙泽寿喜欢用军人的方式处理问题。有一桩事情给孟新泽的印象极深:去年五月间,龙泽寿刚调到阎王堂时,有一次和孙连仲集团军某营营长章德龙谈高墙外的战争。谈到后来,双方都动了真情,都忘记了自己的身份,章德龙竟毫无顾忌地把龙泽寿和帝国皇军痛骂了一通。龙泽寿火了,冷冷抛过一把军刀,要和章德龙决斗。决斗就是在他们脚下的这块土地上进行的,弟兄们都扒着铁栅门向外看。章德龙是条汉子,军刀操在手里,马上变成了一个地地道道的军人。他挥着刀,扑向龙泽寿,头一刀就划破了龙泽寿的独臂,龙泽寿凶猛反扑,终于在一阵奋力的拼杀之后,将章德龙砍死。后来,龙泽寿在高墙内为章德龙举行了葬礼,他对着那些日本兵士,也对着站成一片的战俘们说了一通话:

"他不是俘虏!不是!他是一名真正的军人,他死于战争!献身战争,是一切军人的最终归宿!"

龙泽寿大佐脱下帽子向章德龙营长的遗体鞠了躬。

那些日本士兵也鞠了躬。

孟新泽从那开始,认识了龙泽寿。他恨他,却又对他不无敬佩。龙泽寿敢于把军刀抛给章德龙,让章德龙重新投入战争,便足以说明他的胆识、勇气和军人气质!其实,他完全可以用高桥的手法,像掐死蚂蚁似的将章德龙掐死,他没有这样做。

高桥还在那里用鬼子话罗嗦。

龙泽寿的眉头皱了起来,极不耐烦地听。一边听,一边在高桥面前来回踱步,间或,也用鬼子话问两句什么。

后来,事情发生了奇迹般的变化。

没等孟新泽从人群中站出来,高桥绷着铁青的脸走到了弟兄们面前,很不情愿地喊道:

"通通的回去睡觉!以后,哪个再想逃跑,通通的枪毙!回去!回去睡觉!"

直到这时候,孟新泽才长长吐了口气,那颗悬在半空中的心放到了实处,他不无自豪地想:他和他的弟兄们又胜利了。

回到屋中,见到了耗子老祁。老祁血肉模糊的屁股已不能着铺了,他像条被打个半死的狗,曲腿趴在地铺的破席上,身上叮满了苍蝇。

孟新泽俯到老祁面前,老祁费力地昂起了脑袋,昂了一下,又沉沉地落下了。

老祁显然有话要说。

孟新泽嘱咐弟兄们看住大门,把耳朵凑到了老祁的嘴边:

"老祁，你要说啥？"

老祁低声问：

"和……和外面联系上了么？"

孟新泽摇了摇头。

"得……得抓紧联系！不能再……再拖下去了！咱们中间有鬼！"

孟新泽悄悄说：

"鬼抓到了，被弟兄们送到阴曹地府去了！"

"是谁？"

"张麻子！"

老祁点点头，又说：

"今日下窑，再派个弟兄到……到上巷看一下，我估摸那个露出的洞子能……能走通！我……我进去了，摸了几十米，感觉有风哩！"

"老祁，你吃苦了，弟兄们谢你了！"

老祁脸上的皮肉抽动了一下，说不上是笑还是哭：

"这些话都甭说了！没……没意思！"

这时，守在门口的弟兄大叫起来：

"饭来了！饭来了！弟兄们，吃饭了！"

老祁和孟新泽都住了口。

送饭的老高头将一筐头高粱面饼子和一铁桶剩菜汤提进了屋，弟兄们围成一团，狼吞虎咽吃了起来。

咬着铁硬的高粱饼子，喝着发酸的剩菜汤，弟兄们都在想着那条洞子……

"那是一条什么样的洞子？它的准确位置在什么地方？它能把井下和地面沟通么？"

躺在地铺上的刘子平排长一遍又一遍问着自己。他凭着两年来在地层下得到的全部知识和经验，竭力想象着那洞子存在的意义和价值。那洞子的存在，是毋庸置疑的了，耗子老祁已道出了一个秘密：洞口在上巷。

然而,上巷有五六个支支叉叉的老洞子,究竟哪个洞口能通向自由?这是急待搞清的。另一个急待搞清的问题是:这条有风的洞子,是否真的通向地面?倘或它只是沟通了别的巷道,老祁的努力就毫无意义了……

兴奋和欣喜是不言而喻的,被囚禁着的生命在这突然挤进来的一线光明面前变得躁动不安了。他怎么也睡不着,睁着眼睛看灰蒙蒙的屋顶。

屋顶亮亮的。夏日的太阳把黄昏拉得很长,已是六点多钟的样子了,挂在西天的残阳还把失却了热力的光硬塞到这间青石砌就的长通屋里来。屋顶是一根根挤在一起的大圆木拼起来的,圆木上抹着洋灰、盖着瓦,整个屋子从里看,从外看,都像一个坚固的城堡。黄昏的阳光为这座城堡投入了一线生机,给刘子平排长带来了许多美好的联想。他想起了二十几年前做木材生意的父亲带他在长白山原始森林里看到的一个湿漉漉的早晨。做了俘虏,进了这间活棺材,那个早晨的景象他时常忆起。那日,他和父亲从伐木厂的木板屋中钻出来,整个大森林浸泡在一片白茫茫的雾气中,突然间,太阳出来了,仿佛一只调皮的兔子,一下子跃到了半空中,银剑似的光芒透过参天大树间的缝隙,齐刷刷地照到了远方那一片密密麻麻、城墙般的树干上。他惊奇地叫了起来,仿佛第一次看到太阳!

那是永远属于他的自由的太阳!

升起那轮太阳的地方,如今叫满洲国了。

作为一个中国军人,作为一个有血气的男子汉,他在国民政府最高统帅部的指令下,在众多长官的指令下,也在自己良心的指令下,参加了这场由"满洲国"漫延到中国腹地的战争。随整个军团开赴台儿庄会战前线时,他从未想过会做俘虏,更没想过,有一天,他会向日本人告密。在台儿庄会战中,他和他所在的队伍没打什么硬仗,但,台儿庄的大捷却极大地鼓舞了他,他认定他和他的民族必将赢得这场正义的战争。

然而,接踵而来的,是灾难的五月十九日。那日半夜,徐州西关大溃乱的情景,给了他永生难忘的、刻骨铭心的记忆。

那日夜里,一切都清楚了,可怕的消息一个接一个传来,日军业已完成对徐州的大包围。徐州外围的宿县、黄口、萧县全部失守。丰县方面的日军攻势猛烈。津浦、陇海东西南北四面铁路被日军切断。最高统帅部下令撤退……五十余万国军相继夺路突围,溃不成军,徐州陷入了空前混乱之中。堆积如山的弹药、粮秣在轰轰烈烈的爆炸声中熊熊燃烧,火光映得大地如同白昼。日本人的飞机在天上狂轰滥炸,一颗炸弹落下,弟兄们倒下一片。突然而来的打击,把一切都搅得乱七八糟,各部的建制全被打乱了,连找不到营,营找不到团,团找不到师。从深夜到拂晓,崩溃的国军组成了一片人的海洋,一股脑向城外涌……

他也随着人的海洋向城外涌。长官们找不到了,手下的弟兄们找不到了,他糊里糊涂出了城,糊里糊涂成了俘虏。

他被俘的地方在九里山。那是徐州城郊外的一个小地方,据说是历史上著名的古战场。和他同时被俘的,还有孙连仲第二集团军的一百余名弟兄。

民国二十七年五月十九日,是他的精神信念大崩溃的日子。从这一日开始,战争对他来讲已不存在什么实际意义了,求生的欲念将他从一个军人变成了一条狼。

他要活下去,活得好一些,就得做条狼。

五月十九日夜间,当那个和他一起奔逃了几个小时的大个子连长被飞起的弹片削掉半个脑袋时,他就突然悟到了点什么,他要做一条狼的念头,大约就是从那时候开始萌发的。谁知道呢?反正他忘不了那个被削掉半个脑袋的苍白如纸的面孔。那时,他一下子明白了:对自己生命负责的,只能是他自己!他决不能去指望那个喧闹叫嚣的世界!那个被许多庄严词藻装饰起来的世界上,充满了生命的陷阱。

为了对自己的生命负责,不管是做一条狼还是做一只狗,都没有什么不合情理的。这是一条世人之间彼此心照不宣的密约和真理。

脑子里又浮现出那一串固执的问号:

"那条洞子走得通么?它是不是通向一个早年采过的老井?老井有没有出口?"

是的,要迅速弄清楚,要好好想一想。告密并不是目的,告密只是为了追求生命的最大值,如果不告密也能得到这个最大值,他是不愿去告密的!他并不是坏人,他决不愿有意害人,他只是想得到他应该得到的那些东西。

外面的天色暗了下来,夕阳的余晖像潮水一样,渐渐退去了。漫长的黄昏被夜幕包裹起来,扔进了深渊。高墙电网上的长明灯和探照灯的灯光照了进来,屋子里依然不太黑。

他翻了个身,将脸转向了大门。

他看到了一个日本看守的高大背影。

这背影使他很不舒服,他又将身子平放在地铺上,呆呆地看圆木排成的屋顶。他还想寻到那个湿漉漉的布满自由阳光的早晨。

却没寻到。

在靠墙角的两根圆木中间,他看到了一个圆圆的蜘蛛网,蜘蛛网上布满了灰,中间的一片软软地垂了下来,要坠破似的。挂落下来的部分,像个凸起的乌龟壳。他又很有兴致地寻找那只造成了这个乌龟壳的蜘蛛,寻了半天,也未寻着。

几乎失去希望的时候,却在蜘蛛网下面发现了那只蜘蛛,它吊在一根蛛丝上,一上一下地浮动着,仿佛在做什么游戏。

他脑子里突然飞出一个念头:

"蜘蛛是怎么干那事的?"

没来由地想起了女人,饥渴的心中燃起了一片暴烈的大火,许多女人的面孔像云一样在眼前涌,一种发泄的欲望压倒了一切纷杂的念头……

他将手伸到了那个需要发泄的地方,整个身子陶醉在一片美妙的幻想之中。他仿佛不是睡在散发着霉臭味的破席上,而是睡在自家的老式木床上,那木床正发出有节奏的摇晃声,身下那个属于他的女人正呻呻吟吟地哼着。

手上湿了一片。

没有人发现。

将手上粘乎乎的东西往洋灰地上抹的时候,他无意中看到,靠墙角的铺位上,两个挤在一起的身影在动。遮在他们身上的破毯子悄无声息地滑落到脚下,半个赤裸的臀在黑暗中急速地移来移去。

他明白他们在干什么。

他只当没看见。

不知过了多长时间,他睡着了。他在梦中看到了耗子老祁说的那个洞子,那个洞子是通向广阔原野的,他独自一人穿过漫长的洞子,走到了原野上,走到了自由的阳光下,他又看到了二十几年前长白山里的那个湿漉漉的早晨。

被尖厉的哨音唤醒的时候,他依然沉浸在幸福的梦境中,身边的项福广轻轻踢了他一脚,低声提醒了他一句:

"老刘,该你值日!"

他这才想起了:在出工之前,他得把尿桶倒掉。

他忙不迭地趿上鞋,走到了两墙角的尿桶边,和田德胜一人一头,提起了半人高的木尿桶。

倒完桶里的尿,田德胜照例先走了。

他到水池边刷尿桶。

就在他刷尿桶的时候,狼狗高桥踱着方步从北岗楼走了过来,仿佛鬼使神差似的,告密的念头又猛然浮了出来,他大声咳了一声。

高桥在他身边站住了,定定地看他。

他几乎未加思索,便低声叫道:

"太君,高桥太君……"

正要说话时,三号的两个弟兄抬着尿桶远远过来了。他忙把要说的话咽到了肚里。

高桥产生了疑惑:

"嗯,你要说什么?"

那两个弟兄已经走近了。

没有退路了。他做出失手的样子,猛然将湿淋淋的尿桶摔到了高桥面前。

"八格呀噜!"

高桥一个耳光极利索地劈了过来。

显然,高桥已悟出了些什么,打完之后,高桥将他带进了北岗楼。

一进北岗楼,他跪下了:

"太君,高桥太君!我的,我的有事情要向你报告!"

高桥笑了:

"明白!明白!你的说!说!"

他想了想,却不知该怎么说,一瞬间,他觉着很惶惑。他是怎么了?他原来并没想到要告密,怎么一下子竟主动找了高桥,他该讲些什么呢?那个洞子他是不能说的,那个洞子是属于别人,也是属于他的,别人的东西,他可以拿来送给日本人,他的东西,却是不能送给日本人的。他要说的,应该是与他无关的事——与他无关,而又能使他获得好处的事!一时间,这种事却又想不出来。说弟兄们要逃跑?怎么逃?有什么证据?

他无疑犯了一个聪明的错误。他一直寻求一种稳妥的告密方式,却忘了自己在逃亡的弟兄身上押下的赌注。

他有些后悔。

"嗯!你的说,快说!"

"太君!太君!他……他们……他们要逃!我知道,我听到了他们的议论。"

他含含糊糊地说。

高桥很高兴,搓着手,踱着步。

"说,说下去!"

"具体情况,我……我、我还没弄清楚,只是听他们议论过,说……说是要和外面的游击队联系,在……在通往井口工房的路上逃!"

他编了一个逃亡的方案。

"哦?谁在和游击队联系?"

"不……不……知道!"

高桥端着瘦削的下巴,想了一下:

"好！你的大大的好！你的回去,弄清楚,向我报告！嗯,明白?"

"明白！明白！太君！"

他站起来,正要向高桥鞠躬的时候,高桥一脚将他踢到了门外……

捂着被踢疼的肚子,站在出工的队伍中,他不再后悔了,他兴奋地想:今日这突然而来的机会,他利用得不错,他没暴露逃亡的真正秘密,为自己留下了一条退路,又向日本人讨了好,如果那条洞子走不通,他就甩开手做这笔大买卖。

院子中,月光很好。

高桥太君照例在月光下的高台阶上训话。

一切全和往常一样……

　　身陷囹圄,我却老是想着二十七年五月间徐州战场上的事,做梦也尽做这样的梦,有一次,在井下依着煤帮打了个盹,一个噩梦就跳出来了。我梦见日本飞机扔的炸弹把我炸飞了,脑袋像红气球一样在空中呼噜噜地飘。我吓醒了……

　　人呀,落魄到那种地步,真没个人模样了。要说不怕,那是瞎话！要说没有点别的想法,那也是瞎话！那工夫,有的人真当不了自己的家哩！脑瓜要混蛋不知哪一会儿。日本人越是发狠,弟兄们就越想逃,可能不能逃出去,都挺犯嘀咕的。逃不成怎么办,半道送了命怎么办?命可只有一条哇！有人想告密,想讨好日本人,也是自然的。

　　这时候,弟兄们都听说了那条洞子的事,都一口咬定那洞子是通向地面的,那个洞子给弟兄们带来了多少热辣辣的希望哟,可没想到……

第三章

和往常一样,出完了第一茬煤,监工刘八爷到避风洞睡觉去了,矿警孙四睁着红丝丝的眼睛守着煤楼直打哈欠。

这照例是一天之中最懈怠的时候,弟兄们活动筋骨的机会又到了。

孟新泽营长将二四二〇窝子里的弟兄拢到身边说:

"都知道了吧? 咱们这窝子上面有一个老洞子,老祁摸着了,说是有风,估摸能走通……"

孟新泽未说完,蹲在孟新泽对面的田德胜就低声嚷了起来:

"老孟,你们真要逃?!"

孟新泽瞪着田德胜:

"能逃为啥不逃? 你不想逃么? 你想一辈子在这儿做牲口么?"

田德胜冬瓜脑袋一歪,黄板牙一龇:

"歪子,你小子说话甭这么盛,你们逃? 你们逃得了么? 老子只要不逃,你们他妈的一个也甭想逃! 老子说不准也学学那张麻子,向日本人报告哩!"

"你敢?"

黑暗中,一个弟兄吼。

田德胜把披在身上的破小褂向身后一摔,灯笼似的拳头攥了起来,胳膊一伸一曲的,又玩起了那吓唬人的把戏。

"不敢? 我操! 这世界什么都有卖的,还没听说有卖不敢的哩! 爷爷迟早逃不了一个死字,爷爷就是告了你们,死在你们手里,也没啥了不起的!"

孟新泽忍不住吼了起来:

"姓田的,你他妈的还像中国人么,你是不是我们的弟兄?!"

"咦,我姓田的还是你们的弟兄,你们他娘的还知道这一点?"

田德胜眼睁得很大,面前的灯火在他红红的眼睛里燃烧着、跳跃着:

"你们什么时候把我看作你们的弟兄了,你们什么事都瞒着我一人,你们不瞒张麻子,光瞒着爷爷!你们狗眼看人低!"

孟新泽一下子明白了田德胜愤怒的原因,笑道:

"我们什么事瞒你了!这不都和你说了么?!"

田德胜依然不满,眼皮一翻:

"你们给我说啥了!里外不就是一条破洞子么!这还要你孟歪子说!老祁在号子里说时我就听到了!"

"我们想摸通这个洞子,逃出去,明白么?"

"算不算我?"

"当然算!"

田德胜又问:

"听说有游击队接应,真么?"

孟新泽点了点头:

"有这事!"

"他们什么时候来?"

"不知道,还没联系上哩!"

田德胜并未泄气,冬瓜头向孟新泽面前一伸,大拳头将厚实的胸脯打得"蓬蓬"响,两只肉龙眼极有神采:

"不管咋说,我干!日他娘,里外逃不了一个死,与其在日本人手里等死,不如逃一回看看!"

竟恭恭敬敬叫了声营长:

"孟营长,你甭信不过我,我田德胜坏,可就有两条好处:不怕死,不告密!不像那王八蛋张麻子,看起来斯斯文文,人五人六的,可他妈的一肚子坏水!"

孟新泽受了感动,攥住田德胜的手说:

"老田,说得好!弟兄们信得过你!"

"那,老孟,你说咱咋办吧!"

孟新泽放开田德胜的手,将目光从田德胜脸上移开去,对着弟兄们道:

"今儿个,咱们得把那个老洞子的情况摸清楚。"

田德胜自告奋勇道:

"好!老孟,我去摸吧!"

孟新泽想了一下,应允了:

"要小心,时间不能耽误得太长。听老祁说,老洞子的洞口在咱窝子上面三百米开外的地方,洞口有红砖砌的封墙,墙下有个缺口,墙上还挂着带人骷髅的危险牌。"

"知道了!"

田德胜披上小褂,要往外走。

孟新泽将他叫住了:

"等一下,这样出去不行!"

看了看煤顶,孟新泽交代道:

"刘子平、项福广,你们准备好,用炸药炸煤顶,其余的弟兄通通随我出来,到煤楼避炮!"

借着避炮的混乱,田德胜溜了,顺着二四二〇窝子,爬到了上巷,上巷方向没有出井口,阎王堂的日本人没设防。日本人不知道那条令战俘们想入非非的老洞子。

炮闷闷地响了两声,巷道里的污浊空气骤然膨胀了一下,一股夹杂着煤粉、岩粉的乳白色气浪从窝子里涌了出来。鼓风机启动了,吊在煤楼旁的黑牛犊似的机头,用难听的铁嗓门哇哇怪叫起来。黑橡胶皮的风袋一路啪啪作响的凸涨,把巷道里的风送进了二四二〇煤窝。

弟兄们在矿警孙四的催促下,没等炮烟散尽,便进了窝子。几个当班弟兄站在炸落的煤块上,用长长的钢钎捅炸酥了的煤顶,让一片片将落未落的煤落了下来。

放炮不是经常性的,日本人对炸药的控制也极为严格,能用钢钎捅落的煤顶,决不许使用炸药。用完的炸药纸和带编号的封条还要向矿警孙四交账,上井之前必得搜身。想在炸药上做文章实属妄想。

孟新泽却老是想着要搞一点炸药。炸药总是情不自禁地把他引入了另一个境界。听到煤炮的爆炸声,他就想起战场上的火炮声,他眼前就耸起了一门门怒吼的火炮,那首他和许多弟兄一起高唱过的军歌就会隐隐约约在他耳畔响起。

窝里捅放煤顶时,他和一帮拉煤拖的弟兄倚在煤帮上看,朦胧之中,他把窝子里那跃动的电石灯灯火,想象成了闷罐军列上马灯的灯火。他总以为自己不是蹲倚在狭长黑暗的巷道里,而是蹲倚在狭长、黑暗而又隆隆前进着的军列上。

耳畔的军歌声越来越响了。仿佛由远而近,压过来一片隆隆呼啸的雷声……

> 我们来自云南起义伟大的地方,
> 走过了崇山峻岭,
> 开到抗日的战场。
> 弟兄们用血肉争取民族的解放,
> 发扬我们护国、靖国的荣光。
> 不能任敌人横行在我们的国土,
> 不能任敌机在我们领空翱翔。
> 云南是六十军的故乡,
> 六十军是保卫中华的武装!

民国二十七年春天,他就是唱着这支军歌,由孝感、武昌开赴台儿庄会战前线的。据孟新泽所知,最高统帅部原已把他们军编入了武汉卫戍部队系列,准备让他们在武昌、孝感训练一个时期,参加保卫大武汉的会战。不料,民国二十七年四月中旬,台儿庄一战之后,日军大举增兵鲁南,图谋攻取战略重镇徐州,驻守徐州的五战区吃紧。五战区司令长官李宗仁电请最高统帅部并蒋中正委员长,要他们军火速增援。最高统帅部遂调他们开赴陇海线的河南民权、兰封一带集结待命,暂归程潜的一战区指挥,情况紧急时,向徐州靠拢,增援五战区。四万多人的队伍,四月十九日分乘军列向民权、兰封开拔,嘹亮的军歌声响了一站又一站……

军列抵达民权以后,站台上突然拥来了一些五战区的军官士兵。孟新泽清楚地记得,一个白白净净的年轻军官跑上前来,向他敬了一个漂亮的军礼:

"六十军的吗?"

他点了点头。

那年轻军官口齿清楚地向他传达了最高统帅部的命令:

"奉蒋委员长电令,贵部直开徐州,向五战区报到,中途一律不许下车!"

他斜着眼睛盯着年轻军官白白净净的脸孔看了一眼,冷冷说:

"最高统帅部的命令是下给军部的,我得知道我们团长、军长的命令!"

那年轻军官立即呈上了军长的命令。

他接过来一看,见上面写着:

"我军所属各部直开徐州,中途不得下车,此令!"

下面,是他熟悉的签名。

徐州这个古老的城市,就这样和他的命运、和他们军的命运紧紧联在一起了。

河南民权车站月台上的那一幕,是他一生道路上的一个转折点。他当时并没有意识到这一点。他更没想到,他会在军列前方那个叫作徐州的北方古城结束他做为一个中国军人的战斗生涯。

他问那个年轻的军官:

"台儿庄不是大捷了么?李长官会真吃不消?"

那年轻军官叹了口气,附在他耳边低声道:

"情况不妙哇!老兄!台儿庄一战之后,日军又集中八九个师团的兵力在鲁南,板垣的五师团、矶谷的十师团、土肥原的十四师团,都来了;另外还有刘桂堂、张宗援等部的伪军,总计投入兵力估计已有二十万以上。台儿庄再次吃紧,老兄,看光景要大战一场了,蒋委员长这一回是下大决心了。"

他的热血一下子冲到了脑门,脱口叫道:

"妈的,早该好好打一仗了!伙计,瞧我们怎么用大炮轰他们吧!"

站在缓缓启动的列车上,他还在向那个年轻军官招手哩。

军车开到车福山车站停下了,那是四月二十二日深夜。拂晓,部队奉命渡过运河,其时,东南方向枪声大作。随即,他们团在一个叫陈瓦房的小村前不期与攻入之敌相遇。由于没有准备,仗打得不好,弟兄们伤亡不少。后来,他才知道,那工夫,汤恩伯军团所属各部已在日军攻势之下向大良壁东南溃退,左翼陈养浩部已退到了岔河镇,整个正面防线形成了一个大缺口。为了堵住这个缺口,继陈瓦房之后,邻近之邢家楼、五圣堂又展开激战。

激战初期,他和他的弟兄们情绪是高昂的,他们都下定了作为一个中国军人以死报国的决心。因为,他们知道,他们进行的这场战争,是关乎国家命运、民族命运的大搏斗。

他曾在陈瓦房看到过一个牺牲了的连长的遗书,那遗书上的话使他久久不敢相忘。

遗书是写给新婚妻子的,其中写道:

"倭寇深入我中华国土,民族危在旦夕,身为军人,义当报国,如遭逢不幸,望你不要悲伤。如我们已有孩子,不论男女,取名抗抗;只要我中华民族众志成城,万众一心抵抗下去,则中国不亡,华夏永存!纵然是打上五十年,一百年,最后的胜利必是我们的!"

血与火的考验就这样开始了。

从四月二十二日的遭遇战打响,到五月十九日徐州失守,他们团在几场激战中死亡过半，死神两次扑到了他身边。一次是在禹王山，一颗炸弹落到了前沿火炮阵地上，在前沿指挥所指挥战斗的一位连长在他身边壮烈殉国，他被炸起的黄土埋了起来，侥幸没有中弹。一次是在那个被俘的刺槐树林，日本人的机枪组成了一道密不透风的火力网，呼啸的子弹雨点般地飞，身边许多弟兄都倒下了，他军帽和裤腿上被弹头穿了两个洞，竟又没有中弹！

二十七年的五月十九日对于参加徐州会战的五十万中国军人来说，是一个灾难的日子，而对他个人来说，则又是一个侥幸的日子。

其实，五月十九日他不该留在徐州，他们军也不该留在徐州。在台儿庄、禹王山一线的长达二十七天的战斗结束之后，他们军伤亡惨重，从云南拉出的四万多人，只剩了两万人，部队必须休整。五战区长官部下令交防，五月十四日，全军撤出防线，由贵州新编第一四〇师接防。不料，五月十八日，五战区长官部突然下令，要他们奔赴徐州，参加守城之役，并掩护鲁南兵团撤退。就这样，他们陷入了日军的重围。

他们是五月十九日拂晓进入徐州的，这一日，战争机器在徐州古老的土地上高速运转着，千万人的性命在这部机器的碾压下化作了尘埃。空中是日军飞机的轮番轰炸，地面是火炮、机枪、坦克的铁壁合围，聚在徐州的所有部队全陷入了一片混乱之中。五月十九日的阴影从他们踏入徐州市区就朦朦胧胧感觉到了。

这是一个地地道道的战争陷阱。五战区长官部已经撤退，徐州处于弃守状态，鲁南二十几万大军挤在徐州市区至宿县的公路上、麦地里汹涌南流，像泛滥的黄水。市区的路边到处扔着废弃的火炮，砸坏的枪支，烧焦的被服，发臭的死尸，整个徐州古城都在轰轰烈烈的爆炸声中震颤。

五战区司令长官李宗仁，为了向最高统帅部做最后的交代，令他们于徐州失守时进行游击战，并将徐州中央银行未能搬走的钞票二十二万元法币拨给他们作为军饷。长官部声称徐州防线固若金汤，徐州九里山国防军事坚不可摧。不料，实地探视的结果令人失望，军部决定弃守徐州，减少无谓的牺牲。他们的军长在徐州近郊的一个村庄找到了未及撤走的第二集团军总司令孙连仲。这时,孙连仲和他的随行人员已换上了便衣,准备撤离。孙连仲说:"撤吧!局势已坏到了这样,徐州反正是守不住了!"他们这才遵命突围。

后来,他从武汉之役后被俘的弟兄那里,听说了孙连仲的情况。这位曾指挥着千军万马取得了台儿庄大捷的集团军总司令,是在徐州失守的当天下午化装成商人,从东线雇民船到淮阴,其后,又由江苏省主席韩德勤设法护送到上海,辗转香港,才回到武汉向最高统帅部报到。

战争是个神奇的魔术师,任何显赫的元帅、将军在它手里都只是道具。战争制造奇迹,也制造幻觉,它是最大的赐予者,又是最残忍的剥夺者。

他对着乌黑的煤壁曾这样感慨地想。

而他的命运远远不及这位集团军总司令。他成了俘虏,变成了战争的垃圾,战争的弃儿,他们生命的主权已被胜利者没收了。

五月十九日是一团乌云,是一片黑烟,是一群停落在坟头上的乌鸦……

然而,也就是这个灾难的五月十九日,使他对战争有了刻骨铭心的认识,他的生命,他的悟力才突然跨到了一个高度。这个高度是他十八年行伍生涯都没有跨越过的。十七岁那年的秋天,一个细雨蒙蒙的早晨,他穿着一身土布衣衫跨进了云南讲武堂的门槛,成为一名军人。在其后的十余年中,他打过许多仗,甚至负过两次伤,可战争的真实气氛却从未领悟到,他是在五月十九日的徐州市区懂得战争的。

战争原来可以打成这个样子!

从事战争的军人原来可以变得这么无可奈何!

也许这令人沮丧的心理从根本上影响了他,最终促使他在那个刺槐林举起了握枪的手。谁知道呢!

带着纷杂的思绪,他迷迷糊糊睡了过去,在那匆忙、短暂的梦中,他又把那场逝去了的灾难重度了。

他的记忆永远停在了五月十九日这个普普通通的日子上。

五月十九日对他来说是永恒的。

田德胜又怎能忘记五月十九日呢？那日，他不是发了昏，就是中了魔，迷迷糊糊跑了快一天，在十九日夜里进了徐州。他们的汤恩伯司令那时并不在徐州，汤司令一看战况不妙，一溜烟颠了，连师长都不知道他颠到了什么地方。

他跑到了徐州。他是趁日本飞机的一次轰炸溜掉的，他怕不溜掉，迟早要被那猴脸刘连长枪毙。日军的空袭过后，他躲到了齐腰深的麦地里，硬是在麦地里趴了一上午，等到蝗虫般的队伍全过完了，才爬起来搓了些麦穗吃，吃完稀里糊涂上了路。

一路上没瞅着多少人，只见队伍像决了口的水一样，一阵阵往他走过的大路上漫，只要一碰上队伍，他就躲到河沟旁、麦地里，反正不和他们照面。凭他三次成功的和一次不成功的逃跑经验，他认定和大部队反方向走，不会有大错。在他看来，日军和国军对他的性命都存在着威胁，来自国军方面的威胁似乎更大一些，这一回若是被抓住，猴脸刘连长一定不会饶他！两个月前，他已逃过一次，被抓住了。他打定主意搞一套便服，化装成老百姓，拔腿回河南老家。

肩上的枪没扔，他要靠它换钱。

在徐州近郊王庄的一条小河边，他大枪一横，把一个蹲在河边解手的老头给吓个半死，老头差一点儿栽到了河里。

"老头，把褂子脱了！"

老头从河边爬起来，规规矩矩脱了。

"裤子！"

借着昏暗的星光，发现老头只穿了一条大裤衩。

老头直向他作揖：

"脱了裤衩，我可咋回家见人，老总……老总，您行行好，饶了我吧！"

裤衩不要了，军褂扔给了老头，自己将老头的褂子穿上了：

"喂，老头，要枪不，三块钢洋就卖！"

老头直拱手：

"老总，你白送我，我也不敢要！"

他火了，枪栓一拉：

"妈的，老子想卖，你就得买！三块大洋，多了不要，回家拿钱去！老子在这儿候着！"

老头极不情愿地道：

"我……我回家商量一下。"

"快去快来！"

"好！好！"

老头一走，他马上觉着不对头！这老王八说不准回村叫人，他独自一人，闹得不好准吃亏！

不敢等了，自愿舍弃了一笔军火生意，枪一夹，继续赶路。

这是五月十九日晚上九点多钟的事。

十一点多，他从西关段庄进了徐州城，徐州城里的国军大部分已撤走了，他站在西关大街上转，依然想着找个地方弄点盘缠。

就在这时，六十军的一个当官的和几个弟兄把他叫住了：

"哪部分的？"

"我……我……自家弟兄！自家弟兄！"

"和队伍走散了？"

"哎！哎！"

"到底是哪部分的！"

他装傻，翻着白眼，很卖力地说：

"我们连长姓王，脸上有麻子！"

"饭桶！哪部分的都不知道么？"

他眼睛一闭，信口开河道：

"第二集团军三十五师的！"

第二集团军有没有三十五师，他根本不知道，他料定那帮云南兵也不会知道。

果然,那帮云南兵被他唬住了。

"走吧,跟我们走,徐州守不住了,大部队都转进了!"

他只好跟着那帮云南人走,走到一家炸塌了门面的饭馆门口,黑暗的空中突然响起了轰轰作响的飞机马达声。他刚趴到地上,一颗颗炸弹就在他身旁炸响了,他眼前一黑,失去了知觉。

醒来的时候,已是二十日中午,他听到了一声尖厉的枪声,仿佛就是对着他脑门打的,他本能地抓起了枪。

手却被一个沉沉的东西压住了,他趴在地上,抬起头,看到了一双沾着黄泥巴的黑皮靴。压着他那握枪的手的,就是那沾着黄泥巴的黑皮靴!他顺着皮靴往上看,又看到了一只悬在空中的指挥刀的刀鞘,那刀鞘在悠悠地晃,刀鞘的顶端包着黄铜皮。

是个日本官!

他叫了起来:

"太……太君……我的……我的……我的老百姓!良民的!良民的大大的!"

日本官一脚将他踢了个仰面朝天,操在手中的刀举了起来,腥湿的刀刃上跃动着一缕五月的阳光。他身子缩成一团,又叫:

"我投降!我……我的投降!"

那缕凝聚在刀刃上的五月的阳光终于没跳到他的身上,日本官手腕一转,指挥刀在半空中划出了一个漂亮的弧。

不知从什么地方跑来了两个端长枪的日本兵。

日本官将指挥刀插入刀鞘中,向两个日本兵讲了几句鬼子话,两个日本兵用长枪上的刺刀逼着他,要他站起来。

他摇摇晃晃站起来了,当天下午被押到了邻近的一个小学校里,后来,又被押到郊外一个战俘营里,最后,进了日本西严炭矿的阎王堂,成了给日本人挖煤的牲口。

他的胸前从此便佩上了一个战俘标记:"西字第〇五一四号"。

这是他一生五次逃跑中最悲惨的一次,比根本没成功的第四次逃跑还要悲惨！第四次逃跑虽说没有成功，虽说吃了一顿军棍，可总还保住了一个自由的身子，这一回，一切都完了，落入了日本人手中，而且又是手中抓着枪被日本人活拿的！这实在是不幸之中的大不幸。他不是在十几个小时前就退出战争了么？他不是已将军褂换作粗布小褂了么？咋又想来抓枪？如若不去抓那杆值三块大洋的钢枪，日本人或许不会把他编为"〇五一四号"战俘。

这他妈的都是命！

如今想来，最后一次了，无论如何不该卖的，为了八十块大洋，顶着人家田德胜的名字，到日本人手里送死，实在是太不划算了！这笔买卖从一开始就不公道，现今是彻底做砸了！

一条命卖八十块大洋，真他娘笑话！

得扳本！无论如何也得把本扳回来！得把这条值八十块的性命从日本人手里偷走！否则真他妈的赔血本了！自打进了阎王堂，他就在井上、井下悄悄算计了，随时随地准备拔腿走人。然而，严酷的现实令他沮丧，高墙、电网、刺刀、狼狗，把他那想入非非的念头一个个粉碎了，他几乎看不到偷盗的机会。以往逃跑的经验完全用不上了，他像个第一次做贼的傻里傻气的新手，根本不知道该怎么把自己颤抖的手插入人家的腰包。

突然，机会送到了面前，耗子老祁竟探到了一个老洞子！孟新泽竟将再度摸索这条老洞子的差使交给了他！他一爬上上巷，脑子里就及时地爆出了一个热辣辣的念头：日他娘，现在不走，更待何时？！

那些弟兄们他管不着了，他只能管他自己，只能保证自己在这笔人肉买卖中不亏本！他独自一人悄悄逃，人不知，鬼不觉的，成功的把握就大；而若是和孟新泽他们一起逃，动静闹大了，搞不好准会一败涂地，甚至连命都送掉！他可不是傻瓜，才不上这个当哩！

他想得入情入理，坦荡大方，心头根本没有丝毫的愧疚。在他看来，面前这个混账的世界上根本不存在愧疚一说！有力气，有本事，你打垮他；没力气，没本事，他压扁你！谁对谁都说不上什么愧！在军营里挨军棍，他活该！给猴脸连长倒尿壶，也他妈的活该！在阎王堂他揍了谁，谁认倒霉,如今,他骗了孟新泽这帮杂种,他们也只能认倒霉!

这世界,这年头,谁顾得了谁?!

踩着泥泞的风化页岩路面,张口气喘地向巷道的顶端爬,眼前已升起了一轮飘荡的太阳。他仿佛看到那轮太阳悬在白云飘浮的空中,火爆爆地燃着,村头成熟的高粱地上环绕起一片蒸腾的雾气。

想起了家乡的高粱地。

想起了在高粱地里和他睡过的嫂子。

嫂子图钱。他几次卖丁的钱,一多半被嫂子的温存哄去了。

买来的温存也他娘的怪有滋味的!他睡在阎王堂的地铺上不止一百次地想起过嫂子,大手只要往那东西上一放,嫂子黑红亮堂的笑脸准他妈的从高粱地里窜出来。

日他娘,只要能逃成,能逃到家中去,第一个目标:高粱地!

——自然,得拉着嫂子!

一脚踩入了个脏水凹里,身体突然失重,扎扎实实跌了一跤,头上的柳条帽沿着坡道往下滚,在身后的一根长满霉毛的棚腿前停住了,电石灯摔落到地下,灯火跳了一跳,灭了。

还好,没摔伤。

他从满是泥水的地上爬起来,先从灯壁的卡子上取下用油纸包着的洋火,将灯点了,然后,又被迫转身向下走了几步,拾起沾着泥水的破柳条帽戴到头上,继续向上爬。

上面是死头,不通风,整个巷道温吞吞的。

一路爬上去,他看到了两个挂着骷髅标志的密封墙,那墙都是砖石砌的,墙下没有洞。他记得孟新泽说过的话:那条要找的老洞子密封墙下是有洞的。

他一直找到尽头,也没找到那个老洞子,他只好往回走。往回走时,他变得不那么自信了,他被迫将许多奢侈的念头排除到脑外,一心一意去寻他的自由之路。

他估摸自己摸出来有二十分钟了。

又往下走了不到三十米,他在巷道的另一侧发现了那条令人神往的洞子。那洞子的密封墙下面果然有一个半人高的缺口,缺口处有一股哗哗作响的水在向巷道里流,他想,那堵密封墙可能是被洞子里的老水冲破的。

他的心一阵狂跳,几乎没来得及作更仔细的判断,便将脑袋探入了密封墙的缺口里,手举着灯,对着老洞子照。

灯光照出了五步开外,他看到了一条布满褐黄色沉淀物的弯弯曲曲的水沟,看到了一堆堆冒落下来的煤块和矸石,看到了顶板上的淋水在水沟里溅起的水花。老洞子又窄又矮,像一条用了许多年没有打扫过的歪斜的烟囱。

他像狗一样钻了进去。

他把电石灯噙在嘴上,用长满老茧的手掌和被矸石磨硬了的膝头在洞子里爬。他爬得极为小心,每向前爬一步,总要先上上下下看一下,他怕冒落的顶板和倒塌的煤帮把他压在地下。他的蒜头鼻子不停地嗅,小心翼翼地防范着那不动声色的杀人凶手——脏气。

现在,他不急了。他认为至少已把大半个生命掌握在自己手中了,他的偷窃已有了八分成功的把握。他不能输在日本人手里,也不能输在这条深不可测的老洞子手里,他要把他们都打垮,而不能被他们压扁!

希望在前面,在上面,在那重重黑暗的后面!越向里爬,他的信心越足了。这条一路上坡的老洞子无疑是通向地面的。它是向上的!不是向下的,这一点至关重要!

浑身都湿透了,汗水、淋水、身下的流水,把他变成了一个水淋淋的两栖动物。不断碰到水星的灯火在劈劈啪啪炸,他那湿漉漉的眉毛,被爆起的灯火烧焦了一片。

爬了有三四十米,洞子依然弯弯曲曲向前上方伸着。他不敢爬了。他想起了风,他觉着这条老洞子里似乎没有风。

没有风准有脏气!

脏气能把人憋死!

他依着煤帮坐下来,大口喘着气,脸上、额上的汗珠雨一样地落。

就这么坐了一会儿。

他没感到头昏,也没看到面前的灯火一窜一窜地跳,他判断至少到这个地段为止,洞子里的脏气不重。

又向前爬。爬了大约二三十步,他呆了！他爬到了头。爬到了一个平坦的地段上。一个接着洞顶的水仓切断了他的求生之路。他身下的水就是从那个漫顶的水仓里溢出来的。

混账的老祁骗了他,孟新泽这杂种骗了他,命运之神骗了他,他一下子从幻觉的天堂跌入了现实的地狱。他的高粱地,他的渺小的春梦,他的自由,全他妈的闷在这个翻腾着黑水的水仓里了。

价值八十块钢洋的生命依然不属于他自己,依然属于大日本皇军,他依然是"西字第〇五一四号"战俘。

这是一次不成功的偷窃。

他狼嗥似的哭了起来,哭得放肆,大胆,无拘无束,几乎失去了人腔。

他要尽情地发泄,他要把自己的怨愤、不满、绝望通通摔在这个老洞子里,然后再去寻找新的偷窃机会。

哭了一阵子,他连滚带爬往下摸,"〇五一四号"战俘的身份又明确地记了起来,他不敢懈怠,他要赶在混账的刘老八进窝之前,赶回二四二〇煤窝。

一身泥土溜到煤楼旁时,看到刘子平和几个弟兄正拖着沉重的煤筐从窝子里挣出来,矿警孙四正在叽叽咕咕说着什么。他灭了灯,闪在黑暗中向刘子平和那几个弟兄打了个手势,几个弟兄把拖筐里的煤往煤楼里一倒,围着孙四讨筐牌,他借这机会急速溜进了窝子。

他刚进窝子,孙四也进来了。

孙四扯着嗓门结结巴巴喊：

"弟……弟兄们,得……得抓紧点啦！现在八……八点了,定额可还没……没完成一半,日本人那儿,我……我可交不了差呀！你们挨了罚,可甭……甭怪我孙某人！"

孟新泽说：

"四哥，你放心！弟兄们不会让你为难！"

孙四哼哼唧唧走了。

弟兄们这才一下子将他围住了：

"怎么样？"

"能走通么！"

"那老洞有多长？"

他把头上的破柳条帽向地上一摔，吵架似的恶狠狠地道：

"走他娘的屌！那洞子是死的！"

喧闹的煤窝陷入了死一般的沉寂中。

许多凶恶的眼睛在盯着他看，一盏盏聚到他脸上的灯光照得他睁不开眼，他突然有了一丝怯意，又叹了口气道：

"老祁上次没走到头，我他娘的爬到了头，是死洞子！迎头是个水仓，大许是日本人开巷时存老塘水的。"

"你不会走错吧！"

孟新泽问。

他又莫名其妙地烦躁起来：

"怕我走错，你屌操的自己再去摸一趟！"

彻底绝望了。孟新泽铁青的脸膛剧烈地抽动起来，歪斜的嘴角几乎要扯到耳朵根。

刘子平脸变得苍白，两眼痴痴地望着手上的灯发呆，仿佛刚挨了一闷棍。

不知是谁在黑暗中呜呜咽咽地哭……

  前一阵子看了一部电影，日本的，叫什么名字想不起了。电影说到了徐州，那些横枪列队开进徐州的日本兵在唱："徐州，徐州，好地方。"我看了怪心酸的！当年的徐州对几十万参加会战的弟兄，对我们这些战俘，可不是好地方啊！

我说到哪了？噢，说到了那条老洞子，那条老洞子不通，又派人摸了一次，还是不通，弟兄们只好另想办法。约摸三四天之后，又一个消息传来了，说是和外面山里的游击队联系上了，井上井下一齐暴动。井下的弟兄通过风井口冲向地面，上面有游击队接应；井上的弟兄在游击队炸毁了高墙后往外突。两个战俘营的千余号弟兄又一次紧急串连起来，只等着那个谁也不知道的指挥者确定暴动时间……

第四章

"这烟不坏!"

刘子平想。

坐在棕褐色猪皮蒙面的高靠背椅上,刘子平贪婪地抽着烟,两只眼睛眯成了一道缝。眼前的景状因此变得模糊起来,大桌案后的高桥太君,太君身后墙上的太阳旗,桌上的电话机,都和他拉开了距离,仿佛一个遥远的旧梦中的景物。

他一口接一口地抽烟,那支和三八步枪子弹差不多长的小白棍,从放到干裂的嘴唇上就再也没拿下来过,灰白的烟灰竟没有自己掉下来。

这烟确实不错。

刘子平抽完了一支,将烟头扔到了地下,用趿着破布鞋的脚踩灭了,一抬头,又看到了放在桌上的那盒烟。他的眼睛不自觉地在那盒烟上多停了一会儿。

托着下巴坐在桌后的高桥太君笑了笑,很友好地说:

"抽吧,你的,再抽一支,客气的不要!"

他冲着高桥太君哈了哈腰,点了点头,又哆嗦着手去摸烟。

第二支烟点着的时候,他不无得意地想:自由对他来说,只有一步之遥了,只要他把那桩巨大的秘密告诉面前这位日本人,这位日本人定会把应有的报偿支付给他,以后,他想抽什么烟,就能抽什么烟,想抽多少,就能抽多少,想什么时候抽,就能什么时候抽。

秘密在他心中。这无疑是一笔财富,是一笔任何人也抢不走的财富。他要靠这笔财富换取生命的自由。在做这笔交易之前,他得弄清两点:第一点是买主的诚意,第二点是能索取的最高价钱。

对第一点，他不怀疑。面前这位高桥太君无疑是有诚意的，高桥太君一直在这高墙下面搜索阴谋，他出卖给他的，正是他所需要的阴谋，这交易他自然愿意做。高桥一般不会卸磨杀驴的，若是他卸磨杀驴，日后谁还会和他合作?! 自然，必要的提防也是少不了的，得小心谨慎，蹚水过河似的，一步步试着来。

第二点很难说。闹得好，日本人或许会将他放掉，再给他一笔钱；闹得不好，他还得留在阎王堂里给日本人当差。给日本人当差他不能干，那样，迟早要把性命送在自家弟兄手里。张麻子留给他的教训是深刻的。

他打定主意，不到最后关口，决不把真正的秘密端出来！卖东西就要卖个俏，卖得不俏，没人要。他要做的是一笔一回头的大生意，一锤头砸下去，没有反悔的可能，他不得不慎而又慎。他要和自己的弟兄们斗，也得和日本人斗哩！

第二支烟抽了一半的时候，高桥太君说话了：

"你的，搞清楚了？有人要逃？"

他慌忙点点头，极肯定地道：

"是的，太君！他们要逃！好多人要逃！"

"有人在战俘里面，哎，串连？"

"有的！有的！"

这都是些无关紧要的话，是买卖开张前的吆喝，旨在吸引日本人来和他做这笔买卖，根本不涉及买卖本身，说多说少，说轻说重都是无害的。

高桥像乌龟似的，把瘦脖子伸得老长，小眼睛炯炯有神：

"谁在串连？"

想了一下，决定先把那秘密扳下一点给高桥太君尝尝：

"是孟新泽，六号大屋的！"

高桥太君皱了皱眉头：

"孟——新——泽？孟……"

太君站了起来，走到身边的柜子旁，顺手拉开了一个抽屉，取出一叠战俘登记册和卡片。

他知道高桥太君要干什么,讨好地道:

"太君,孟新泽的战俘编号是'西字第〇五四二'号!"

高桥太君一下子将那张〇五四二号卡片抽了出来,看了看,用手指弹着说:

"姓孟的,做过连长?"

"不!他是营长,是六十军一〇九三团炮营营长!被俘时,他欺骗了太君,现在又是他在战俘中串通,唆使战俘们不给皇军出煤,通通的逃跑!"

高桥攥起拳头,在桌上猛击一下:

"我的,今夜就让狼狗对付他!"

他慌忙扑到桌前:

"太君,高桥太君!这……这样的不行!"

"嗯?"

高桥太君瞪大两眼盯着他看。

他更慌了,探过身子,低声下气道:

"太君,据我所知,战俘中有个反抗大皇军的组织,我只知道一个孟新泽,其他人还没弄清楚,这些人还在和外面联系哩,那个联系人也没找到。我……我想都弄清楚了,再向太君报告!"

高桥太君点了点头,鸡爪似的手压到了他肩头上:

"你的,大大的好!你的,帮助我的,我的,不会亏待你!我的,把他们一网打尽,把你放掉!放掉!明白?"

"明白!明白!太君!"

这点秘密渣儿,高桥太君一尝,就觉着不错哩!

高桥太君慷慨出了价。出了价,自然想看看下面的货色,高桥太君又开口了:

"他们的,串连了多少人,四号井的战俘,他们串没串过?他们要什么时候逃?"

这些问题,他确乎不知道,但,他不能说自己不知道,做买卖不能这么

老实:

"太君,他们串连了不少人,各个号子都串了,四号井也串了!什么时候逃,外面的游击队什么时候来,我还不知道!估摸就在这几天吧!"

高桥太君吃惊了,叫道:

"这不是逃跑,是暴动!我的,要把他们通通枪毙!"

"是的,太君,是该通通枪毙,不过——"

高桥太君笑道:

"你的放心,现在的,我的不会动他们,皇军要把他们和外面的游击队一网打尽!"

"太君高明!高明!"

高桥又问:

"来接应暴动的,是哪一支游击队?是共产党乔锦程,还是那个何化岩?"

"这个……这个,我的不知道!"

"和外面游击队联系的人是谁?你的,也不知道吗?"

他想告诉高桥太君:他怀疑井下二四二〇窝子的矿警孙四,甚至想一口咬住孙四,然而,转念一想,又觉着不妥:倘或孙四真是秘密联络员,那么,抓了孙四,暴动就不会按计划进行了,游击队就不会来了,他的秘密也就卖不出好价钱了。

他痛苦地摇了摇头:

"太君,我的,真的不知道!"

高桥太君显然很失望,但脸上却堆着笑。

"回去以后,你的,要把这个联络人找到!要尽快把暴动的时间告诉我,明白?"

"明白!明白!太君!"

他转身回去了,临走时,又向桌上的烟看了一眼。

高桥太君让他把烟拿着,他想了想,还是忍住没拿。那一瞬间,他猛然想起了一句挺高明的话:"小不忍则乱大谋"……

刘子平被提走时,六号大屋的弟兄们都在睡觉;刘子平回来时,六号大屋的弟兄们依然在睡觉。孟新泽却没睡,他眼看着刘子平心慌意乱被提走,又眼看着刘子平满面愁容地走进来。刘子平在地铺上躺下时,孟新泽轻轻咳了一声。

刘子平立即在黑暗中轻轻叫了起来:

"老孟,孟大哥!"

孟新泽应了一声:

"老刘,爬过来!"

他们的地铺是并排的,当中隔着条一米左右的过道,已是晚上九点多钟的光景了,过道上没有灯光,黑乎乎一片,刘子平狗一样爬过来了,两只脚一下子伸到孟新泽面前,自己的身子贴着孟新泽的身子躺下了。

刘子平没敢将头凑到孟新泽面前,他怕孟新泽嗅出他嘴里的烟味。

孟新泽只得把身子曲起来,头抵着刘子平的膝头,低声问:

"怎么回事?日本人突然把你提出去干啥?"

刘子平极忧虑地道:

"老孟,怕是有人告密啊,日本人仿佛知道了点啥!高桥老逼问我:张麻子是怎么死的?谁给我们通风报信的?他说,有人向他报告了,说咱们要组织逃跑!"

"这痨病鬼是唬你的!他要真知道了,还问你干啥?!"

"我没说,啥也没说!高桥让我再想想,说是给我两天的时间,两天以后,就要用狼狗对付我!老孟,孟大哥,可得快拿主意了!"

正说着,铁门又响了一下,靠门边的项福广被提走了,提人时,日本看守竟没注意孟新泽的铺上挤着两个人。

"看,老项又被提走了!保不准又是问那事的!孟大哥,咱们得行动了!说啥也得行动了!不是和外面联系上了么?咋还不把日子定下来!"

孟新泽道:

"这事不能急,得准备充分些,要不,没把握!"

"具体日子你不知道么?"

"不知道!这日子要是我能定,我他妈今夜就干!"

刘子平叹了口气:

"完了,两天以后,我非落个老祁的下场不可!"

"你也得像老祁那样挺住!"

刘子平怯弱地道:

"我……我……我不敢说这硬话……"

孟新泽恶狠狠地道:

"你想做张麻子么!"

刘子平狡猾地撇开了话题,近乎哀求道:

"孟大哥,快逃吧!再拖下去,弟兄们可都他妈的完屎了!"

竟嗡嗡嘤嘤哭了两声。

孟新泽开始安慰他,两人又悄悄讲了许久,刘子平才又溜到自己的铺位上睡了。

这夜,一切正常,十一点钟,哨子照例响了,号子里的弟兄照例匆匆忙忙地趿鞋、穿衣。十一点二十分,高桥训话。十一点半,门楼下的钢板门拉开了,十一点五十五分,阎王堂二百多名战俘和四号井的二百多名战俘全挤进大罐下了井,他们当中的绝大多数人都不知道:暴动将在今夜举行……

这一切来得都很突然。

最初,煤窝子好像有人叫,声音短促,尖厉,矿警孙四警觉地从煤楼边的守护洞里钻了出来,支着耳朵听。那短促尖厉的声音却消失了。通往煤窝的洞子是黑沉沉的,静悄悄的。孙四以为是幻觉,又把枪往怀里一搂,缩到了守护洞里。

坐在笆片支起的铺上,他还是不放心,总觉着今夜有些怪。战俘们的神气有些不对头哩!他们似乎是酝酿着什么重大事情,从东平巷往二四二〇窝子爬的时候,有些人就在那里交头接耳,尤其是〇五四二号孟新泽,一会儿走在前面,一会儿拖到后面,老和人叽咕什么。

他们莫不是想闹事吧?

不禁打了个寒颤,搂在怀里的枪一下子横了过来,枪口正对着黑乌乌的煤洞子。

他想:只要有人从煤洞子里扑出来,他就开枪,他知道,枪一响,守在东平巷的日本人和矿警就会赶来救援,任何捣乱的企图都会被砸个粉碎!

其实,不到万不得已,他真不愿开枪。他对这些战俘蛮同情的,平常对他们也并不坏。他和刘老八不一样,从未向日本人报告过什么,也从未打过哪个弟兄,他认定他们没有理由和他为难。

往好处一想,脑瓜中那根绷紧了的弦又松了下来,长枪往肩上一背,挂在棚梁上的灯往手上一提,径自向洞子里走去。

他得看看,煤窝子里究竟发生了什么没有。

弯着腰在通向煤窝的洞子里走了二三十米,两盏晃动的灯迎着他跳过来了。他停住脚,把灯往地上一放,枪横了过来:

"谁,干什么!"

迎面传来一个惊慌的声音:

"不好了!炸帮了!埋进去三个,刘八爷也埋进去了!"

"哦?快去看看!"

孙四说着,提起灯,加快步子往煤窝里去,刚走到煤窝里,就看到了刘老八摊在地上的血肉模糊的脸。他突然觉着不对劲,刚要把枪从肩上取下来,几个人已拥到他身边,一下子将他摔倒在地上,枪也被夺走了。

他吓慌了,挣扎着喊:

"干……干什么!你……你们要干……干什么?"

〇五四二号孟新泽蹲到了他面前:

"四哥,你甭怕!弟兄们不会害你的,弟兄们要逃,要逃,懂吗!"

"逃……逃……逃?你……你们逃了,我……我咋向日本人交……交账!你……你们甭害我……我了!我……我可从没做对……对不起你们的事哇!"

孟新泽极热情地道：

"四哥，你也和我们一起逃吧！"

孙四越急，结巴得越厉害了：

"逃……逃得……得掉……掉……掉吗？日……日本人在……在上面，咱在……在……在下面！"

孙四提出了一个反建议：

"老……老孟，还……还、还是甭……甭逃了吧！你……你们甭……甭逃，我……我也不……不向日本人报……报告！咱……咱们还是好……好弟兄！刘八死……死了活该！"

孟新泽脚一顿，恶狠狠地否决了孙四的反建议：

"我们弟兄受够了！这一回，非逃不可！"

王绍恒也在孟新泽身后嚷：

"老孙，别怕，上面有咱们游击队接应哩！"

孙四还是不同意，他认定孟新泽他们不会杀他，便躺在洞口道：

"你……你们真……真要逃，就……就先……先杀……杀了我吧！你们不……不杀我，日……日本人也……也要杀我的！"

不曾想，孙四话刚落音，黑暗中突然有人扬起煤镐，恶狠狠一镐头砸到了孙四的脸上，孙四一声惨叫，身子剧烈地抽颤起来，砸开了花的脸上，白糊糊的脑浆和殷红的血搅成了一片。

他两腿拼命一蹬，身子一挺，死了。

"谁？谁干的？"

孟新泽吼。

黑暗中的杀人者慢慢站到了孟新泽面前。孟新泽借着灯光一看，那人竟是刘子平！

"老刘，你……你咋能这样干？"

刘子平有些惶恐地道：

"我……我也不知道！我……怕耽误时间，老孟，快……快行动吧！晚了，日本人知道就麻烦了！"

"对,孟大哥!快干吧!不能磨蹭了!"

"孟营长,你快说,咱们怎么走?"

"……"

身边的弟兄们也跟着嚷。

孟新泽这才将目光从孙四血肉模糊的脸上收回来,对着众人道:

"弟兄们,事情已经闹到这个分上了,逃是个死!不逃也是个死!今夜,咱们拼死也得逃!咱们走风井口,风井口有乔锦程和何化岩的游击队接应,约好的时间是夜里三点。"

孟新泽将抓在手上的那块原本属于刘八爷的怀表举到灯前看了看,又说:

"现在是一点十五分,离约好的时间还有一小时四十五分钟,咱们二四二〇窝子距风井下口只有二十分钟的路,时间很宽裕,现在咱们要帮助其他窝子的弟兄,把矿警队除掉,把井下的电话线全掐断,封锁暴动消息。那些在生产区的日本人、矿警,一个也不能让他们溜到井口去!只要咱们能将消息封锁到三点,大伙全聚到风井下口,事情就算成功了!听明白没有?"

"明白了!"

黑暗中响起了一片闷雷般的应和声。

"下面,我来分一下工:项福广、王绍恒你们带三个弟兄去对付东平巷的那两个矿警和一个日本人!田德胜、赵来运、王二孩跟我一起到二四二二、二三四八两个窝子去!"

刘子平自告奋勇地道:

"老孟,不是要掐电线么?我去!干掉东平巷的那三个小子后,我就把通往井口的电话线掐了!"

孟新泽想了一下:

"再给你配两个人!钱双喜,李子诚,你们跟着老刘去!"

分完工后,孟新泽再次交代:

"记住,要小心谨慎,无论如何都不能开枪!也不能让鬼子和矿警开枪！不要怕，咱们有一个半小时,有四五百号人,生产区的矿警、鬼子,统共不过二三十,他们不是咱们的对手,千万不要怕！"

煤窝里的弟兄们纷纷抓起煤镐、铁锨,三五成群地沿着下坡道向东、西两个平巷摸,蓄谋已久的暴动开始了。

这是民国二十九年六月二十九日深夜一点二十三分。

一时三十五分,守在东平巷口的两个矿警和一个日本人被利利索索地干掉了。担负此项任务的项福广挺聪明,他把孙四的矿警服套到了身上,又提上了孙四的大电石灯,电石灯的灯光很亮,照得巷口的那个日本人睁不开眼。那日本人没怀疑,他知道用这种大电石灯的都是监工、矿警,又见来人穿着矿警服,背着枪,就更没在意。不料,走到近前,项广福突然枪一横,枪上的刺刀捅进了他的胸膛,没费劲就敲掉了一个。两个矿警是在东平巷口的防风洞里堵住的,他们根本没来得及把枪抓起来,就被突然拥到洞里的弟兄压倒了,一人头上吃了几镐。

东平巷的警戒线被破除……

刘子平是在东平巷的警戒线破除之后,冲出东平巷的。

在东平巷口,刘子平对手下的两个弟兄说：

"你们往里跑,把里面的电话线全扯了,我扯外面的！"

两个弟兄应了一声,去了。

刘子平却站在东平巷口愣了一会儿,他不知道自己究竟该往哪里走！狡猾而又混账的孟新泽把他的一切计划都打乱了:把他和高桥太君谈妥了的一笔买卖搞砸了！

孟新泽的狡猾是确凿的,他明明知道今夜暴动,在井上却偏偏不和他说,硬是把他裹到了这场可怕的漩涡中,逼迫着他和他们一起干！他认定孟新泽是这场暴动的指挥者和策划者！他刘子平不管怎么聪明,怎么机警,最终还是被孟新泽骗了！

这真可怕！

这些叫作人的玩意儿真可怕！

现在,他要做最后的选择了,或者继续去和高桥太君做买卖,或者铁下一条心,和孟新泽他们一起干。他得最后揣摩一下,把赌注压在哪头上算?

现在看来,暴动有成功的希望了,地下四五百号弟兄全动起来了,上面又有游击队接应,铁着心干下去,也许能捡得一条命来!地下的情况看来不错,地上怎么样呢?游击队不会变卦吧?日本人不会加强防范吧?

突然有了些后悔,他真不该在地面上向高桥太君讲这么多!倘或高桥听了他的话,加强了地面防范,调来了驻防西严镇的日军大队,那么,今夜的暴动必败无疑!他自己就把自己卖掉了!他不死在日本人的枪弹下,也得死在高桥的指挥刀下。

和高桥做买卖的念头固执而顽强地浮了出来……

恰在这时,躺在巷道口水沟盖板上的那个日本人动了一下,他跑过去一看,发现那日本人竟没死。他胸前湿漉漉一片,手上,脖子上糊着血,他弯下腰时,那日本人挺着上身想往起爬。

他灵机一动,打定了主意:还是和高桥太君做这笔买卖。他要用这个受了伤的日本兵来证实他做买卖的诚意。

"太君!太君!"

他看看巷道两头都没有人,急切地叫了起来,一边叫,一边扶起了日本兵:

"太君!太君!他们的暴动了!暴动了!我的,我的送你上井!"

那日本兵点了点头,咧嘴笑了一下。

他架着日本兵,疾疾地向主巷道走。

不料,刚走了大约百十米,他就听到了身后的脚步声。他心中一紧,知道不好,认定是几个窝子的弟兄把矿警和日本看守干掉后,赶来封锁巷道了,他带着一个行走不便的日本兵,非落到他们手里不可!

心中一慌,把那日本兵一下子推倒在巷道一侧的水沟里,拔腿便往井口跑。

生命比诚意更重要!

跑到井口时,是二时零五分,井口的日本总监工吉田正为和里面的煤窝联系不上而犯疑。

他扑到吉田面前,张口气喘地道:

"太君!太君!他们……他们的暴动了!我的……我的要见高桥太君!要见龙泽寿大佐太君!"

吉田呆了,怪叫一声,狂暴地用一双大手抓住他的肩头摇撼着:

"暴动?你说他们的暴动?他们的敢暴动?!多少人!什么时候?"

他执意要见高桥太君和龙泽寿大佐,他要把这桩秘密卖给他们,卖出一个公道的价钱:

"太君,我的……我的要向高桥太君和龙泽寿大佐太君报、报告……"

一个沉重的大拳头很结实地击到了他脸上,他身子一歪,几乎栽倒在地。可没等他倒到地上,又高又胖的吉田再次抓住他瘦削的肩头:

"说!快说!"

鲜红的血从鼻孔和嘴里流了出来,嘴里还多了一颗硬硬的东西,他吐出一看,是颗沾着血水的牙齿。

他不说。

吉田像个疯狂的狗熊,围着他转来转去,用拳头打他,用脚踢他,用鬼子话骂他,他凄惨地嚎叫着,就是不说。他是硬汉子,他不能把自己拼着性命搞出来的秘密拱手让给面前这个大狗熊!

他固执地大叫:

"我要见高桥太君!哎哟!我要见龙泽寿大佐!哎哟!你……你打死我,我也要见高桥太君!"

吉田没办法了,只好先让井口料场、马场的几十名战俘和十几名矿警、日本兵撤离上井,同时挂电话给井上的高桥和龙泽寿。

这时,是二时十二分。

十分钟后,迅速升降的罐笼将大井下口的人全拽到了大井上口,吉田总监工和两个日本兵押着浑身是伤的刘子平挤进了最后一罐。

在大井上口,先见到了龙泽寿大佐。刘子平结结巴巴向龙泽寿大佐报告的时候,高桥太君也从阎王堂赶来了。他马上向高桥扑去,扑到高桥

军 歌 // 063

面前,他自己也不知道怎么竟哭了。他中断了极为重要的报告,满脸是泪,指着吉田对高桥说:

"高桥太君,他……他打我,我……我要向你,向龙泽寿大太君报告,他……他就打我!"

龙泽寿大佐鄙夷地看着他,仿佛看着一条落魄的丧家狗:

"嗯,你的,说!接着说下去!"

他可怜巴巴地看了看高桥太君。

高桥阴沉沉地点了点头:

"你的,大大的好!我的明白。说,暴动的,多少人?游击队什么时候来?他们的,从哪里上井?"

他想都没想,便滔滔不绝道:

"井下的战俘全暴动了!全暴动了!——除了我!总共有四百多人,他们想从风井口出去,游击队三点钟在风井口接他们,井下的皇军和矿警全被他们干掉了,他们手里有了枪,太君,大太君,我们的,要赶快赶到风井去,晚了就来不及了!"

龙泽寿吼道:

"你的,为什么早不报告?嗯?"

他慌了,脸孔转向高桥:

"我的……我的向高桥太君报告过!"

高桥以怀疑的目光打量着他,不怀好意地道:

"暴动时间,你的没说!"

"太君,高桥太君!下井前我……我不知道啊!他们信不过我,他们没告诉我!太君,这件事……太君……"

他急于想把事情解释清楚,可却终于没能解释清楚,龙泽寿大佐冷冷扫了他一眼,走了,到井口电话机旁摇电话去了。高桥也抛下他,跑到那帮闻讯赶来的日本兵面前,哇里哇啦讲起了鬼子话。

他们都忘记了他的存在。

他一下子感到很悲凉,有了一种坠入地狱的感觉,他的聪明、机警全用不上了,他的命运从此开始,不是他自己能够支配的了。他一下子明白了,在和日本人做这笔人肉交易的时候,他把生命的能量全挥霍干净了,他在短短几天里走完了遥远而漫长的人生路,现在,他正慢慢死去……

龙泽寿大佐和高桥太君在忙活……

二时五十二分,驻守在西严镇的两个中队的日军开了过来,守住了风井井口和大井井口,二时五十五分,两个战俘营里的探照灯全打亮了,岗楼上的机枪支了起来……

暴动在短短一小时内陷入了绝境。

这意外的变化事前谁也没料到!后来,弟兄们才知道有人告密!告密的那家伙听说是个排长,山东人,姓啥叫啥记不得了。暴动过后,再也没有看见过他,有人说被日本人砍了,也有人说被日本人放了,当了韩老虎伪军大队的小队长,民国三十二年春上,被何化岩游击队打死了……

窝在地底下的四五百口子弟兄可遭大罪了,要吃的没吃的,要喝的没喝的,硬饿也得饿死!想冲上井?没门!日本人架着机枪候着哩!不过,刚暴动那一阵子,弟兄们并不知道,都以为顺着风井口能冲上去哩!都以为风井口有咱抗日武装接应哩……

第五章

　　东平巷车场挤满了人,无数盏跃动的灯火从各个煤窝汇拢来,沿着双铁道的宽阔巷子,组成了一条光的河流。沉重的喘息,兴奋的叫嚣,疑虑重重的询问和毫不相干的歇斯底里的咒骂,嗡嗡吟吟混杂成一团。骚动的气浪在灯光的河床上,在众人头顶上啸旋着、滚动着,把一轮希望的太阳托浮在半空中。

　　地层下的整个暴动过程异乎寻常地顺利,从一时十五分二四二〇煤窝动手,到二时二十分二三四八煤窝的弟兄们走出来,暴动只用了一个小时十五分钟。在这一小时十五分钟里,四名矿警和五名日本兵被击毙,余下的十八名矿警和五名日本兵做了暴动者的俘虏。四百七十余名被迫从事奴隶劳动的战俘们重新成为军人,再度投入了战争。

　　行动中,矿警们还是开枪了,三个参加暴动的弟兄在矿警的枪口下毙命,另外还有几个受伤。

　　然而,不管怎么说,暴动是成功了,现在,那十八名矿警和五名日本兵被捆了起来,他们手中的枪,已转到了暴动者手中。

　　缴获的枪共计三十二支。

　　一〇九三团炮营营长孟新泽抓了一支,他背着那支枪,挤在煤楼底下,和一些人商量着什么。后来,他爬上一个被推翻在地的空车皮上,对着弟兄们讲话。他喊了好一阵子,巷道里的声音才渐渐平息下来,弟兄们盯着孟新泽看,看不到的,就呆在那里静静地听。

　　"弟兄们,我们成功了!从现在开始,我们不是日本人的俘虏了,我们是军人!就像二十七年五月十九日以前那样,是打日本的中国军人!军人要讲点军人的规矩!现在我宣布,我,孟新泽,一〇九三团炮营营长,对这次行动负责！我要求弟兄们听我指挥,大家能不能做到?"

也许这话问得多少有点突然,聚在车场巷子里的弟兄们沉寂了一下,没有回答。

孟新泽有些失望,他愣了一下,嘴角抽了抽,又说:

"如果弟兄们信不过我,也可以另举一个弟兄来负责,但是……"

孟新泽一句话没说完,站在门楼前不远处的田德胜先吼了起来:

"老孟,别罗嗦了,听你的,都听你的!"

"对,听孟营长的!"

"孟营长,你发话吧!"

"听孟营长的!"

"听孟营长的!"

……

应和之声骤然炸响了,巷道里仿佛滚过一串轰隆隆的闷雷。

孟新泽感激地笑了笑,双手张开,向下压了压,示意弟兄们静下来。

手势发挥了作用,巷道里再一次静了下来。

孟新泽又说:

"弟兄们,马上,我们就从风井口冲出去,大家不要乱,还是以原来的窝子为单位,一队接一队上！三十二支枪,二十支由老项——项福广带着,在前面开路,十二支我带着,在末了断后,不管出现什么情况,都不要慌,不要乱！听明白没有?"

"明白了!"

又一片应和声。

"好！下面,我还要说清一点……"

这时,人群中有人叫:

"你他妈少罗嗦两句好吗?!"

孟新泽一怔,费力地咽了口吐沫,又说:

"伙计,不要急,等我把话说完!"

不料,下面叫得更凶:

"甭听这小子扯淡！咱们走！"

"对！快走！"

……

巷道里出现了骚动。

孟新泽火了，脚板在车皮上一跺，厉声喝道：

"谁敢乱动，老子毙了他！弟兄们，给我瞅一瞅，看看谁在那里捣乱！"

那些急于逃命的家伙不敢乱动了，小小的骚动转眼之间平息了下来。

"现在，我还要说清一点，地面的情况，咱们不知道，乔锦程和何化岩的游击队来了没有，来了多少人，都没有把握！如果地面情况有变，我们也得拼命冲出去！看守风井口的日本人不会多，充其量十几个。出去以后，趁黑往西严镇山后撤，进了山，日本人就没辙了！"

有人大声问：

"不是讲定地面有人接应么？"

孟新泽被迫解释道：

"是的，是有人接应！我们是怕万一！万一他们不来，我们也得走！事情已闹到了这一步，我们没有退路了！现在，突击队前面开路，出发！"

孟新泽发布完命令，从煤车皮上跳下来时，已一头一脸的汗水。他撩起衣襟，胡乱在脸上抹着，眼见着一股股人流顺着身边的巷道向风井下口涌。他和他身边的十余个背枪的弟兄依着巷壁站着没动，他们要在这支逃亡大军的后面打掩护，他们要用他们手中的枪，用他们的热血和忠诚来对付可能从大井口扑过来的敌人。

逃亡的弟兄在孟新泽面前走了大约两分钟。

在队伍之尾，孟新泽看见了步履踉跄的耗子老祁。老祁伤还没好，就被日本人逼着下井了。昨日夜里上了第一个班。这也是不幸之中的万幸，日本人的残酷给老祁提供了一次求生的机会。这或许就是命，老祁命不该绝。暴动之前，孟新泽怕老祁行动不便，曾私下作了安排，让六号里的两个弟兄逃亡途中照顾他。现在，那两个弟兄却不见了。

老祁走过孟新泽身边时，孟新泽抓住老祁的手问：

"咋只有你一人,他们两个呢?"

老祁叹了口气:

"到啥辰光了,谁还顾得了谁?"

孟新泽火了:

"混账,抓住那两个小子,我非毙了他们不可!"

老祁艰难地笑了笑:

"老孟,我还行!"

孟新泽没去理老祁,两眼只瞅着从身边涌过的人流。

突然,他从人流中拉出了两个弟兄:

"你们别只顾自己逃命!祁连长为弟兄们受了伤,你们一路上照应一下!"

那两个弟兄连连答应着,扶着老祁疾疾地走了。老祁被那两个弟兄架着,向前走了好远,还扭过头对孟新泽喊:

"老孟,你们可要小心呵!看着情况不对就赶快撤!被堵到地下可……可就完了!"

孟新泽自豪而又自信地喊了一声:

"走你的吧,兄弟!我孟新泽这两年的营长不是白当的!"

望着滚滚涌动的灯火,望着手中的枪,孟新泽觉着自己又回到了炮火隆隆的战场,仿佛民国二十七年那个灾难的五月十九日刚刚从他身边溜走。

是的,从现在开始,他又是军人了!他手中又有枪了!他可以用战斗来洗刷自己的耻辱了!他想:只要这四百七十多名兄弟能成功地冲出地面,只要他能活下来,他一定永远、永远做一名战斗的军人,再也不投降,再也不放下手中的枪。他一定要率着这帮死里逃生的弟兄们,和日本人拼出个最后的输赢来。那个壮烈殉国的连长说得对:"只要我中华民族众志成城,万众一心抵抗下去,则中国不亡,华夏永存!纵然是打个五十年,一百年,最后的胜利必是我们的!"

军 歌 //069

端着三八大盖在泥泞陡滑的回风道上爬的时候,项福广还在回味着捅死东平巷的那个日本兵时的感觉。那个日本兵真他娘傻屄,他走到面前了,枪刺横过来了,那王八还没犯过想来。那时不知咋的,他竟一点儿也不害怕,脚没软,手没抖,抓着枪的手向前一送,那个从东洋倭国来的大日本皇军便见阎王了。大皇军的身子骨也娘的是父精母血肉做的,也那么不经扎哩!他把刺刀捅进去的时候,觉着像扎了一个麦个子,软软的,绵绵的,又重重的,——那王八挣扎着用手抓住枪管的时候,整个身子的重量都压到了枪上。他拼命往下拔刺刀,还用脚跺了那王八一下。一股血溅到了他脸上,热乎乎,挺瘆人的,他当时就用手揩去了,现刻儿想起来还是觉着没揩净。

抬起手,又在汗津津的脸上揩了一下,而后,把手放在鼻子下嗅了嗅。

没有血腥味,没有。

这是他第一次用刺刀杀人,而且,是杀一个日本人。杀日本人,也是第一次。被俘前,他是庞炳勋部的一个排长,被俘时,他有些糊涂,他当时大腿受了伤,流了好多血,昏过去了,眼一睁就落到了日本人手里。他原以为自己必死无疑,后来在战俘营,被俘的李医官给他胡乱换了几次药,伤口竟好了,而且没落下残疾。从此,他对属于自己的生命就倍加爱护,倍加小心了,为了对自己的生命负责,他对许多弟兄的生命都不那么负责了。他向日本看守告过密,这事任何人都不知道,若是知道,他早就没命了。

三月里,三排长李老二和机枪手张四喜伙他逃跑,他想来想去,没敢。他瞅着空子,把信儿透给了日本看守山本,山本报告了高桥,高桥这个阴险的坏蛋,有意不去制止这次可以制止的逃亡事件,有意给了一个空子让李老二和张四喜逃。结果,李老二让狼狗咬死,张四喜被电网电死。他好一阵子后悔,暗地里把自己骂了个狗血喷头。

高桥从此便瞄上了他,动不动提他去问话,要他把战俘中的情况向他报告。他再也不干了,只说自己不知道。开初,高桥还信,后来,高桥不信了,每次被提出去,总要挨一顿打。

这就是告密的报偿。

同屋的弟兄们见他挨打，对他都很同情，好言安慰他，弟兄们越是这样，他的心越不踏实，越是觉着欠下了一笔沉重的良心债。

暴动前的这几天，高桥又提了他两次。他都没说。高桥的指挥刀架到他脖子上，他也没说。后一次有点玄，最后一瞬间，他几乎垮了，高桥说道，给他两天的时间考虑，如果还不把知道的情况说出来，他就把他三月份告密的事向全体战俘公开。

这比指挥刀和狼狗更可怕！

他被迫答应考虑。

不料，偏偏在几小时之后，暴动发生了，那令他胆战心惊的事情根本不存在了！他毫不犹豫地投身到暴动的行列，孟新泽一声令下，他就和田德胜两人按倒了监工刘八，一镐刨死了那王八，紧接着又杀死了那个日本兵。

愧疚和不安随着两条生命的消失而消失了，他的心理恢复了平衡，这才觉着不再欠弟兄们什么东西了。端着死鬼孙四的三八大盖在回风道爬着，他心里充满了一个军人的自豪感。

他心中的秘密别人永远不会知道了。

他用勇敢的行动证实了他的忠诚。

回风道里的风温吞吞湿漉漉的，却又很大。风是从下面往上面吹的，仿佛有一只无形的手推着他的后背。他被风推着向前、向上爬，每爬一段距离，就停下来四下看看，听听动静，他不知这段通往地面的回风道有多长，对地上的情况，他心中也没有数。

他爬在最头里，身后三五步，就是突击队的队员，突击队后面十几米处，是没有武装的逃亡者。他和手下的那些突击队员手中的枪，不仅仅担负着保护自己生命的职责，也担负着整个行动成败的职责，担负着保护四百七十余条性命的职责。

他不能不谨慎小心。

他总觉着快到井口了，井口却总是不出现，面前的回风道仿佛根本没有尽头似的。他想:也许在夜间,井口的位置不好判断——地上、地下一般黑,走到井口也不会知道的。万一他突然冲到了井口,而井口上又有日本人守着,事情可就糟透了。

他又一次扶着歪斜的棚腿,举着灯向巷道上方看。

一个突击队的弟兄跟了上来:

"老项,还有多远?"

项福广摇摇头:

"不知道!"

"咱总爬了千把米了吧!"

"不止!"

"看光景该到了!"

项福广抹了把汗:

"我也这么想!"

"上面不知道是个啥情况哩!若是那帮王八蛋不来,咱们就叫坑了!"

项福广道:

"不论上面是什么情况,咱们都得小心!给后面传个话,让后面的弟兄们和咱们的距离再拉开一些!"

"好!"

待身后突击队的弟兄都跟了上来,项福广又摸着一根根棚腿,向上攀,攀了不到二十米,一道紧闭的风门出现在面前了。

原来,回风道上还有风门哩!这倒是项福广没想到的。

几个弟兄上前一扛,把风门扛开了。

举灯对着风门里一看,上面还有一道风门。

弟兄们又要去扛那道风门。

项福广将弟兄们拦住了:

"小心,这道风门外面,大概就是井口,成败在此一举!大家都把灯灭了,轻轻把风门扛开,扛开后,都守在门口不要动,我先摸上去看看。情况不好,我把灯点上,你们就准备打,听明白了吗?"

"明白了!"

弟兄们纷纷把手中的灯火拧灭了,继而,把身子贴到了第二道风门上,暗暗一使劲,将风门慢慢推开了。

前上方二十米处朦朦胧胧有些亮光——井口终于出现了!

项福广跨出风门时,又作了最后一次交代:

"把枪准备好,看见灯光就准备打!若是井口被咱游击队拿下来了,我会下来告诉你们的,注意,千万不要莽撞!"

说毕,他端着枪猫着腰,身子几乎贴着泥泞的坡道,悄悄向上爬了。他爬得很慢,很小心,尽量不让自己的身体发出什么声响。

一步,两步……五步……八步……

他在心中暗暗数着。

数到第十步时,他的眼睛已能看清井口边的东西了。他发现了一道障碍物,障碍物有半人多高,恍惚是装满了沙土的草袋。他心中一惊,忙卧倒在地,又睁大两眼看,支起耳朵听。

地面的风机嗡嗡响着,什么都听不见。

井口周围很黑,也没看到有什么人影。

他想:也许是一场虚惊。汛期到了,码在井口的草袋大约是为了防水的——防备雨水、洪水灌入井中。

他站起来又向上爬。

一步,两步,三步……

突然,草袋后面飞出了一些什么东西,那东西将他击中了,他身体剧烈一颤,跌倒在地下。

没听到枪声,轰轰作响的风机声把枪声遮掩了……

身子像是被撕裂了,四处都痛,却不知道哪里中了弹。他试图站起来,可挣了几次,也没挣起来。突然间,他想起了自己的使命,他将手伸到了腰间,在腰间摸到了那盏电石灯,电石灯上湿漉漉的,不知是汗还是血,他顾不得分辨了,曲着腿,勾着身子,紧紧护住灯,而后,哆嗦着手从灯盏旁的卡子上抠出油纸包着的洋火。

他得把危险告诉弟兄们。

手抖得厉害,他划了五根洋火,才将面前的灯点着。

他将灯拧到最大亮度,举起来,对着身后下方的巷道摇晃着,喊出最后一句话:

"弟兄们,打……打呀!"

又飞来一片弹雨,他高高昂起的脑袋被几粒子弹同时击中了,脑袋上的破柳条帽滚到了地下,又顺着坡道滚到了风门前。手中的灯跌落了,灯火在巷风中跳了几跳,终于灭了。

项福广死了。

一盏生命的灯火熄灭了。

连同那生命的灯火一齐熄灭的,还有与这生命有关的许多秘密。

没有人想到他曾经是个告密者!

没有人相信他会是一个告密者!

守在风门口的弟兄们立即明白了自己和自己身后那几百名弟兄的处境,绝望地开了火。瞬时间,在从风井口到出井口的二十几米长的斜坡巷道里,一场激烈的争夺战打响了。

交战双方都无法使用更多的人和更多的枪,恶劣的自然条件,限制了战斗的规模,井上的日本兵架着一挺机枪向井下打;井下,十余个战俘用手中的三八步枪抗击。战俘们的劣势是很明显的,交火没有几分钟,就被迫退到了后面那道风门里面。

头一道风门外抛下了十三具尸体。

这时,孟新泽闻知交火的消息,带着断后的人马赶了上来,狂暴地发布了命令:

"打!拼着一死也得打,不打下这个井口,咱们通通完蛋!"

弟兄们只得在孟新泽的带领下,冒着机枪的强大火力网,拼命向上冲。

又有一些弟兄送了命。

孟新泽自己也受了伤,一粒子弹将他的胳膊打中了,腥湿的血糊了一身,直到中弹倒地时,孟新泽才明白了一个血淋淋的现实:暴动失败了!

是夜四时十分,拥在风井回风道里的四百余名弟兄被迫放弃了攻下风井口的幻想,绝望而愤怒地返回了东平巷……

东平巷被一片阴冷而恐怖的气氛笼罩着。

聚在东平巷的人们处于骚动不安之中。

弟兄们无论如何不能接受面前这严酷的事实:他们无路可走了,或者饿死,或者被日本人杀死!他们觉着这不合情理!他们的暴动最初不是成功了么?不是说上面有游击队接应么?游击队这些混蛋都跑到哪去了?日本人咋会用机枪堵住风井口?哪个王八蛋向日本人告了密?

弟兄们用最恶毒的字眼咒骂起来,骂乔锦程,骂何化岩,骂那些将他们置于绝境的人们。有些人一边骂,一边还大声号啕。死亡的恐怖像瘟疫一样迅速蔓延开来,那轮曾经高悬在他们心里的希望的太阳,一下子坠入了无底深渊。

事情坏到了无法收拾的地步。

几个持枪的弟兄冲到关着矿警和日本人的工具房门口,睁着血红的眼睛大叫:

"毙了这些狗操的!毙了他们!就是死,也得拉几个垫底的!"

更多的人反对这样做,他们拥在工具房门口,拼命保护着工具房里的十八名矿警和五个日本兵,对着那几个持枪的弟兄吼:

"不能杀他们!咱们得用这些家伙来和井上的日本人谈判!"

"对!不能杀!"

"不能杀!"

站在最外面的一个大个子东北人干脆拍着胸脯说:

"日他娘!要杀他们先杀我!来,冲着这儿开枪!"

"砰"的响了一声。

竟然真的有人对着他的胸脯打了一枪。

"揍！揍死这王八羔子！他打咱自己人！"

"揍呵！"

……

聚在工具房门口的人被激怒了，怒吼着向开枪者面前逼，一盏盏发昏的灯火晃动着。不料，没等他们逼到那开枪肇事者面前，那弟兄已将上身压到枪口上，自己对着自己脑袋搂了一枪。

另外几个持枪的弟兄被扭住了，一些失去了理智的家伙在拼命打他们。工具房面前的巷道里乱成了一团。

孟新泽听到枪声，从里面的巷道里挤过来，对着那些兽性大发的人们吼：

"都他妈的住手！咱们是军人，就是死，也得死出个模样来！"

一个瘦瘦高高的小子竟将枪口对准了孟新泽的胸脯：

"滚你娘的蛋吧，老子们用不着你教训！"

孟新泽冷冷地命令道：

"把枪放下！杂种！"

"放下？老子毙了你，不是你，弟兄们走不到这分上！"

"老子再说一遍：把枪放下！"

那小子反倒把枪口抬高了。

孟新泽上前一步，在那小子脸上猛击一拳，一把将枪夺到了手上，抓住枪管的时候，那小子勾响了枪机，一粒子弹擦着孟新泽的耳朵，打到了巷道的棚梁上。

那小子被两个弟兄扭住了。

孟新泽将缴下的枪顺手抛给了身边的一个弟兄，镇静而威严地道：

"弟兄们！咱中间有人没安好心！他们想拿咱们的脑袋向日本人邀功领赏，保自己的命！这帮混蛋是一群吃人的狼，咱们千万不要上他们的当！咱们今日暴动的失败，就是他们造成的！一定是他们中间有人向日本人告了密，日本人才在风井口架上了机枪！"

有人大声问：

"那咱们现在咋个办?就窝在地下等死么?你他妈的不是说对弟兄们负责么?"

孟新泽道:

"我是说过,现在,我还可以这样说!该我孟新泽担起的责任,我是不会推的,要是砍下我的脑袋能救下四百多名弟兄,我马上让你们砍!我也想过和日本人谈判——我去谈……"

孟新泽话还没说完,黑暗中,又一个声音响了起来:

"好,姓孟的说得好!弟兄们,你们还愣在这儿干什么?上呵!快上呀,把姓孟的捆起来,咱们去和日本人谈判!暴动不是咱们发起的,咱们是在他的胁迫下参加的,日本人不会不讲道理!"

"对!把姓孟的捆起来!"

"上,上呵!"

七八个人叫嚣着,一下子拥到了孟新泽面前。孟新泽没动,只定定盯着他们的脸孔看。他内心极为平静,似乎早就等着这一刻了。

这七八张脸孔中,有一张竟是他熟悉的,一瞬间,他几乎有点不相信自己的眼睛。

他又盯着那张熟悉的脸孔看了半响,凄惨地笑了笑:

"老王,王绍恒,你,你也想把我捆起来送给日本人么?"

王绍恒垂着头,喃喃道:

"不……不是我要捆,是……是你自己说的!我……我……我也是没办法!"

孟新泽又说:

"老王,还记得二十七年六月的那桩事么?"

王绍恒怔了一下,马上想了起来,二十七年六月,伪军旅长姚伯龙到战俘营招兵买马,他曾和孟新泽肩并肩站在一起,做了一回颇具英雄气的选择。那时,他们还没到阎王堂来,战俘营在徐州西郊的一个村庄上。一大早,哨子突然响了,日本人招呼集合,弟兄们站在一座破庙门前的空场上,听姚伯龙训话。姚伯龙把蒋委员长和武汉国民政府大骂了一番,又大讲了一通中日亲善的道理,然后说:"愿跟老子干的,站出来,不愿跟老子干的,留在原地不要动。"大多数人都站了出来,他看了看孟新泽,见孟新泽没动,自己也没动。

为此,他一直后悔到今天。

后来,他无数次地想,他当时的选择是错误的。他不应该留在原地,而应该参加姚伯龙的队伍,在队伍里,逃跑的机会会很多。他当时慑于孟新泽的威严,逞一时的硬气,失去了一次逃生的机会。

是孟新泽害了他。

这一回,他不能再这么傻了,暴动已经失败,不把孟新泽交出来,日本人决不会罢休的,为了自己,也为了这几百号弟兄,必须牺牲孟新泽!

他怯怯地看了孟新泽一眼,吞吞吐吐地说:

"过去的事,还……还提它干啥!"

孟新泽却道:

"我想让你记住,你老王曾经是一条汉子!现在,我还希望你做一条英雄好汉!我姓孟的不会推脱自己的责任,可我劝你好自为之,多少硬气点!"

王绍恒突然发作了,直愣愣地盯着他,粗野地骂道:

"硬你娘的屌!你他妈的少教训我!不是你,老子不会到这儿做牲口,不是你,老子不会走到这一步!明说了吧,地面上究竟有没有人接应,我他妈的都怀疑!"

"对!这狗操的坑了咱们!"

"别和他罗嗦了,先捆起来再说!"

"捆!"

"捆!"

王绍恒和他身边的七八个人将孟新泽扭住了。他们不顾孟新泽一只胳膊已经受伤,不顾孟新泽痛苦的呻吟,硬将他按倒在潮湿的地上。

孟新泽被这侮辱激怒了,本能地挣扎起来,身子乱动,腿乱踢,嘴里还喊着:

"弟兄们,别……别上他们的当!我们当中有……有人告密!"

有人用脚狠狠踢他脑袋,有人用手捂他的嘴,他怎么挣也挣不脱那些牢牢压住他的手和脚。他大口喘着气,被迫放弃了重获自由的努力。

就在这时候,他听到有人在和这帮人交涉。

"放了老孟吧!这事也不能怪他,他也没逃出去么!"

"是呀,何化岩他们混蛋,与老孟没关系!"

……

然而,交涉者的声音太微弱,太微弱了!他们已很难形成一种威慑的力量。

他的精神一下子垮了,他突然明白了人的阴险可怕!人,实际上都是狼!在某种程度上,比狼还要凶狠!人为了自己活下去,不惜把自己的同类全剁成肉泥!他没必要为他们做什么牺牲。

撤到东平巷以后,他就想到了这场悲惨事件的收场问题。他确乎想过挺身而出,为弟兄们承担起这沉重的责任。他不怕死,早就准备着轰轰烈烈死上一回。为救弟兄们而死,死得值!

现在,他觉着自己受了侮辱,他后悔了,他想,倘或现在日本人问他的话,他一定把这帮混蛋全扯进去——包括王绍恒!这帮混蛋没有资格,没有理由活在这个剽悍的世界上。

巷道里越来越乱,那帮急于向地面上日本人讨好的家伙显然已控制了局势,有人跳到他曾经站过的煤车皮上发表讲话,要求弟兄们把那些杀死过矿警和日本人的弟兄指认出来。关在工具房里的五个日本人和十几个矿警被那些家伙放了。他听到一个刚刚被松了绑的矿警头目在叫:

"弟兄们,不要怕,只要你们走出矿井,向地面的皇军投降,兄弟我包你们无事!兄弟我叫孙仲甫……"

突然响了一枪。

那个刚刚跳到煤车皮上的孙仲甫被击毙。

"谁开的枪?"

"抓住,抓住他!"

"哎哟,不……不是我!"

"砰!"

又是一枪。

充塞着肮脏生命的巷道里鼓噪着生命的喧叫,那些喧叫的生命在绝望与恐怖中冲撞着,倾轧着……

巷道里更加混乱。

没人敢往那煤车皮上站了。

孟新泽一阵欣喜,他看到了一线希望:并非所有人都想向日本人投降,不愿屈服的生命还顽强地存在着!

泪水从眼眶里涌了出来。

聚在孟新泽身边的那帮卑鄙的家伙已发现了潜在的危机,他们拉起孟新泽,把他往原来关押矿警和日本人的工具房门口推。

工具房门前突然挤过来几个人,为首的是耗子老祁和田德胜,老祁提着把煤镐,田德胜手里抓着杆枪。

田德胜拦住了王绍恒:

"把姓孟的交给我!"

王绍恒说:

"先关起来,先关起来!"

田德胜又犯了邪,抬起手,恶狠狠打了王绍恒一个耳光:

"王绍恒,在这地方能轮得到你说话么?现在,弟兄们推举老子去和日本人谈判,老子要把姓孟的押到井口去!"

王绍恒愣了,畏畏缩缩往后退,他有些惶惑,他不明白,究竟是谁推举了田德胜作谈判代表?这刻儿,一切都乱糟糟的,谁能代表得了谁?

人类自己制造出来而又制约着人类自己的一切秩序,在这里都不起作用了。权威已不复存在了,野蛮的生存竞争的法则最大限度地支配着这帮绝望的人们。每个人都有权力宣称他代表别人。而每个人实际上都只代表他自己。

在这种时候,每条生命的主人只能对他自己的生命负责。

王绍恒是最聪明的,他不再去和田德胜争执,悄悄退缩到人群中,耳朵又支了起来,鼻子又嗅了起来。他要判明那些危险的气息,迅速躲开去。从田德胜凶光毕露的脸膛上,他想到了侥幸逃生后的漫长日子,他不能做得太过分,不能落得一个张麻子的下场。

扭着孟新泽的几个家伙都在和田德胜争:

"你是什么人,你凭什么代表我们?"

"对,谁推举了你?"

"反正我们没推举你!"

"揍!揍这王八蛋!"

……

田德胜将小褂一扒,露出了厚实胸脯上的凸暴暴的肌肉,大吼着:

"揍!来呀!不孝顺的东西!"恶毒地一笑,手一挥:

"老祁,老周,你们都给我上,缴了这几个小子的械,把他们也送给日本人去!"

田德胜话音未落,一场混战旋又开始了,双方扭到一起,拳打脚踢,乱成了一锅粥,叫骂声、哭喊声和肉与肉的撞击声响成一片。

在混战之中,田德胜、老祁一帮人将孟新泽抢到了手。他们撇开手下那帮依然在混战的弟兄,拖着孟新泽沿着东平巷向外走了几十米,而后,钻进了通往二四二〇煤窝的上山巷子。

孟新泽这才明白了他们的意图,不无感激地道:

"老祁,老田,今日可多亏了你们……"

田德胜道:

"别说这些没用的!快找个地方猫起来,别让那帮王八蛋发现了!"

老祁也说:

"对,快,猫起来,你不能露面了!日本人不杀你,那帮杂种也得杀了你!"

"走!咱们快走!"

他们爬上山,穿过二四二〇煤窝,来到了老祁和田德胜曾摸过的老洞前。

田德胜道：

"老孟，你就躲在里面不要出来，我和老祁还是出去，日本人不会把我们都杀了的，他们要的是煤，不是尸体。只要我们再到二四二〇窝子下窑，我们就来找你，给你送吃的，不论是一天、两天，还是三天、五天，你都得挺住，千万不要自己出来！"

孟新泽搂住田德胜哭了：

"老田，好兄弟！我对不起弟兄们！你……你一枪打死我吧！"

田德胜狠狠打了孟新泽一个耳光：

"别他妈的这么没出息！"

老祁也说：

"对，就是死，咱们也得死得硬硬生生！"

孟新泽道：

"可我躲在这里，这四百多号弟兄怎么办？你们怎么办？"

老祁道：

"这不已经打算向日本人投降了么？他们的命才用不着咱们操心哩！"

"真的哩，这年头谁能顾得了谁？"

田德胜也说。

孟新泽不禁想起了工具房门口的一幕，长长叹了口气，被老祁和田德胜说服了。

老祁和田德胜双双告退，临走时，二人又把身上的小褂脱了下来，交给了孟新泽。老祁手中的煤镐也留下了。

井上？井上没暴动。想想呗，探照灯亮着，岗楼、哨卡上的机枪支着，井上手无寸铁的弟兄哪个敢动？！游击队又没有来，硬着头皮往外冲，那不是白送死么！井上两个战俘营都没人动。

天亮以后，日本人开动绞车，将一块贴着告示的牌子挂在罐笼里,放到了大井下口,敦促暴动的战俘们投降。告示上说:只要战俘们保证井下矿警和日本人的生命安全,交出暴动的领导人,日本皇军宽大为怀,既往不咎。井下大多数人早已准备投降,一看到这告示,马上动作起来,要把那些积极参加暴动的骨干分子抓起来。结果,又一场惨祸发生了:一个不愿意向日本人投降的硬汉子,把井下的炸药房给点爆了……

第六章

　　炸药房是意外而又突然地出现在老祁面前的,安在炸药房门框上的那扇涂着黑漆的沉重铁门,支开了一道大约半米宽的缝,铁门上方的拱形青石巷顶上悬着一盏昏黄的电灯。门口没有人。老祁一步一拐跑到门口的时候,没顾着多想,就一头钻了进去。开初,他并不知道是炸药房,也没想到要把炸药房里积存的炸药全部引爆。

　　事情的发生完全是偶然的。

　　当时,他只顾着逃命。大巷里有人追他,起先是两个提着煤镐的家伙,后来,又多了两个端枪的矿警。这四个家伙也许是看到了挂在罐笼上的日本人的告示,想把他捆起来,送给日本人。

　　其实,一回到东平巷,老祁就明白了自己面临的危险,在没看到日本人的告示之前,东平巷里那些卑鄙无耻的家伙已经开始四处搜捕他了,他们认定:这次暴动是孟新泽和他领导的。一个好心的朋友劝他也像孟新泽那样躲起来。他没躲,他只把破柳条帽的帽檐拉低,把手中的电石灯灯火拧小,还试图蒙混上井。

　　最初的混乱时刻,那些想抓他的人,还没法子下手,井下四百多口子弟兄中,认识他的人没有多少。后来,那些恢复了统治权威的矿警、日本人要弟兄们按原来的煤窝子,在巷道里分段集合,准备上井。他发现不对劲了,才沿着东平巷向主巷道逃跑。不料,在东平巷和主巷道的交叉口被发现了,他被迫钻到了那条通往炸药房的矮巷子里,这才意外地发现了炸药房,发现了炸药房无人看守。

　　跨进炸药房大门的时候,脚下踩到了一个软软的东西,他身子一歪,差点儿栽倒,定下神,用手上的电石灯一照,才发现那是一具日本兵的尸体。那具尸体周围散落着不少的炸药块——显然,在暴动发生的时候,有些弟兄打死了这个炸药房看守,可能还拿走了一些炸药。

炸药房里很黑,悬在巷顶上的那盏电灯只把光线照到炸药房的二道门门口。二道门也是厚铁板做的,铁板上还密密麻麻铆着许多钢钉。

他进了二道门以后,想起了那盏昏黄的灯。他觉着那盏灯的存在对他是不利的,他想把那盏灯灭掉,四下瞅了一下,在门口的一堆沙子上发现了一柄军用小铁锨。他抓过锨,举起来,把灯打碎了。

这时,那几个追他的家伙冲了过来。

他拼出全身的力气,扛动了头道铁门,"咣啷"一声,将铁门关上了,继而,又从里面拴上了钢销子。

销子刚插死,枪托、煤镐击打铁门的声音就响了起来,"咣咣啷啷"的击打声中,还夹杂着一些恶毒的咒骂:

"姓祁的,开门!快开门!"

"狗日的,再不开门老子就用炸药炸了!"

"让日本人用机枪来扫,把这杂种打成肉泥!"

"看,地下有炸药,就用这炸药炸!"

……

是门外那帮卑鄙的家伙提醒了他,他一下子想到了炸药的用途!那帮家伙可以用炸药来炸门,他不是也可以用炸药来干一些他想干的事么?!

他哈哈大笑了,对着咣咣作响的大门吼:

"狗操的,你们炸吧!老子就等着你们炸哩!你们不炸老子也要炸哩!"

吼过之后,他不再答理他们,径自跨进了第二道铁门,不慌不忙地提着灯进了炸药房。他想弄清楚,这炸药房里究竟有多少炸药,他能不能把这座地狱炸个粉碎,一举送上西天?!

引爆这些炸药的念头是在这一瞬间产生的。

他像个将军一样,在炸药房里巡视。

巡视的结果,他很满意,房内的炸药整整齐齐码了三面墙,足有二百箱,导火线也不少,一盘压一盘,堆得有一人高。

他把电石灯往炸药箱上一放,用肩头把盘在一起的导火线扛倒了,而后,扯开其中的一盘,插到了炸药箱的缝隙间,接下来,又扯开了第二盘,第三盘,第四盘。他还打开了一箱炸药,将箱内用油纸包着的炸药块全倒了出来,每段导火线的顶端插了一块炸药。干这一切的时候,他很欢愉,仿佛早年在自家的田地里干农活似的,几乎没感到死的恐惧。

死的恐惧对老祁来说已不是个陌生的东西了,战场上的事——不去说,光在这阎王堂,他就经历了三次。一次是二四二〇煤窝的冒顶,一次是东小井老洞透水,最后一次是在地面上面对着高桥的指挥刀和狼狗。实际上,他应该算是死上三次了!死才不是什么新鲜的玩意哩!这一次,他只不过是给从前已经历过的死作个彻底的总结罢了!

把炸药、导火线摆弄好之后,老祁似乎有些累了。他盘腿坐在干燥的洋灰地上,眼盯着面前的炸药和导火线,不无自豪地想:

这一回,他将气气派派,轰轰烈烈地死!他的死将不受任何人控制,不被任何人打搅,他夺得了对生命的裁决权和自主权!这样的死,对于一个军人,对于一个男子汉来讲,是值得骄傲的!

门外那帮卑鄙的家伙似乎觉着不对劲了,他们不再恶狠狠地砸门,不再恶毒地咒骂,也不敢再用炸药和机枪进行恐吓,他们软了下来,像娘儿们一样求他:

"老祁!老祁!出来吧!不要再干傻事,你可千万别干傻事!"

"是的,老祁,不为自己,您也为我们大伙儿想想!"

"老祁,开门吧,我们去向日本人求情!"

"老祁哇,我求您啦,弟兄们求您啦!"

……

老祁慢慢将脸转向了大门,身子却没立起来。他没发火,他的声音平静得令人恐惧:

"伙计们,想开点,人活百岁,总免不了一死,今日里咱们的大限到了,命该如此,谁也甭埋怨谁了!"

门外一个家伙竟哭了起来!

"老祁,你想想我们!想想井下的弟兄们,这些炸药只要一炸,弟兄们就全完了!"

"你们……弟兄们?你们算是什么东西?你们为了自己活下去,不惜把世界推进地狱!你们都是些不知礼义廉耻的混账王八蛋!你们没有资格活下去!"

这恶毒而凶狠的话,他说得极为平静。

没人能说服他。

没有任何理由能说服他。

那帮只顾自己的无耻之徒该死,那些不愿反抗,甘心跟着他们跑的家伙该死!而剩下的那些硬汉子,那些不愿做牲口的中国军人一定会同意他的决定,轰轰烈烈地死上一回。这样轰轰烈烈的死,是军人的绝好归宿,它将证明一种属于军人的不屈精神!

他镇静地提起电石灯,点燃了摆在面前洋灰地上的五根导火线。瞬时间,导火线"嗞嗞"燃烧起来,乳白色的烟雾在炸药房迅速弥漫开来……

导火线烧了一半的时候,烟雾从铁门的缝隙钻了出去。

门外的几个家伙吓慌了,他们放弃了一切自以为是的念头,拔腿往大巷里跑,老祁清楚地听到了他们一路的惊叫声和急匆匆的脚步声。

老祁又一阵开怀大笑。

笑毕,他取下钢销,"咣当"拉开了大铁门,他对着大铁门,对着他想象中的贵州高原,对着他无限怀念的老家跪下了:

"父母大人,古来忠孝难两全,今日里,不孝儿为咱这苦难的国家先走一步了……"

面颊上,泪水双流……

是日八时三十八分,大爆炸发生了,聚集在大井口和主巷道里的二百余名第二次投俘的战俘大部丧生。主巷道和大井口附近的马场、料场被彻底毁坏,炸药房周围两里内的所有巷道和煤窝全被震毁,远离地下的大井架也损坏了,爆炸后呈十二度倾斜,大井附近的地面仿佛闹了一场地震,许多建筑物上的玻璃都被震破了……

爆炸发生的那一瞬间,王绍恒刚跨出罐笼。他走下了井台,先是发现脚下的地面在震颤,没过多大工夫,又看到了从井口里喷出来的浓烟气浪。他一下子吓傻了,竟软软瘫在地下起不来了。

两个日本兵提起他的胳膊,将他摔到了井口旁的那堵矮墙边。矮墙边已聚了不少人,大约有三四十个。最早上来的百十口人被押走了,他们也等着押解。矮墙上站着日本兵,矮墙对面的绞车房平台上支着机枪,周围的高大建筑物上布满了矿警和日本兵。

龙泽寿大佐和高桥太君都来了。龙泽寿提着指挥刀站在距他不到二十米的井台上,高桥正忙着向那些刚上井的日本人和矿警了解下面的情况,高桥不时地大声喊叫着,用鬼子话骂人。

这时,地面又剧烈地颤动了一阵子,大井口的烟雾涌得更凶,仿佛那深深的地下躺着一只吞云吐雾的巨兽。

大家一时都没意识到那是井下炸药房的爆炸,不但王绍恒和他的弟兄们没有意识到,就是龙泽寿大佐和高桥太君也没有意识到。龙泽寿大佐和高桥太君都跑到井台上向井口张望。他们还用询问的目光互相打量着,叽里咕噜说了些什么。

困惑持续了大约五六分钟。

在龙泽寿大佐和高桥太君想到炸药房爆炸之前,王绍恒已想到了这一点,他认定自己完了!

他被人出卖了!

他被井下的那帮亡命之徒出卖了!

那帮傻瓜不想活,竟也不让他活!他们根本不应该这样做!根本没权利这样做!可他们竟做了!这帮丧尽天良的东西!

他料定这是孟新泽干的事,孟新泽是他的克星,是他命运的对头,这个混蛋又臭又硬,只有他能干出这种不顾后果的事,他真后悔在井下没能一枪打死他。他想,如若那时候趁着混乱打死他,面前的事情会结束得很漂亮。到现在为止,日本人确乎没杀一个战俘哩!日本人多少总还是讲些道理的!

他想活。真想活。进了阎王堂之后,活下去成了他全部行动和一切努力的目的。他凭着自己的谨慎小心,机警地躲过了一次次灾难,万万想不到,最终却还是被灾难吞没了……

明晃晃的太阳在对面的矸子山上悬着,把矸子山顶的那个钢铁笼架照得白灿灿的。铺在山上的铁轨像两根闪光的绳子,把山顶上的钢铁笼架和脚下的大地拴在一起。一只苍鹰在迎着太阳飞,无拘无束,自由自在。几个孩子在矸子山上拾炭,他们在向这边看哩。

这一切多好!他的太阳,他的苍鹰!

然而,再过十分钟,或者五分钟之后,这一切都将从他眼前消失!他将因为井下那帮亡命之徒的亡命之举,成为大日本皇军枪下的冤魂!他会像一个落在石头上的鸡蛋一样,让生命的浆汁流到一片陌生的土地上。

他又抬头看太阳。

他把太阳想象成鸡蛋的蛋黄。

"活着,该多么好!"

他又一次想。

可是,究竟是谁不让他活?除了井下那帮亡命之徒,除了他生命的克星孟新泽,还有谁不让他活?他顺理成章地想到了面前的日本人,想到了他曾经参加过的现在还在进行的这场战争,归根结底是凶残的日本人害了他,是这场战争害了他……

就在这时,高桥站在井台上叫了一声。

就在这时,龙泽寿的指挥刀举了起来,又落了下来。

就在这时,迎面架在绞车房平台上的机枪响了……

他突然意识到:他生命的蛋正在向一块坚硬的石头落去。在对面平台上的机枪响起来的一瞬间,他突然像个真正的男子汉那样举起了握紧

的拳头,声嘶力竭地叫道:

"打倒……"

许多声音跟着吼了起来:

"打倒……"

机枪声把这最后的吼声淹没了。

当整个地层在轰轰烈烈的爆炸声中瑟瑟发抖的时候,孟新泽醒来了。他惊异地发现,自己的大半个身子浸入了泥水中,一只肮脏发臭的死老鼠正在他胸前漂,这有些怪哩!他原来不是躺在煤帮边一片干燥的煤屑上的么?他怎么会躺在黑水里?这黑沉沉的地下又发生了什么灾难?

他带着本能的恐惧向煤帮边爬,两手四下摸索着他的灯。当湿漉漉的脑袋碰到了煤帮的时候,灯摸到了。

灯又一次点亮了。跃动的灯火像一轮缩小了好多倍的太阳,把许多关于光明的记忆一股脑推到了他面前。他的神智出奇地清醒起来,马上意识到了自己的危险处境。他想:也许日本人正在这地层下进行着大屠杀,也许日本人已进了东平巷,也许日本人就在二四二〇煤窝附近搜索他!是的,他们决不会这么轻易地放过他,他们一定要找到他——不找到他的人,也得找到尸体!

他当即决定向上爬,爬得离洞口远一些。

他看了看披在腰间裤带上的怀表,判明了一下时间,然后,把灯往嘴上一咬,把老祁留给他的煤镐一提,猫着腰往老洞子上方走。

走了大约五六十米,洞子变矮了,有些地方的煤帮还倒塌下来,猫下腰也过不去了,他就趴在地上爬。他知道这洞子不会有什么大危险——耗子老祁和田德胜都到这洞子里来过,如果洞子里有脏气,他们早就把命丢了。

他爬了好一会儿,当中还歇了两次,最终爬到了洞顶的缓坡上,缓坡上果然有个黑沉沉的水仓,水仓里的水接着顶。他拨开浮在水面上的煤灰、木片,俯下身子喝了一通水,而后,仰面朝天在缓坡上躺下了。

他看到了头上的顶板,顶板是火成岩的,很光滑,顶板下,没有任何支架物。他把脑袋向两侧一转,又注意到:煤帮两侧也没有任何支护物。他一下子认定:这段洞子不是今天开出来的!

他翻身爬了起来,颤抖的手里提着灯,沿着煤层向下摸,摸了一阵子,又转回头往上摸,一直摸到水仓口。煤层在这个地段形成了一个不起眼的"～"状,水仓恰恰在那个～的下凹处!这说明这条洞子是沿煤层打的,下凹处的积水如果放掉的话,洞子也许可以走通!

他一下子振奋起来,浑身发颤,汗毛直竖,眼中的泪夺眶而出。他一边抹着脸上的泪,一边想:只要他在这不到五米长的缓坡上开一道沟,把洞顶的水放下去,洞口或许就会像一轮早晨的太阳似的,从一片黑暗之中跳将出来。

这念头具有极大的诱惑力。

他戛然收住了弥漫的思绪,只用心灵深处那双求生的眼睛死死盯住他幻想着的太阳。他要在他的太阳照耀下,创造一个生命的奇迹。他不能放走他的太阳。

小褂一甩,电石灯往煤帮边上一放,他抡起救命的煤镐,在脚下的缓坡上刨了起来,动作机械而有力,仿佛整个生命都被一个不可知的神灵操纵着。在连续不断的煤镐与矸石的撞击声中,他的意识一点一滴消失了,就像一盆泼到地上的水,先是顺着地面四处流淌,继而,全部渗进了肮脏的泥土里……

不知刨了多长时间,他累趴下了。

他趴在他开掘出的水沟上睡了一觉。

醒来的时候,他看了看表,看完马上又把时间忘掉了——时间对他来说已没有任何意义了。

他又弯下腰在地下刨。

他像兔子一样,用手把刨松的矸石渣向煤帮两边扒。手都扒出了血。

他终于刨到了水仓边上,水仓里那漫了顶的黑水"哗啦"一声,瀑布般倾泻下来,一路喧叫着,顺着他开掘出的水沟流到了下面的老洞子里。

黑水在他身边流了好一会儿，仿佛一条欢快的小溪流。后来，在水沟里的水渐渐又浅下去的时候，他感到一阵冷风的吹拂……

风！

有风！

他猛然站了起来，戴着柳条帽的脑袋撞到了硬邦邦的顶板上。

他昏了过去。

还是那清凉的风把他吹醒了。他爬起来，在水沟边潮湿的地上坐了一会儿，然后，举起灯对着水仓照。他看到水仓的水离开了顶板，那凉风正是从水面和顶板之间的缝隙中吹过来的！

他毫不犹豫地跳到水里，迎着风向前走，开始，黑水只没到他的腰际，继而，黑水升到了他的胸脯，他的脖子，几乎没到他的嘴。灯点不着了，他把它拧灭了，高高举在头上，让灯盏贴着顶板。大约走了不到十米，水开始下落，整个洞子开始上升。

他重又爬到了干松的地上。

他用身子挡住风，点亮了灯。

炽白的灯光撕开了一片沉寂而神秘的黑暗，一块完全陌生的天地展现在他面前了，他先是看到一只他从未见过的大箩似的煤筐，那煤筐就在他身边不到两尺的地方，筐里还有一些煤，大拇指般粗的筐系子几乎拖到他跟前。他本能地用手去抓那筐系子，万没想到，抓到手里的竟是一把泥灰。

他吓得一抖，身子向后缩了缩。

身后是水，是地狱，他没有退路，他只有向前走。

他像狗似的向前爬，爬到煤筐边，用脚在煤筐上碰了碰，煤筐一下子无声无息地散了。

他由此认定，他已从日本人统治的矿井里爬了出来，进入了一个前人开过的小窑中。这种事情并不稀奇，西严镇的土地上清朝末年开过无数小窑，他们挖煤时就常碰到当年的一些采空区。

他又举着灯向前看，就在这时，他看见了那具他再也忘不了的骨骼。

那具骨骼倒卧在距他五步开外的一片泥水中,圆凸凸的脑壳上绕着一团辫子,仿佛一只乌龟趴在一条盘起来的蛇身上。骨骼完好地保持着爬的姿势,它的一条腿骨笔直,脚骨蹬到了泥里,另一条腿骨弯曲着;两只手,一只压在胸骨下面,一只向前伸着,五个已经分离了的手指抠进了煤帮里,白生生的指骨像一串白色的霉点。

他断定这骨骼的主人是一条男子汉,是一条属于久远年代的男子汉!他在这里开窑,在这里下窑。在这里遇到了死神,又在这里和死神进行了较量!他能用一个男子汉的思维方式推导出这个已化作永恒的男子汉的故事。他一下子觉着,他从这具年代久远的男子汉的骨骼上窥透了生命的全部秘密。

他爬到了那个男子汉跟前,在他身边坐下了。他把电石灯的灯火拧得很大,悬在那个男子汉的脑袋上照。

"伙计!伙计!"

他痴迷地喊,仿佛面对着的不是一具骨骼,而是一个活生生的人。

他自己也不知道他在喊什么。

那骨骼似乎在动,一些骨节在格格响。

他又向后退了一步。

突然,一阵风把灯吹灭了,这条原本属于历史的老迈煤洞重又陷入了无边无际的黑暗中。

骨骼在黑暗中响得更厉害,仿佛一个暴躁不安的男人在抡着拳头骂人。

他却一点不害怕。他完全麻木了。

擦火柴点灯的时候,火柴烧疼了他的手,他身子一颤,才从恍恍惚惚的境界中醒了过来。

他最后在那具骨骼上看了一眼,一步步向外走去。

他从历史的地层,向现实的地面走。

他从黑暗的地狱,向希望的太阳走。

那些属于历史的物件全部被他远远抛在了身后,抛在一片永恒的黑暗与平静中。他不属于过去的历史,不属于永恒的黑暗,他只属于今天,他那骚动不安的生命在渴望着另一场轰轰烈烈的爆炸。

爆炸声接连不断地在他耳边响着,机枪在哒哒哒地叫,飞机的马达声像雷一样在空中滚动,身边的空气发热发烫。"五·一九",灾难的"五·一九"呵!活下去!活下去!狼狗在叫。机枪,注意机枪!只要万众一心抵抗下去,则中国不亡,华夏永存……

头脑乱哄哄的,精神又变得恍恍惚惚。他什么时候把灯咬在了嘴上,在地上爬,他自己都不知道;他手上,腿上磨出了血,竟也没觉着疼。

当头脑清醒的时候,他觉着很危险,他想,他应该唱支歌,大声唱,用这支歌来控制自己的思维和判断能力。

他扯开喉咙唱那支熟悉的军歌:

> 我们来自云南起义伟大的地方,
> 走过了崇山峻岭,
> 开到抗日的战场。
> 弟兄们用血肉争取民族的解放……

妈的,唱不下去了!下面的歌词,怎么也想不起来了!
又从头唱:

> 我们来自云南起义伟大的地方,
> 走过了崇山峻岭,
> 开到抗日的战场。
> 弟兄们用血肉争取民族的解放……

还是唱不下去。
"混蛋!混蛋!混蛋……"
他尽情而放肆地大骂。

他又唱,像狼嗥似的唱。

依然是那四句。

他料定自己的脑袋出了点什么问题,他不愿和自己的脑袋为难了。他就唱那四句,唱完一遍又一遍,头接着尾,尾连着头,唱到最后,他也弄不清哪是头,哪是尾了。

他唱着这支被记忆阉割了的残缺不全的军歌,爬了一段又一段,刨开了一堆又一堆冒落的矸石,爬到了一堵倒塌了半截的砖墙前。他木然地从砖墙上爬了过去。

砖墙外是一片乱坟岗子。一些跳动的萤火在破败的坟头上飘。远方是迷迷茫茫的大地,是一片充满希望,充满生机的大地。

他爬过砌在窑口的那堵砖墙,栽倒在一个长满杂草的坟堆上。一块从黄土、杂草下凸露出的棺木硬硬地硌着他搓板似的肋骨。两只乌鸦被惊起了,扑腾着翅膀向空中飞。

突然飞起的乌鸦,将他从麻木的状态中唤醒了,他这才意识到,他创造了一个生命的奇迹,从地狱中爬上来了。

他一阵欣喜,几乎不相信这是事实!

他疯狂地笑着,头在坟头上拱着,像个饥饿的羊似的,用嘴啃坟堆上的青草。他从青草苦涩的汁水中嚼出了自由的滋味,继而,他默默哭了。他觉着真正的他并没有从地狱里走出来,他的躯体,他的血肉,他的情感,他的仇恨……他的一切的一切,都留在了那座地狱里,留在了那段已成为历史的永恒的沉寂中。走出来的不是他,而是那具骨骼,那具没有血肉,没有感情,没有幻想的骨骼。

生生死死,死死生生,生者死,死者生,生与死并没有明确的界限。阴阳轮回,反反复复,颠来倒去,谁也说不清谁何时生,谁何时死。生就是死,死就是生……

他带着这些纷纷杂杂的关于生死的念头,倒在坟头上睡着了,枕一片黄土,盖一天繁星,——其实,他并不想睡,他是想走的,然而,他混账的脑子已指挥不动混账的躯体了。

醒来的时候,从那眼破窑里又爬出了一个人,那人一身污泥,满脸漆黑,像个鬼,他没去仔细辨认那人的面孔,就扑上去抱住了他。

那人大叫:

"老孟,真是你,真的是你呀!你狗……狗日的命真大!"

他这才认出,那人是田德胜。

"老田,你!你也活着!"

"对!对!我造化也不小!那帮混蛋要抓我,我东躲西躲,最后躲到你这儿来了,哈哈,唔,快走吧,天一亮就走不掉了!"

他又问:

"那些弟兄们呢?"

田德胜叫道:

"滚他妈的弟兄们吧!你活着,我活着,这他妈的还不够么?!"

他默然了,拍拍田德胜的肩头,从牙缝里挤出了一个字:

"走!"

旷野茫茫,一片静寂。夜风在坟头上,在草丛间,在黑沉沉的大地上荡来荡去。一些早凋的枯叶在脚下滚。他们判定了一下方向,走出了坟地,走上了田埂,走向了田埂尽头的黄泥大道。

这时,他眼前又浮现出民国二十七年五月十九日的景象,他蛮横地告诉自己:明天,将是中华民国二十七年的五月二十日!

远方的大道尽头,隐约出现了一个小村庄。狗的狂吠一阵阵随风传过来……

游击队?嘿!哪来的游击队呀!有人说暴动的时候根本没和游击队联系;还有人说,联系了,游击队没来,谁知道呢?!暴动过后,日本人花了半年时间才恢复了矿井。他们对炸死在井下的战俘蛮敬重的,对我们这些幸存者的态度也好多了。他们不能不承认:中国人不是好欺负的!中国军人中也有不少硬汉子哩!后来,太平洋战争爆发,阎王堂被汪伪政府接收,这时候,我们才听说,那次暴动还是跑出

去了几个人,就是从那条老洞子跑出去的。这几个人在当地老百姓的掩护下,进了山,嗣后,几经辗转到了重庆,重庆当时的报纸登过他们的事……

作于 1986 年 8 月

修订于 2017 年 9 月

── 冷 血 ──

第一章

　　随着夜幕的降临,一堆堆篝火燃了起来,炽黄的光和炽红的光携着青烟浮上了墨绿的天空。一片片灌木丛生的旷野地被照得朦朦胧胧。火光映出的人影在潮湿的草地上互相冲撞。芭蕉叶在温吞吞的腥风中摇曳,夸张变形的阴影侵吞了一片片光明。夜空中飘荡着毒雾般的细雨,悄无声息,却又实实在在。聚在篝火旁的弟兄们全泡在雨水里,仿佛连骨头都浸透了。

　　连绵八英里的营地一片沉寂。谁也不知道下一步将奔赴何方。自从一路退到这里,绝望的气氛便像亚热带丛林中的瘴气一样,笼上了弟兄们的心头。铁五军垮了。他们这支缅甸远征军中最精锐的部队,被日军阻隔在缅北山区了。情况糟得不能再糟了。驻缅甸英国盟军已全面崩溃。民国三十一年三月八日,仰光被日军第三十三师团攻陷。最高统帅部组织的平满纳会战失败,缅中、缅北重镇曼德勒、腊戌、密支那相继失守。日军第五十五师团快速推进,连克畹町、芒市、龙陵,将战火烧到了中国本土。五月五日,日军五十五师团机械化部队逼抵怒江,最高统帅部被迫下令退守怒江防线的七十一军,炸毁惠通桥,试图以怒江天险,阻敌强渡。然而,此一举虽挡住了日军的进一步入侵,却也把滞留缅北孤军作战的五军残部一万七千人的退路切断了。

　　情势严重。

　　五军陷入了空前困境。

　　军部电台不停地和远征军司令部、重庆最高统帅部联系,电波划过夜空,飞越怒江,把一个个灾难的信息报告中国本土:

　　五军一万七千人伤亡惨重。

每日数十人因伤病倒毙。

药品缺乏。

给养只够维持四天。

日军追击部队正在逼近……

在这个细雨蒙蒙的绝望之夜,中国本土电令终于下达了:最高统帅部令第五军穿越缅北野人山,避开和日军正面遭遇,转进印度集结待命……

腰间佩着手枪的政治部上校副主任尚武强木然地站在一个高坡上。他面前是一堆还在燃烧的残火,微弱的火光将他方正的脸膛映得发红。雨还在下,且越下越大了,他单薄的军装全被雨水打湿了,袖口和衣角不停地向下滴水。身后是阴暗的芭蕉林,雨点落在宽大的芭蕉叶上,发出连续不断的沙沙声。残败的篝火旁站满了人。远处用芭蕉叶临时搭起的几个窝棚门口也挤满了人。他在这些人中看到了政治部的许多熟面孔。而另一些面孔,他却不熟悉。这些人大都是政治部奉命收容的伤兵。队伍退到这里,早已乱作一团,各部的建制也大都打乱了。

他想笑一下。他觉着他应该微笑着,挺自然地把军部的命令传达下去。然而,咧了咧嘴,他马上意识到,这个卑怯的笑决不比哭更好看。为了掩饰这一小小的失败,他抬起僵硬的手臂抹了把脸,既抹掉了脸膛上的雨水,也抹掉了那个不成功的笑的残余。

周围的空气冷寂得令人心悸。人们似乎都意识到要发生点什么了。一个以步枪当拐杖支撑着身体的矮胖伤兵憋不住叫了起来:

"当官的,有话就讲,光他娘的愣着干啥?"

他又抹了把脸,舔了舔嘴唇,平静地开口了:

"弟兄们,兄弟奉命传达军部命令:我军所属各部自今夜起跨越野人山,转进印度集结待命。所剩给养一次性发光,日后给养各自筹集。火炮、车辆和无法带走的弹药一律就地焚毁。先头部队一小时前已进山,各部也将在拂晓前出发。"

尚武强的话说完了。雨中的人们还在仰着脸盯着他看。他不知道他们是被这个命令惊住了,还是以为他的话没讲完。

他被迫再次开口了:

"命令传达完毕,各位同志快去领给养,做准备吧,留守处明晚也将最后撤退!"

这一下子炸了营,恶毒的咒骂和绝望的叫喊骤然响起。

这个命令太残酷了,简直令人难以置信!给养自筹,穿越绵延千里的峻岭群山、原始森林,这无异于宣判弟兄们的死刑!政治部的几个女干事都哭了,她们呜呜咽咽的哭声,淹没在众多男性野蛮粗鲁的叫嚣声中,变得无声无息。

尚武强也想哭,为铁五军,为面前的女同事和弟兄们。他鼻子发酸,深陷的眼窝中汪起了水,他不知是雨水还是泪水。他也想像弟兄们一样骂人。可他既不能哭,也不能骂,他是军政治部的上校副主任,他有义务说服众人,促使众人服从军部命令。

嘴角抽颤了一下,他一昂头,甩掉了聚在眼窝中的雨水和泪水,高声叫道:

"弟兄们!听我再说两句!听我再说两句……"

喧闹之声平息了一些。许多弟兄的目光又凝聚到他那张铁青的脸上。而这时,女同志的哭声由于平息下来的喧叫而显现出自己独特的凄婉了。

他顿了顿脚,不耐烦地叫了声:

"不要哭了!现在还没到哭的时候!"

部里的上尉干事曲萍没有哭,至少没有哭出声。她在篝火旁几个男干事当中静静立着,沾着水珠的长睫毛扑扑闪动着。她在盯着他看,两只俊美的眼睛中充满渴望。

他心中一阵发热。

他想,他不能使她失望,他得在这危难的时候表现出自己的不同凡响,表现出一个男人的质量。

他下意识地把两手叉到腰间。

"弟兄们！同志们！情况并不太坏！你们不要把事情想象得过于严重！从这里穿越野人山到印度，一路上无日军入侵部队，山区村落中一定能够筹到粮食，另外还有先头部队在前面开路，野人山决不会是我们的坟墓！弟兄们，我们是革命军人，现在是拿出我们革命军人勇气来的时候了，让我们相帮相助，同甘共苦，完成向印度的光荣转进吧！"

尚武强话刚落音，政治部华侨队的缅语翻译刘中华便高声问道：

"尚主任，为何我们不向怒江方向突进，非要穿越野人山，转进印度？军部知道不知道野人山的情况？野人山区连绵千里，满山原始森林，渺无人烟啊！给养如何自筹？"

那个挂着枪被打伤了腿的矮胖伤兵也跟着喊：

"是呀，我们为啥不他妈的向怒江国内转进！非要走这条绝路？！"

"对！向国内转进！老子就不信一万六七千人跨不过怒江！"

"问问军部为何下这混帐命令！"

……

许多弟兄跟着嚷了起来，有几个弟兄推推搡搡，说是要到两英里外的军部问个清楚。

直到这时，尚武强才明白，他不能不把真实情况全部告诉弟兄们了。

他将湿漉漉的双手向下压了压，示意大伙儿静下来。待大伙儿再次沉静下来之后，他才一字一板地道：

"军部的命令并没有错。日军已逼近怒江，腊戍、密支那一线已失守，七十一军炸了惠通桥，挺进怒江已无意义，惟有转进印度，才可绝处求生！"

众人默然了。他们被迫承认了这严酷的现实：他们唯一的生路只有凭自己的双腿一步步跋过渺无人烟的千里群山。他们都必须以自己的生命和意志为依托，进行一场各自为战的生存之战。

沉默。

沉默。

女人的呜咽声也停止了。

突然,在令人窒息的沉默之中,冷不丁响了一枪,枪声闷闷的,带着嗡嗡余音。尚武强吃了一惊,他以为这一枪是哪个绝望的家伙向他打的。他匆忙跳下了土坡。下了土坡,他才注意到,许多弟兄在往篝火后面的窝棚挤。

他也跟着往窝棚挤,挤到近前一看,那个原来挂枪站在窝棚口的矮胖伤兵已倒在血泊中,半个天灵盖都被打飞了。他肮脏的脖子下窝了一片缓缓流淌的血,带着火药味的枪管上也糊满了血。他歪着血肉模糊的脑袋侧依在窝棚边上,两只凸暴的眼睛永远闭上了。老伙夫赵德奎说,那个伤兵自己对着自己的下巴搂了一枪。

尚武强一阵凄然。一种不祥的预感袭上心头。他的腿禁不住抖了起来。看着那个伤兵的尸体,他不知该说什么。他觉着这一枪不但打死了那个绝望的伤兵,也打穿了他那铁一般坚硬的生存意志。

周围的火光中和黑暗中响起了一片喧嚣。有人饮泣,有人叹息,有人叫骂。灾难已不再是虚幻的推测,灾难变得真实可感了。它是鲜血,是尸体,是山一般的坟墓——千里群山极有可能成为弟兄们的千里坟墓。

喧嚣之声变得越来越大,远近各处传来了一阵阵轰隆隆的爆炸声。战斗部队已在焚毁他们的火炮、战车和弹药。炽白的火光在轰轰然的爆炸声中拼命向夜空扩展显示自己的光辉。身边有人在用大石头砸机关枪,停在窝棚后面泥道上的政治部的美式卡车被人浇上了汽油。

绝望使人们变得疯狂了。

一个胳膊上受了伤的瘦猴,趴在那个伤兵尸体上号啕大哭,哭了一阵子,突然跳起来大骂道:

"抗战抗战,抗到缅甸!今天竟叫老子们到野人山去做野人,娘希匹!当官的全是他妈的饭桶蠢驴!"

又一个脖子上缠着肮脏绷带的伤兵排长叫道:

"弟兄们,咱们是被重庆统帅部卖了!他们明明知道咱们没有退出来,就炸了惠通桥,咱们凭什么还要赶到印度为他们卖命!老子不活了!老子也和这位弟兄一起在这里做伴了!"

那伤兵排长叫着,把背在肩上的枪抄到了怀里。

尚武强拨开身边的两个干事,上前夺下了那伤兵排长的枪,枪栓一拉,"啪啪"对着夜空打了两枪。

弟兄们被震慑住了。

他厉声喝道:

"太不像话了!我们是抗日的革命军人!是中国远征军的铁五军!我们的仗是为四万万五千万中国人民打的,不是为统帅部打的!再说,统帅部炸毁惠通桥也是从全局战略考虑的!任何人不得再妄加非议,危言惑众!违令者,军法从事!"

那个伤兵排长是个高个汉子,他根本不买尚武强的帐,两手猛然将军褂一扒,对着尚武强拍着胸脯,用沙哑的嗓门吼道:

"当官的!你开枪吧!军法从事吧!老子早就不想活了!老子身上有日本人枪子钻出的两个窟窿,今天再加上一个窟窿也无甚了不起!"

尚武强呆了,一时间脸孔都变了些颜色。"军法从事",他只是随便说的,想以此震慑住这些绝望的伤兵和骚乱的人们。他根本没想处治任何人。他和他们一样,心头也充满失望、恐惧和悲凉。他想像拥抱亲兄弟一样,去拥抱这个伤兵排长。

却不能这样做。他得控制住这绝望导致的混乱局面,他对面前这一切负有全部责任。

他冷冷笑着,嘴角抽搐着,慢慢抄起了枪,又慢慢将枪端平了,枪口对准了那个铁塔似的伤兵排长。

这是两个男人的意志较量。

伤兵排长默默地迎着枪口向前迈了一步,又迈了一步。身旁残存的篝火已经发蓝,火光映得那伤兵排长的胸膛红中带紫。

他有些慌了,腿杆抖得厉害。他换了换站立的姿势,力求掩饰住内心的烦乱,方正的脸孔上毫无表情。他"哗啦"一声拉上了枪栓,将一粒子弹顶入枪膛,右手的食指搭到了冷冰冰的扳机上。

一个顽强的生命将化为烟云。

冷 血

他那颗坚硬的心也必将随着枪膛的爆响被炸个粉碎。

就在这一触即发之时,突然,一只白皙而有力的手一下子将他手中的枪管举到了半空中。继而,他看到一个女人散乱的长发在他眼前飘。那女人猛一回头,怒冲冲地盯着他看,仿佛要把他的脸孔看出洞来。

女人是政治部上尉干事曲萍,他挚爱的恋人。

她叫道:

"尚主任,你疯了?现在到什么时候了,还能这么干?!"

他冷冷地道:

"我没疯!我要让大家知道,我们不是乌合之众!我们是军人!军人要有军人的纪律!你给我闪开!"

枪管被他猛然抽回了,黑乌乌的枪口重新对准了那个顽强的对手。

那个对手眼睛里闪耀着鬼火似的光亮,阴森森又吼了一声:

"开枪吧!长官!反正老子是走不出野人山了!"

他没开枪。

"兄弟,你是条硬汉子,尚某我服气你!可我要你知道,今日死在我的枪口下,并不是你的光荣!作为中国军人,你应该战死在打日本人的战场上,不应该窝窝囊囊死在这里!死在这里,说明你是孬种!你不敢活下去!你害怕比死还要艰难的生存!"

那铁塔般的汉子像被一枪击中了似的,身子晃了晃,差点儿栽倒了。他毫不掩饰地号啕痛哭起来,嘶哑着嗓门叫道:

"尚主任,我赵老黑不是孬种!我……我赵老黑从关外逃到关内,从军抗战,是为了……为了报家仇国恨呀!可咱咋是老打败仗!老打败仗哇!我……我恨呀!我闷呀!我负了伤,我……我不能连累你们!你……你们走吧,别管我了!"

尚武强眼睛湿润了,身子颤抖起来,枪口软软地垂了下来。他摔下枪,扑过去,紧紧抱住赵老黑道:

"兄弟,我们不会丢下你们这些伤兵病员不管的!我们是革命军人,日本人打不垮我们,群山森林也吓不倒我们!我们就是爬,也要爬到印度去!"

推开赵老黑,尚武强又站到高坡上,声音洪亮地吼道:

"弟兄们,同志们,我们现在是在异国他乡,今后的一切困难,都要靠我们亲爱精诚的团结精神来克服,为保证顺利完成这次长途转进,现在,我命令政治部各科人员分别情况,重新组合,编成小组,老弱病伤者,由各小组分别照应,一个不准丢下!马上分头准备,拂晓出发!"

尚武强说完这番话以后,骚动不安的情绪渐渐趋向平静,绝望造成的混乱局面也得到了明显的控制。

二十八岁的政治部上校副主任尚武强凭自己人格的力量和铁一般的意志创造了一个奇迹。

那夜焚毁辎重、弹药的火光烧出了一个血雾弥漫的黎明,轰隆隆的爆炸声在八英里的狭长地带连续不断地响到拂晓,漫山遍野飘散着浓烈的火药味,天空中飘落的雨点都是黑色的。

齐志钧耳旁老是回响着一个单调而固执的轰鸣。二十二师伤兵郝老四对着自己下巴搂响那致命一枪之后,这嗡嗡的声音便在他耳边响起了,焚毁弹药的爆炸声也没能把这声音淹没掉。他想,也许这声音并不是外在的,而是从他怦怦激跳的心脏中,从他爆涌着热血的脉管中发出的。

他是眼见着郝老四搂响这一枪的。当时,他就站在距他不到三英尺的窝棚另一侧。他见他把枪管压在下巴下,并没想到他会自杀。郝老四又矮又胖,小腿受伤,他以为他是想靠枪的支撑休息一下,没想到他自己对着自己搂了一枪!一个年轻的生命随着一阵飘渺的硝烟化入了永恒。

眼泪不知不觉就落了下来。从同古到这里,他照应了他一路。一路上,这个伤兵给他讲笑话,讲自己嫖窑子、玩女人的故事。他用一个大兵的粗鲁语言,把人生中最隐秘的也是最见不得人的事情都揭穿了给他看,让他知道人生是多么肮脏。他不承认有什么叫作爱情的东西。他说爱情就是动物交配,只不过说得好听一点罢了,人类的虚伪恰就表现在这一点上。当然,他原话并不是这样说的,他的话要比这粗野得多,生动得多,一段话中总要搭配三至五个"操他妈"。

齐志钧开头挺讨厌他,对他野蛮的言论听得很不入耳,他是相信爱情的。他密闭的心灵世界中就荡漾着爱的春风,他把昨日的同学,今日的同事曲萍像供奉上帝一样供奉在心灵深处那个春风飘逸的世界里。每日每夜都拥抱着她,亲吻着她,爱抚着她。他不说,对任何人都不说。就连朝夕相处的曲萍也不知道他内心的秘密。与生俱存的自卑意识常常使他敏感而自尊,有时,曲萍一句无意的话也会折磨得他几天难以入眠。他总怕在曲萍面前显露出自己的卑怯和软弱。

有一次,郝老四用他那惯用的大兵语言评点起曲萍来了。他无法忍受,觉着郝老四玷污了他心中的太阳。他与他翻了脸。

郝老四明白了,眨着眼说:

"哟,你他妈的对她有点意思嘛!"

他像做贼被人当场抓住似的,连连摇头,矢口否认。

郝老四咧着大嘴笑了:

"没和女人睡过,算啥男子汉!你瞅个空子把她干了,干了以后,不愁没爱情!"

他冲上去打了郝老四一个耳光。

郝老四被打愣了……

正是这个耳光,建立了属于他的爱情的尊严地位。从那以后,郝老四再没有向他讲过类似的浑话,也从未向任何人谈起过他心中的隐秘。为此,他真诚地感激他。后来,在撤退途中,日军飞机大轰炸,郝老四还扑在他身上,用自己的身体掩护过他。

现在,郝老四死了。他是为了不拖累他,不拖累弟兄们才死的。这个没进过一天学堂,没有一点教养的大兵却实实在在懂得生命的意义。他活得很实际,当他能主使自己的生命自由行动的时候,他用自己的生命尽情享受了世间能够享受到的一切,也忍受了世间能够忍受的一切。当生命成为负担的时候,他便毫不犹豫地结果了它。他干得真漂亮,他在生命存之于世的最后一刻还骄傲地体现了自主的尊严。

齐志钧不由得肃然起敬。

他没有郝老四这种自决的勇气。

他曲膝跪在郝老四温热的遗体旁,两只发昏的眼睛直愣愣地盯着郝老四纸一般苍白的脸孔看,仿佛要在这张脸孔上看透生命的秘密。身后的篝火已变成了一堆残灰,发白的灰叶不时地飞起,落在他的肩上、背上、头顶的军帽上。身边的同志们在忙忙碌碌收拾行装。肮脏的雨在温吞吞的微风中飘荡。郝老四自决的枪声的余音还嗡嗡地在他耳边响着。

这骄傲的一枪惊醒了他生命的悟性,击开了他心灵深处那个荡漾着春风的圣洁世界。他一下子认识到,生命没那么神圣,只是一堆血肉和欲望的混合物。生命是为满足种种欲望而存在的,只有欲望的实现才能加重生命的力量。因此,生命的意义就是行动!行动!连续不断的行动!

他没有行动的勇气。从民国二十六年"八·一三"上海抗战到今天,五年多的时间过去了,他一直未敢向曲萍表示过任何爱慕之情。其实他是有许多、许多机会的。在民生中学上学时,他们是同学,"八·一三"上海战事爆发,她又动员他一起参加了上海商会的童子军战地服务团。他就是因为她才参加服务团的。他应该让她知道自己的心曲。他真笨!真笨!他越是爱她,在她面前便越是手足无措!有其他同事在场时,他还会有说有笑,潇洒自如,可只要两人单独在一起,他就傻得像狗熊,结果,机会失去了,曲萍先是爱上了重庆军校战训科的一个白脸科长,后来,她得知那个科长有老婆孩子,又爱上了政治部上校副主任尚武强。生命对于他简直没有任何实际意义,他是为幻想而活着的,不是为行动而活着的,这是他的悲剧。

他要行动了,一定要行动了。他要靠行动来改变自己生命的形象。

他把头上的军帽摘下来,慢慢站了起来,将军帽盖在郝老四血肉模糊的脑袋上,又从芭蕉棚里找出了一把军用小铁锨,默默无声地在郝老四身边的湿土地上掘了起来。他不能让郝老四这样在异国的露天地里长眠,他要埋葬他,也埋葬掉昨天那个凭幻想生活的软弱的自己。

他费了好大的力气,才把地皮掘开了浅浅的一层。

这时,那个方才抱着郝老四尸体号啕大哭的瘦猴伤兵喊着两个弟兄赶来了,他们也抄着小铁锹和他一起挖。他不认识他们。他们也不认识他。他们都不说话,可内心深处却同样悲凉:今日他们埋葬郝老四,明日谁来埋葬他们呢?只有天知道!

天色朦胧发亮,身边芭蕉林的缝隙中已透过了一片乳白的光来。空气变得越来越恶劣,浓烈的汽油味、烧焦的棉花味、呛人的硝烟味在无休无止的雨中混作一团,直往齐志钧的鼻孔里钻。

齐志钧直想呕吐。

刚把郝老四的尸体抬进墓坑,尚武强匆匆跑来了,他好像并不是专来找齐志钧的,可看见齐志钧还是站住了:

"小齐,你还在这儿磨蹭什么?给养老赵头他们已经一齐领来了,还不赶快去拿?!快一点,你在第三组,组长是你们二科的吴胜男科长!"

尚武强说话时,齐志钧直起了腰,默默地盯着他看,薄薄的嘴唇抿着,没有说话。他的眼睛近视得厉害,看尚武强时,眼睛眯着,像要睡着似的。

"快去找吴胜男吧!快去!别磨蹭了!"

齐志钧没说话,冷冷地指着墓坑里郝老四的遗体,弯下腰,又用锹向坑里铲土。

尚武强火了,厉声吼道:

"埋他干什么?这家伙扰乱军心,自绝于党国,是自找的!"

齐志钧不知怎么生出了天大的胆量,对着往日十分敬畏的上司顶撞道:

"他不是扰乱军心,他是为了不拖累我们,才这样做的!"

尚武强鼻孔里喷出一股气,鄙夷地朝墓坑看了一眼:

"不管怎么说,他是个孬种!"

他被这话激怒了,猛然直起了腰杆,"呼"地把铁锹举了起来……

尚武强惊得向后一退,掏出手枪,指着齐志钧吼:

"齐干事,你想干什么?啊?"

声音威严而尖厉。

齐志钧的手软了下来,铁锨垂到了地上,这动作完全是下意识的。上司的威严和黑乌乌的枪口重新唤起了他对昨天那个软弱生命的记忆。

然而,仅仅是一瞬间,他又意识到,昨天的他已随着郝老四埋进了墓坑,从今天开始,他要行动了。

他的手将锨把攥紧了,手心攥出了汗。

他盯着尚武强,一字一板地道:

"我不许你再讲这种混帐话,不管你是谁!"

尚武强被这公然的反叛气得脸都白了,可他还保持着高度的威严和镇静,保持着一个上校副主任的气度:

"齐志钧,你还是不是军人?一个革命军人能用这种口气和长官说话吗?唵?!"

齐志钧冷冷一笑:

"长官?长官死了也是一捧白骨加一堆臭肉!长官宁愿把当兵的拖死,也没勇气自己冲着自己的脑门搂一枪!"

尚武强气坏了,握枪的手直抖:

"我毙了你!"

齐志钧讥问道:

"也叫'军法从事'吗?"

偏在这时,响起了拉枪栓的声音,齐志钧身边的几个士兵已将步枪的枪口对准了尚武强。

那个受伤的瘦猴指着齐志钧尖叫道:

"妈的,你敢碰一碰这位弟兄,老子也给你来个'军法从事'!"

尚武强软了下来,将手枪插到了腰间的枪套里,叹了口气道:

"好了!好了!别闹了!把这位弟兄埋了,各自归队吧!军部和直属部队已经出发了!"

说毕,尚武强正了正湿漉漉的军帽,一转身,大踏步走了,仿佛什么事也没发生似的。齐志钧却盯着尚武强宽厚的脊背看了良久,良久,泪水没来由地从眼眶中滚落下来。

他真糊涂了,不知道自己为什么会流泪。难道仅仅因为他软弱的生命对着冰冷的枪口进行过一次顽强的抗衡吗?横竖弄不明白。生命压根是个谜。

"喂,兄弟!兄弟!"

身后有人叫。

他甩掉脸上的泪,眯着眼转身去看,才发现是瘦猴在叫他。瘦猴穿着一件被雨水打透了的破军褂,帽子歪戴着。

"兄弟怎么称呼?什么衔头?"

"齐志钧,政治部上尉干事!"

瘦猴正了正军帽,脚跟一并,对着他敬了一个礼:

"兄弟何桂生。长官们都像你这样,仗也就不会打到如今这步田地!妈的个屄!"

齐志钧苦苦一笑,叹口气道:

"老弟搞错了!长官们都像兄弟我这样,说不准败得更惨!"

说毕,齐志钧又默默地往墓坑里填起土来,瘦猴何桂生和另外几个弟兄也跟着一齐填。一边填土,何桂生一边告诉他:他已回到自己连里去了,身边的弟兄都是他同在死人堆里滚过的战友,转进印度的途中,碰到难处,只要遇上他们,他们一定会帮忙的。他很感动,向他们道了谢。

完成了对郝老四的埋葬,齐志钧和他们分手了。他要去领维持漫长征途的最后给养,他要使自己刚刚创造出来的强有力的生命,去完成新的行动。他希望曲萍能分到他那个组里,这样,他行动起来就方便多了。

他不知道曲萍会不会在他那个组里,组长吴胜男科长是个女同志,政治部会不会再把曲萍安插进来呢?刚才尚武强没有说。也许会的,吴科长一个女同志行动起来也不方便,曲萍十有八九会分来的。他想,他现在要做一个硬铮铮的男子汉了,他不会再惧怕尚武强了,他要从尚武强手里把曲萍夺回来。在迷蒙细雨中,他无数次地幻想着两个男人握着手枪决斗的场面……

跑了几个窝棚,问了好多人,直到天色大亮,齐志钧才在昨晚啃苞谷的那个大窝棚里找到了吴胜男。吴胜男虽然只有三十一岁,但却是科里的老大姐。她用军用茶缸分了四茶缸米给他。她挖米时,他注意到,那个装米的麻袋已经干瘪了。

吴胜男又递给他十发手枪子弹。

往腰间的子弹带里装子弹时,他的两只眼睛四处搜寻,试图找到那张他所熟悉的面孔,却没有找到。

他问吴胜男:

"吴大姐,咱们这组都有谁?"

"喏,老赵大爷!"

老伙夫赵德奎正蹲在窝棚门口抽烟袋,低垂着花白的脑袋,好像在想什么心事,又旧又脏的军帽搭在曲起的膝头上。

"还有刘干事!"

扁脸刘干事哭也似的向他笑了笑。

他冲着刘干事点了点头。

"曲萍呢?"

问过之后,他的心就怦怦激跳起来,脸孔似乎还红了一下。

吴大姐没注意到。

"曲萍和尚主任也在咱们组里……"

正说着,曲萍和尚武强一前一后进来了。

曲萍一见到他便用亮亮的嗓门喊:

"齐志钧,你跑到哪去了?害得我四处找!这拨人中就缺你了!"

他心中一热,讷讷道:

"尚……尚主任知道的。"

尚武强平静地说:

"他刚才掩埋一个牺牲的弟兄去了。"

尚武强一边说着,一边向他身边走来。他不由得有些紧张,抓着腰间皮带的手竟有些抖,刚才那反叛的一幕刚刚演完,他不知道现在该上演什么——也许两个男人的决斗就要在这窝棚门口展开。

妈的,拼了！只要尚武强摸枪,他也去摸。

尚武强并没摸枪。他在摸口袋。摸了半天摸出一副眼镜来：

"小齐,你的眼镜不是打碎了么？我刚才在干训团的驻地找到了一副,你戴戴看,合适么?"

他一下子垮了——被尚武强的宽厚击垮了,他慌忙站起来,喃喃自语般地道了谢,双手接过了眼镜。

眼镜的一只腿断了,系着一根麻线,两只镜片却是好好的,他戴上试了试,还不错,度数虽低了些,总比没眼镜强多了。

尚武强把一只有力的大手压在他肩头上说：

"小齐,坚强些！这一拨可就咱们两个男子汉哇！从今开始,咱们就是一条船上的人了,要同舟共济,亲爱精诚,手拉手走到印度!"

他笔直一个立正,靴跟响亮地一碰,眼中含着泪水,向尚武强敬了个礼,口中吐出一个坚定的单词：

"是!"

……

两个小时之后,瘆人的军号响了起来,随着干训团的出发,他们也轻装出发了。这时,雨停了,天色白得晃眼,五月的太阳若隐若现地在他们头上的浮云丛中悬着。道路前方的群山,压过了一道黑暗而沉重的阴影。由一万七千人组成的长蛇队带着只够维持四天生命的粮食和给养,开进了连绵千里的野人山区……

第二章

仿佛走进了天地初开的亘古蛮荒时代,人类的渺小和自然的混沌博大,都一股脑儿掀到了上尉干事曲萍面前。她时常产生一种幻觉,觉着自己在一点点缩小,一点点变轻,最终会化为这天地间飘浮着的一团乳白色的雾气。

天已经看不见了,亚热带莽莽森林用它漫无边际的雄浑和密不透风的高深,夺去了属于人类的明净的天空和火热的太阳。先头部队开拓出来的森林小路阴森森的,仿佛一条永无尽头的阴暗隧道,隧道两旁是一株株叫不出名的高大参天的树木,树木根部簇拥着齐腰深的野草灌木;乳白的雾气和青紫的雾气不断地从灌木丛中飘逸出来,间或也有一些扑扑腾腾的鸟儿和曲身穿行的蛇钻出来。

天空失去了,大地却没有漂走,大地就在她曲萍脚下,她正在用应该穿绣鞋的脚一步步丈量着它,一段又一段把它抛在身后,抛入未来的记忆中。

部队出发已是第六天了,进入野人山的大森林也是第四天了,长蛇般的队伍被大森林一段段吞噬了,行军的人变得三三两两。铁五军不再是一个军,而是一个各自为生的大迁移的族群。政治部编制的各个小组成了这庞大族群中的小家庭。曲萍认定,正是置身在这个小家庭中,她才没有化作一团白色雾气飘逝掉。

她走在众人当中,前面是老同学齐志钧,后面是政治部上校副主任尚武强。夹在这两个男人当中,她有了一种安全感。攀爬坡坎山石时,齐志钧在前面拉她,尚武强在后面推她。齐志钧拉她的手常是湿漉漉的,搞不清是露水还是汗水;尚武强有时推她的腰,有时托她的臀,她开始感到很

冷 血//115

不自然,心总是怦怦乱跳,后来,便也习惯了。生存毕竟是第一位的,羞怯在生存的需要面前简直不值一提。她不能掉队,若是掉队拉下来,她孤独的生命便会失去保障。况且,她也是深深爱着尚武强的,在同古时,她就答应他,只要一回国,他们就结婚。

她原来没想这么早结婚。"八·一三"和齐志钧十几个同学一起参加战地服务团之后,她就下决心不到抗战胜利不结婚。她原来并没想到抗战会抗到今日这步境地,她原以为用不了几年,国军就会打败日本人,和平的生活就会重新来临。不料,上海沦陷之后,南京沦陷,徐州沦陷,武汉、广州沦陷,国府一直退到了重庆。她和她的同学们,从二十六年"八·一三"之后,便伴随着国府和国军一路转进,最后也转到了重庆。在转进途中的汉口,她和齐志钧报考了军事委员会战时干训团,短训毕业后又和齐志钧一起分到中央军校重庆分校做文化教员。三十年,也就是去年秋,同调五军政治部任上尉干事,奉命随军由昆明开赴缅甸和盟军并肩作战。五军开拔时,战局已十分危急,太平洋战争业已爆发,日军对亚太战场发动了凌厉攻势,噩耗一个接一个传来:日军进兵越南,窥视我国滇桂,威胁重庆后方。紧接着,是灾难的一月。一月二日,日军占领印度尼西亚;二十五、二十六日,日军在新爱尔兰岛和所罗门群岛分别登陆。亚太战场的英国盟军处于劣势,日军矛头指向缅甸,盟国援华的唯一国际交通线即将被切断。他们火速赶赴缅甸,不料,入缅没多久,日军便攻陷了仰光,从南向北气势汹汹地压了过来,一直压到中国怒江边上。

然而,他们打的并不都是败仗。他们这个军是盟军司令部点名指调,先期入缅的。他们血战同古、斯瓦,血战平满纳,打了许多硬仗、胜仗。他们今日走进死亡森林,责任不在他们……

二十六年秋,从上海孤岛随军撤退时,她十七岁,还是个刚刚告别了书本的中学生,五年之后的今天,她已经二十二岁了,她长大了,已屡经血火考验,成了一名上尉军官。

战争压缩了人生。

人生的路有时真像梦一样短暂。

她在同古答应了尚武强。她要结婚了。她实在看不出这场战争还要打多久。可她坚信国府和中国军队最终能打赢这场战争。她想,就是她和尚武强都老了,不行了,他们的儿子、他们的女儿,也会接过他们手中的枪,将这场决定民族存亡的战争打下去,直至彻底胜利。

她第一次见到尚武强,是在昆明附近的一个军营里。出国前,军部宣布放三天特假,电影放映队到他们的驻地放电影。她不是当地人,没有回家,吃完晚饭后,给远在重庆的父母亲写了封家信,便到临时布置起来的大营房去看电影了,那个电影她很喜爱,过去就看过的,名字她记得很清楚,叫《桃李劫》。随着银幕画面的变化,熟悉的《毕业歌》在令人心颤的旋律声中响起:

　　同学们,大家起来,
　　担负起天下的兴亡,
　　……

她情不自禁用脚击着拍子,轻轻跟着哼了起来:

　　……
　　我们今天是桃李芬芳,
　　明天是社会的栋梁;
　　我们今天是弦歌一堂,
　　明天要掀起民族自救的巨浪,
　　……

当她陶醉在令人感叹的歌声中时,一只男人的手摸到了她的脸上,她惊叫了一声。

几乎是与此同时,面前的黑暗中响起了一个男人同样惊慌的声音:

"对不起!对不起!我……我刚进来,看不见……"

她却看得见他。她借着银幕画面上闪耀的光亮,看到了他侧过来的英俊的脸孔,看到了他半个高耸的闪动着光斑的鼻梁。

她红着脸说了声:

"没关系。"

他就这样从她身边静静地走了过去,一步步走进了她的心中;后来他给她写信,一封又一封,不论是宿营还是行军;后来,他开始成为她生命幻想中的一部分;再后来,他成了她生命的支撑点。

走在这阴沉冷寂的原始森林里,她并不感到特别的害怕。她相信不论在什么时候,他都会保护她,也完全有能力保护她。转进山区前的最后一夜,他在危难时刻的表现令她佩服,她为他感到骄傲。他的镇静、威严和钢铁般的意志感染了她,使她也从沮丧之中振作了起来……

走到山间一个小水坑跟前时,天色渐渐暗了下来,山路前后都没有人。她累了,实在走不动了,想坐下来歇歇,用水坑里的水洗把脸。

走在齐志钧前面的吴胜男科长对尚武强说:

"尚主任,时候不早了,这里又有水,咱们今夜就在这儿宿营吧!"

尚武强看了看腕子上的表,点了点头。

她高兴极了,从背包中取出毛巾,一时间忘记了疲劳,像小鹿一样蹦跳着到水坑边去洗脸。不料,跑到水坑边一看,水坑边的石头上抛着一顶湿漉漉的军帽,一个看不到脸孔的男人,半个脑袋浸入水坑,倒毙在那里,黑乌乌的脑袋上漂浮着几片腐叶。

她吓得惊叫起来:

"死……死人……一个死人!"

尚武强、齐志钧他们都跑来了。

他们围着尸体看。

尚武强眼睛很尖,在尸体旁的一个石头上发现了一块用枪压着的长条纱布,上面用血写着几个字:

"死水,有毒"!

"毒"字写得很大,血已把它凝成了黑褐色的一团。

尚武强感动了，喃喃道：

"多好的弟兄！临死也没忘记把危险告诉后面的同志！"

齐志钧和老赵头默默地把那个死难者从水坑里抬了上来，将军帽给他戴上了。曲萍和吴胜男找了几块芭蕉叶盖到了他的尸体上。

拿芭蕉叶往死难者脸上盖时，曲萍突然觉着这张面孔很熟，好像在哪儿见过。她喊尚武强过来看。尚武强一看，认了出来，这位长眠在此的弟兄，就是那最后一夜用胸膛对着他枪口的伤兵排长赵老黑。

尚武强默然了，率先脱下军帽。

曲萍和组里的其他同志也脱下了军帽。

这是他们进山之后碰到的第一具尸体。

他们在这具尸体旁的树杆上，缠上这个死难者用鲜血和生命写下字的纱布：

"死水，有毒！"

惊叹号是齐志钧咬破自己的手指，用同样鲜红的血添上去的……

由于没有水源，尚武强下令继续前进。

又走了一个多小时，他们才在路边发现了一条小溪，而且发现了一个前行者搭好的窝棚。

他们在小溪旁的窝棚里宿营了。

曲萍看到尚武强离开小溪钻进灌木丛中，自己也随着去了，可没走两步，就看见一条蛇顺着她脚尖爬了过去。

她叫了一声。

尚武强回过头说：

"不要怕，紧跟着我！"

她紧紧跟了上去，鼻翼中飞入了发自尚武强脊背的汗腥味，她没感到难闻。有几次，白皙的脸膛还贴了上去。她一只手扯着他的军衣后襟，一只手握着枪。

尚武强手里没握枪。他手里攥着把匕首，曲萍想不到尚武强会带匕首,更想不到这把匕首一路上竟会派这么大的用场。砍割芭蕉,劈柴禾……全凭这把匕首了。

点燃起篝火,简单地煮了点稀粥吃后,大伙便以窝棚为中心,分头去搜寻可以食用的野物。饥饿的危机近在眼前了,每人四茶缸米显然走不完这漫长的路。米得尽量省着吃。

往森林深处走了百十米,她害怕了,扯着尚武强衣襟的手竟有些抖,说话的声音也变了:

"武强,咱……咱们回去吧!若是找不到路就……就麻烦了!"

尚武强笑了笑,把匕首插到了腰间,拔出了枪:

"不怕,有我呢!"

这是属于男人的骄傲的声音。

她情不自禁偎依在他怀里。

"可……可要碰上野兽,像狼什么的……"

"正好打一只解解馋!"

说这话时,尚武强的手摸到了她的胸际,她本能地向后一闪,离开了那令她神往留恋的怀抱。

尚武强用握枪的手将她拽回自己的胸前,另一只手竟解开她衣领下的一颗纽扣,插入她的军褂里。她一下子觉着浑身疲软,像被雷电击中了似的,手中的枪滑落下来,她两手奋力地抓住尚武强的手腕,口中讷讷道:

"武强,别……别这样!"

尚武强冷冷地看着她,紧抿着的青紫嘴唇里吐出了几个字:

"你属于我!"

她想抗拒,可说出的话却是那么轻柔,那么软弱:

"可……可不是现在呀!"

"你答应和我结婚!"

"武强,我……我求求你,别这样好不好?现在是什么时候?咱……咱们回国再……"

她挣扎着向后退了一步,却依然没能摆脱那只顽蛮而固执的手。

"不！就是现在！野人山连绵千里，你我说不定走不出去哩！咱们就在这儿结婚吧！你看，这一切是多么好，天做被，地当床……"

他激动地说着，眼睛在闪光，脸上的肌肉在颤抖，突然，他紧紧拥抱着她，憋得她喘不过气来。他在她脸上、额上、唇上狂吻。她仰起脸，他就吻她细白的脖子，吻她的胸脯。

她垮了。理智已无法左右躯体，她软软地倒下了，由两个人的身体构成的合力，压倒了几片宽大的带着露水的芭蕉叶。她感到有些露珠落到了她脸上、额上。

她恐惧地闭起了眼睛，等待着迟早总要发生的人生中最神秘的一幕……

是的，他说得对。她是属于他的。他们也许会双双长眠在这异国他乡的陌生土地上。他们应该在生命还属于他们的时候，自由支配自己的欢乐和爱情。

可不知咋的，她竟想起了那个死去的矮胖伤兵和倒毙在毒水坑旁的排长赵老黑，继而，还想起了一个盟军少尉年轻的面孔。她不想想他们，可他们死去的面孔总是在她眼前晃。

"不！不！我不……"

声音恍惚而飘渺，仿佛是从遥远的天际传来的，她不知道这是不是自己的声音。

一切已经发生了，那个属于她的他，牢牢地压在她身上，像一座活动的不可遏制的火山，一种从未体验过的、混杂着痛苦与甜蜜、羞怯与快意的热流一下子在她周身的每一个细胞中爆沸起来，她情不自禁地紧紧搂住了那座倾在她身上的火山……

那株芭蕉在索索地抖动，声音在阴暗的树林中显得很响。齐志钧警觉地停住了脚步，手中的枪瞄向了那发出可疑响动的方向。心中着实有些怕。他不敢判定，趴在芭蕉树下的是只狼，是只兔子，还是只猴子。他没想到野象，野象活动起来是惊天动地的。再说，先头部队成千上万人走过,就是有野象群,也早已吓得逃到森林深处去了。他认定这个动物不大,最多是只狼,也许是只狼在吞食着一个野兔什么的,他完全可以悄悄逼近它,寻到它,一枪将它击毙,这样,至少一个星期的给养便有了保障。

还是有些怕。狼也不是好对付的。倘或他没有寻到它,而它先看到了他,猛地从黑暗中窜出来,一下子把他扑倒,他这百十斤就算在这亘古无人的森林中交待了,在政治部花名册他的名下,会注上"失踪"二字,谁也不会想到他会被狼吃掉。

他扶了扶鼻梁上的眼镜,借着微弱的天光又向那株芭蕉看了看,极力想看透那索索抖动着的芭蕉叶后的活物,可看了半天也没看到。天太黑,漫天枝叶遮住了天光,就是十五的月亮也难照进这片稠密的树林。

声音还在那里响,宽大的芭蕉叶在轻轻晃,似乎有什么东西刨蹬土地的声音,还有丝丝缕缕的喘息声。

他冷静地想了想,认定不会是狼。他想到了野猪,一只不大的、迷了路的小野猪。这亚热带森林有没有野猪,他并不知道,他认为应该有。

一阵欣喜。

胆子大多了,先猫下腰看了看,又把四周的灌木丛打量了一下,认定周围不存在什么生命的危机,这才提着枪,小心地拨开前行路上的野藤、灌木,轻手轻脚地向那株芭蕉跟前挪。

他想,他决不冒险,不管是头小野猪,还是一只狼,只要看见,立即开枪。

一步、二步、三步,突然,他看见了那个活物。是透过齐腰深的灌木,躲在一株大树后看到的。他一下子竟没认出那是两个赤裸着缠绕在一起的人。他看到白白的一团,像一朵飘荡的云。他傻了眼,依着树干呆了好一会,才弄清楚了面前的一幕。

立即想到了尚武强和曲萍,除了他们俩,不会是别人。

果然,听到了一个他所熟悉的女性的呻吟声,继而,又听到了尚武强低沉而肉麻的声音:

"爱你!爱你!我的萍!我的……"

满腔热血涌上了脑门,握枪的手颤抖起来,眼前旋起了无数金花,仿佛倾下了满天繁星。身体也在哆嗦,腿杆发软。若不是依着那株坚挺的树干,他也许会倒下来。

一股潮湿发腥的气味钻进了他的鼻翼,他恶心得直想呕吐。

他痛苦地闭上了眼睛。

他依着树干又站了一会儿。

幻梦突然破灭了,他的太阳掉进了溢满粪尿的臭水坑,一个浪漫的故事完结了。

晚了,什么都晚了。郝老四对他的启蒙晚了,他自己行动得晚了。爱情这东西,原来是这么简单!只要一个勇敢的动作,就可以解决一切。

他真傻,真傻……

他压根儿不是个男子汉。

耳边又一阵响动,尚武强从地上站了起来。他透过芭蕉叶的空隙,看到了尚武强宽大的背,背上冒着热气,仿佛刚刚从浴池里跳出来,一些毒蚊子在绕着脊背飞,脊背上有几块被蚊虫叮咬后抓出的烂疮。

尚武强丑恶的脊背,勾起了他热辣辣的梦想,握枪的手情不自禁抬了起来,枪口瞄向了那脊背的右侧。

心灵深处一个雄性的声音在吼叫:

"开枪!开枪!打死他!"

"不!不!这太卑鄙了!太卑鄙了!你齐志钧凭什么打人家的黑枪?凭什么?你爱曲萍,曲萍爱你么?人家爱的是另一个男人!你打死了她所爱的男人,便能得到爱情么?爱,是牺牲,如果你真爱她,就应该作出高尚的牺牲,这才是伟大的人!"

他抗拒着那个蛮横的雄性的声音。

那个雄性的声音愤怒了:

"这全是虚伪骗人的胡说八道!开枪!开枪!打死他,也打死她!你得不到的,他不该得到,她更不该得到!他们活该灭绝!人活在世上,就是为了占有,不能占有的,就该通通毁灭掉!"

他的心颤栗了,不知道该怎么办才好,眼中汪出泪来,泪水模糊了双眼。眼前的脊背变得恍惚起来,后来,脊背消失了。他摘下眼镜,抹去了眼中的泪水。

看到眼镜时,不由得又想起了那个男人的好处,手中的枪举不起来了。

这时,尚武强已在穿衣服,一边穿,一边对曲萍说:

"萍,从今开始,咱们就是夫妻了,咱们一定要活得像一个人似的,到印度休整的时候,再补行一次热热闹闹的婚礼,好吗?"

曲萍却在哭,呜呜咽咽地道:

"你不该,不该……"

后面的话声音太小,他没听到。

"不该?"不该什么?难道曲萍并不爱尚武强么?难道尚武强用粗暴的手段强占了曲萍么?

血又变热了,手中的枪又提了起来。他想,他无数次设计过的决斗不就近在眼前么?他握着枪,尚武强也握着枪,拉开距离,面对面地站着,用一粒子弹,决定一个女人的归属!这不是卑鄙的做法,而是文明而高尚的上流人的举动。他在中学时就读过很多俄国古典爱情小说,对决斗的场面是熟知的。他曾爱写诗,到五军政治部以前相当长的一段时间,都是普希金的信徒。普希金就是在决斗中倒下的。

他不怕倒下。如果幸运之神站在尚武强一边,他就是倒下了,也会含笑于九泉的,曲萍将会知道,他是怎样地爱她。

悄悄移动着身子,从树后挪到了树前,枪握紧,食指搭到枪机上,做好了决斗的准备。他要行动!行动!在行动中失败,或者在行动中胜利!

一个男子汉在几秒钟内诞生了。

然而,他却弄不清楚,曲萍是不是知晓他的心,若是知道,她会不会爱她?他认为曲萍应该知晓——尽管他从未向她说起过,可他从富裕而有教养的家中逃出来,和她一起参加战地服务团,和她一起报考军事委员会干训团,和她一起奔赴缅甸,不都是一种实实在在的表示么?她难道会看不出？两个月前,在守卫平满纳的战斗间缝,在隆隆作响的枪炮声中,他还提议为她祝贺生日。那是她二十二岁生日。她的生日,他记得清清楚楚。他送了她一个精美的日记本。日记本的扉页上写了这么一句话:"无论是在战争的严冬,还是在和平的春天,爱,都与您同在!"

送日记本时,他是避着尚武强和政治部其他人的,可却在掩体工事里撞上了一个掉队的缅甸军官和一个英国盟军少尉。那个英国盟军少尉叫格拉斯敦,缅甸军官的名字却忘记了。他当时有些窘,舌笨口拙地向他们解释说:今日是曲萍小姐的生日。英国少尉格拉斯敦和那个缅甸军官听说后,也参加了祝贺。他们用军用茶缸共饮了一瓶英国香槟。后来,英国少尉格拉斯敦说,他也得给曲萍小姐送点什么。他从工事里爬了出去,去采摘野花。结果,日军飞机空袭,一颗炸弹落到了少尉身边。少尉手中握着一捧还溢着浆汁的鲜花,倒卧在血泊中,那野花的花瓣、花茎上也沾满了血。

曲萍伏在这位陌生的年轻盟军少尉的遗体上一时哭昏了过去……

他忘不了那血火中的一幕。

曲萍也不会忘了这一幕的。

悲痛过后,曲萍怪他:

"都是你!都是你!不是你提起我的生日,那个英国少尉不会……"

可他为什么提起她的生日,为什么牢牢记住她的生日,她心中不清楚么?!他爱她!爱她!他甚至想:若是那个为她献身的盟军少尉变成他就好了……

枪在手中抖,那不是对死亡的恐惧,而是被为爱而献身的圣洁感情激动着。他等着曲萍说出他想听到的话,他甚至希望曲萍跳起来狠狠打尚武强一记耳光。他想,只要曲萍略微表示出对尚武强的一点憎恶,他就像个男子汉一样,大喝一声,挺身而出,进行决斗。

她刚才说过的:"不该!你不该……"

这话中浸渗着的决不会是爱情。

思绪浑浑噩噩乱钻乱撞的时候,曲萍穿好衣服站了起来,她并没有像

冷 血

他想象的那样,狠狠骂尚武强一通,迎面给他几个耳光,而是扑上去,搂住了尚武强的脖子……

他失望地闭上了眼睛。

不知过了多久,他才从面前的梦中醒来,眼前的一切都消失了,曲萍和尚武强都不见了。那股潮湿发腥的气味却变得更浓烈了,他压抑不住地尽情呕吐起来,把一小时前刚刚吃进肚里的稀米汤尽数泼洒在地上。

左腿的小腿肚上很疼,用手一摸,发现两条旱蚂蟥已钻进了他的皮肉,在悄悄暗算他了。他没去管它。他将那支握在手中准备用来杀人、用来决斗的手枪,对准了自己血脉凸爆的脑门。

脑海中闪电般地飞出了一片燃烧的念头:

"生命的意义是行动。不能为自己的意志而行动的生命,只不过是一堆行尸走肉……"

芭蕉、野果全被一批批先行者们采光了,陆续回到窝棚里的人们收获都不大,尚武强和曲萍一无所获,刘干事和吴胜男刨了两棵小芭蕉根,只有老赵头用石头砸死了两条蛇,提了回来。

曲萍很怕蛇,要老赵头把蛇扔到外面去。

老赵头憨厚地笑道:

"曲姑娘,你不懂,蛇肉好吃哩,头一斩,皮一剥,洗洗干净在锅里一煮,比鸡汤都美!"

老赵头从怀里摸出了一个小纸包:

"喏,我还带了包盐,正好用着煮蛇肉!"

曲萍道:

"老赵大爷,那你快剥,快弄,这个样子,我看了害怕!"

"不怕!不怕!姑娘,我这就去拾掇!"

说毕,他向尚武强讨了匕首,到溪边处治那两条蛇去了。窝棚前的篝火将哗哗流淌的溪水照得闪闪烁烁。毒蚊子嗡嗡吟吟在窝棚中飞。

这时,吴胜男科长发现,齐志钧没回来,脱口问道:

"小齐怎么没回来？你们谁见到他了么？"

大家都摇头。

"会不会出什么事？"

尚武强想了想，对吴胜男说：

"你们收拾一下，准备休息，时候不早了，明日还要赶路，刘干事，咱们在周围找一下！"

曲萍从地上爬起来说：

"我也去找！"

尚武强严厉地道：

"你不要去，好好休息！"

曲萍虽说不情愿，还是顺从地坐下了。

尚武强和刘干事出去之后，沿着小溪上下，窝棚四周找了好长时间，也没找到。尚武强看了看腕子上的表，见时针已指到"12"上，才和刘干事一起回来。

窝棚里的吴胜男、曲萍和老赵头都还没睡，他们还在眼巴巴地等待着齐志钧。

尚武强估计齐志钧是迷了路，走不出大森林了，他拔出枪，对着夜空打了两枪，想用枪声给齐志钧提供一个回转窝棚的方向。然而，一直到天亮，齐志钧都没有回来。

天亮之后，他们又分头去找，依然没有找到，既未见到人，也未见到尸体。

尚武强和吴胜男商量了一下，决定留下刘干事和老赵头继续寻找、守候，其余人先走一步，寻找下一个宿营地。

在茫茫湿雾中上路时，曲萍默默哭了，她担心这个老实巴交的男同学再也回不来了……

第三章

闭着眼睛,食指搭在枪机上,死亡的神秘便完全消失了,一声爆响之后,他就会像烟一样消散掉,这或许不会有太大的痛苦。

不听指挥的手却在那里抖,太阳穴被枪口压得很疼、很痛。这疼痛动摇了他死的信心,他恐惧地想:假如他一枪打不死自己呢?他会怎样地痛苦,怎样在血泊中挣扎?再说,谁又会知道他是为她而死的,为神圣而纯洁的爱而死的?尚武强会骂他是孬种,就像骂那个郝老四一样。他的死并不能证明他的爱情,也不能证明自己生命的力量,说不定连曲萍也要鄙夷他——他的死,恰恰说明了他的软弱无能。

他拼命为自己寻找着活下去的根据。

再说,世界决不会因为他高尚的死而变得高尚。这个迷乱的世界过去不是高尚的,现在不是高尚的,未来也决不会是高尚的。他死了,这个世界上依然充满战争、灾难、格杀、暗算、血腥的阴谋、阴险的叛卖、明目张胆的抢劫和遍布陷阱的黑暗。

不!

他不死!

他不能死!

他还要硬下心肠,和这个世界决斗,击败它,占有它,或者是毁灭它!他要使自己坚强起来,恶毒起来,只为自己的生存和胜利而行动,而抗争。

他进一步说服自己。

他和郝老四不同。他不愿自毙,决不是因为软弱。他很坚强哩!从最后一夜埋葬郝老四开始,就很坚强了。他不是反叛过尚武强么?不是已经开始了加重生命分量的行动了么?他为什么要死呢?他的腿并没有被打伤,他可以走出野人山,去创造属于自己的崭新生活。他还没像郝老四那样享受过人生呢,他还只有二十三岁,还不知道女人是怎么回事,他为什么要死呢？为什么？

"傻瓜！笨蛋！糊涂虫！"

他恶狠狠地骂出了声。

他将枪上的保险闭合了,机械地将枪放入腰间的枪套中。

生命重新变得像整个世界一样贵重。

他开始卷起裤腿,对付正在吸吮着他生命浆汁的蚂蟥。那两只趴在他小腿上的蚂蟥都很大,肚子凸凸的,带着吸盘的半个身子已钻入了他的皮肉中。他点起一缕带怪味的干藤,熏了好一阵子,才把它们从腿肚上熏下来。

他把沾着自己鲜血的蚂蟥,提到一块石头上,恶狠狠地用脚去踩、去碾,仿佛踩着、碾着一个肮脏的世界。

他感到了一种胜利者的快意。

毒蚊子在他身边嗡嗡乱叫,对着他裸露的头部,脖子和手臂频频发动攻势。他认定,它们是蚂蟥卑鄙的同盟者,双脚踩碾蚂蟥时,两只手也挥舞起来,"劈里啪啦",在脸上、脖子上四处乱打。

他打得疯狂。

扑腾了好一阵子以后,他累了,坐在石头上歇了一会儿。

下一步该怎么办？

他不愿再回去了,那令人恶心的丑剧,他再也不愿碰到了,连曲萍和尚武强的面,他也不愿见了！仔细一想,一摸,那个属于他的、细细的米袋还缚在腰间。他决定连夜独自赶路。窝棚里的背包不要了,在五月的亚热带森林中,潮湿的被子根本用不着,有枪,有子弹,有米袋,有篝火,他就能顽强地活下去。

他站起来,蹒跚着一步步走出树林,走到了他来时走过的路上。他看到了那堆他亲手燃起的篝火,和篝火边的窝棚。

他情不自禁,对着篝火和窝棚所在的方向敬了一个礼。

他钻进了路对过的树林中,沿着小溪,绕过篝火,独自慢慢上路了,走了好远,才听到身后隐隐响起了那召唤他回归的枪声……

一路上陆续发现尸体。从昨夜宿营的那个山间小溪旁出发,翻过一座十英里左右的小山,下了山,天傍黑时,已碰到了十二具。尚武强默默地数过。这些尸体或仰着,或卧着,或依着山石,或靠着路旁的树干,大都僵硬了。有的尸体上爬满蚂蟥和山蝇,看了让人直想呕吐。死亡的气息带着尸体发出的异味弥漫在山间的道路上。开始,他还感到悲哀,感到恐惧,后来,这悲哀和恐惧都像雾一样消失了。感情渐渐变得麻木起来。是的,这些人的死亡与否,与他毫无关系,因此,他没有必要为这些死难者背负起道义和良心的责任。

战争,就意味着鲜血和死亡,没有鲜血和死亡的战争,只能是幼稚园孩子们的游戏。而决定一个民族命运的战争,决不会像一场夹杂着童音稚语的儿戏来得那么轻松!战争的机器只要运转起来只能是血腥残酷的,而一个国家、一个民族的历史命运,正是在这血腥残酷中被决定的。

要么,生存,繁衍;要么,死亡,灭绝。这道理他明白。

然而,他们却不该灭绝在这人迹罕见的野人山里,他们走到今天这一步,实际上是被操纵战争机器的最高当局出卖了。他不能不怀疑,这死亡森林中浸渗着某种阴谋的意味。那些政治家实际上都是擅长搞阴谋的阴谋家。一个军在他们的眼里并不意味着几万活蹦乱跳的生灵,而只是几万支枪,几百辆战车,几百门火炮,在战争的棋盘上,它只是一个小小的棋子,因此,为了赢得一局胜利,他们决不会吝惜一个或两个棋子的。

作为单数的人,在战争中是无足轻重的,而又恰恰是这些组合起来的无数个无足轻重的人,构成了进行战争的资本和动力。

人,总归是伟大的。

他蛮横地要自己记住:他不能倒下,不能像路边的死难者一样,沉睡在这布满陷阱的异国的土地上! 他是伟大的,强悍的,他要活下去,挤进名流云集的上流社会,在下一场战争中,做操纵战争机器的主人!

他才只有二十八岁,人生对他充满了黄金般的诱惑。在重庆军官训练团接受蒋委员长召见时,他就疯狂而固执地想:十年、二十年或三十年后,他一定也会像蒋委员长和蒋委员长身边的那些达官显贵那样,安排和决定一个古老民族的命运。他只有二十多岁,那些蠢猪、饭桶们总要一个个死掉的,这是自然规律。改变国家和民族命运的责任,一定会历史地落到他们这代人肩上。

他曾对蒋委员长充满敬爱之情。

如今,对委员长的敬爱已完全被死亡的气息淹没了,踏上这条死亡之路,他就觉着,他把人世的秘密全看透了,他要战胜这个世界,把这个世界踏在脚下,只能靠他自己!什么委员长,什么杜长官,什么历史使命感、民族存亡的责任感,全是扯淡!他只能,也只应该为自己活着!

下山的路比上山的路好走多了,走到半山腰上,山脚下一个朦胧的小山村已隐隐约约卧在那里,他没看见,走在他前面的曲萍看见了。他高兴地叫了起来:

"前面有个村庄!"

他驻足向山下看了看,叹了口气道:

"只怕村庄里不会有什么吃的了!"

"为什么?"

没等他回答,走在最后面的吴胜男已说话了:

"先头部队成千上万人走过去了,就是有点粮食,也早就被他们弄光了!"

曲萍失望了,一屁股坐在路边的地上不愿走了。

他和吴胜男也累了,坐在曲萍身边歇了会儿。

又走了约摸半个小时,才下了山,进了村庄。村庄很小,只住着三四十户人家,而且人早就逃光了。村里的房屋全被大火烧掉了,先期抵达这里宿营的百十个二十二师士兵说,大火是缅奸放的,村里人被缅奸骗进了山。

尽管如此,他们还是决定在这里宿营。

他们找到一间只烧掉半个房顶的破房子,从废墟中找了些木头生起火,一边烧米汤,一边等候继续寻找齐志钧的老赵头、刘干事。

快半夜了,老赵头才赶来,一进屋门就抱着花白的脑袋大哭起来。尚武强、曲萍、吴胜男以为是齐志钧死了,纷纷问:

"是不是小齐……"

"见到尸体了么?"

"说呀,老赵,快说呀!"

老赵头哽咽着说:

"没找到小齐!没……没找到!"

尚武强火了:

"那哭个啥!"

老赵头跳起来,老核桃般的脸皮上挂着泪珠儿:

"刘干事不是人!是……是他娘的畜生!"

"怎么啦?"

"他……他抢走了我的米,自己跑了!"

尚武强和曲萍这才注意到:刘干事没来。

生存竞争的残酷,活生生地摆到了大伙儿面前。曲萍傻了,嘴半张着,似乎不知道该说什么。吴胜男两眼血红,像要喷出火来。尚武强一只手插在腰间的皮带上,绷着铅灰色的脸孔愣了半响,才从牙缝里挤出两个字:

"混蛋!"

骂毕,他又猛地转过身子,粗暴地打了老赵头一记耳光,吼道:

"你也是个不中用的东西!你为什么放他跑了?你怎么还有脸活着回来?啊?!"

老赵头跌坐在地上,捂着脸像孩子似的,哭得更痛心。

曲萍看不下去了,冲到尚武强和老赵头中间,狠狠地盯着尚武强,激动得浑身颤抖:

"这……这能怪老赵头吗?你……你竟打他!他……他……他这把

年纪,能做你父亲了!"

吴胜男不像曲萍这么放肆,可态度更坚定,口吻更冷峻:

"尚主任,你错了!老赵这么大年纪,能弄得过那个姓刘的么?你知道你这一巴掌打冷了多少人的心吗?尚主任,你要向老赵认错!"

尚武强从没想到平日和和气气婆婆妈妈的下级吴胜男竟敢用这种命令的口吻和他讲话!竟要让他向一个伙夫认错,这简直是不可想象的。

他认定:这个世界是乱了套。

他盯着吴胜男浮肿苍白的脸孔看,仿佛要在这张脸孔上找回自己不可动摇的尊严。一边看着,一边想:不是他疯了,就是她疯了。

他断定是她疯了。

他得制止住这不分尊卑的疯狂。

"如果我不认错呢?"

吴胜男猛地把枪拔了出来:

"或者我打死你!或者你打死我!"

这场面把曲萍吓坏了,她扑过来用胸脯顶住吴胜男的枪口,失声叫道:

"吴大姐,别……别这样!他……他是被气糊涂了!"

转过脸,她又对尚武强恳求道:

"武强,认错吧!是一时气糊涂了,是吗?你是晚辈,认个错,也不失身份的!"

紧张的空气也把老赵头吓醒了,他扑过来,抱住吴胜男的腰说:

"吴科长,怪我!都怪我!尚主任是对的,是怪我,怪我呀!"

尚武强突然哈哈大笑起来,笑得眼泪都流出来了。他流着眼泪,拉过老赵头,脱下帽子,对着他鞠了一躬,而后,拍着他的肩头说:

"老赵,我对不起您!我错了!"

"不!不!尚主任,是我错了!"

老赵头感动得直抹眼泪。

吴胜男这才将枪插回了腰间。

尚武强恢复了理智,恳切地对老赵道:

"我是被那个姓刘的气糊涂了,一人就这么一点米了,你的米被抢去,就等于半条命被抢去了呀!我是为你着急,才失了态。"

吴胜男说:

"老赵的米被抢去了,我们还有米,有我们吃的,就有老赵吃的!尚主任,你说过的,我们是革命军人,不是乌合之众,我们要同舟共济呀!"

"是的!"

尚武强点了点头,重又恢复了自信与威严,字字铿锵地道:

"我们是革命军人,我们要亲爱精诚,同舟共济!今日姓刘的开了一个恶劣的先例,日后,我决不允许再有这种事情发生,谁若敢像姓刘的那样,只顾自己,坑害他人,立即枪毙!"

"是!"

"马上。咱们还是分头去寻找一下食物。我就不信一个村庄会找不到一粒粮食!粮食或许被埋在地下藏起来了,咱们找找看吧!"

老赵头在村子边上的一座废墟里找到了一把烧焦了柄的坏铁锹。他用这把坏铁锹东掀掀,西翻翻,竟然在一个倒塌了半截的灶房里掘到了两个干硬的生苞谷。这成功极大地鼓舞了他,他凭着伙夫的经验,专找柴灶房翻腾。翻腾的时候,吴胜男打着火把给他照亮。

后来的运气却不好,接下来翻腾的两个灶房除了灶灰、瓦片,一无所获。吴胜男觉着时候不早了,提议回去。他不答应,又引着吴胜男在一处连接着山脚的废墟上扒了起来,扒得灰土沸扬。

一边扒着,他一边对吴胜男说:

"吴科长,真得谢谢你,真得谢谢你哩!不是你,咱尚主任说不准还得发疯咧!唉!也难怪,人到了这步境地,谁还能像平时那么斯斯文文呢?!"

吴胜男举着火把,细心地给他照亮:

"是的,人到了这步境地,是不能像往日那么斯文了。可不管咋说,咱们总归还是人吧？不说是啥子抗日军人了,作为人,咱们也得有个人模样,也得有人的尊严哇！"

老赵头弯着腰,扒搂着,喘息着:

"唉！尊严！尊严！什么尊严哟！这都是你们有文化的斯文人讲的！就说我老赵,这一辈子都有啥尊严呐！今儿个不是你吴科长看不过去,尚主任打了我,还不是白打了！人家是长官呀！长官打当兵的是该当的！"

吴胜男心里酸溜溜的,直想哭。

老赵头扒出了一个什么东西看了看,认定不属于可以下肚之物,又抛开了,继续扒搂着,又说:

"早先我给张作霖张大帅当差时,有一次炒菜多放了点盐,张大帅的副官就把一盘热菜倒在我的头上！唉！唉！尊严！尊严……"

吴胜男听不下去了,一把夺过了老赵的铁锹。

"来,老赵,你拿火把,我扒一会儿。"

"不！不！"

老赵头死死抓住锹把不松手。

"你是长官,这活不是你干的！"

吴胜男说:

"现在没有长官,只有人！"

老赵头诚挚地道:

"人和人不同！你吴科长能写会画,我老赵会干什么？我十条命也不如你一条命金贵呢！世间若没有尊卑贵贱之分,还不乱了套！"

就在老赵头说这番话时,吴胜男听到了脚步声。她以为是尚武强和曲萍,或是在村里宿营的士兵,起先没有注意。待她漫不经心地转过脸去看时,一下子傻眼了:在火把的光焰中映入她眼帘的不是戴军帽的面孔,而是几个山民模样的缅甸人,他们躲在距他们不到五米的一堵塌了半截的土墙后面,几支黑乌乌的枪口已瞄向了他们。

是缅奸！

她惊叫一声:

"危险!"

身子一闪,挡住老赵头的后背,摔掉火把就去摸枪。

不料,枪拔出来刚打开保险,缅奸手中的枪先炸响了,她胸脯像被什么东西蜇了一下似的,不由自主地仰倒在地上,把身后的老赵头也压趴下了。

她抬起握枪的手,颤抖着,对着那堵矮墙上晃动的脑袋打了一梭子。她恍惚听到一声惨叫,又听到近在身边的老赵头开枪射击的声音。她不知道自己手中的枪什么时候握到了老赵头手里。继而,她听到一阵慌乱的脚步声。

血涌了出来,浸透了她的军裤,顺着她的小腹往大腿上流。她感到自己生命的浆汁在一点点渗入身下的土地,她意识到,死亡已一步步向她逼近了。

老赵痛哭着,俯在她身边。身边是那支失落的火把,在火把发蓝的残光中,她看到了老赵头熟悉的面孔,她想把刚才没说完的话说完。

她费力地张了张嘴,断断续续地说:

"老……老赵,你……你是人!人,要有尊严……"

在枪声的召唤下,尚武强、曲萍和在村落里宿营的许多士兵们都提着枪赶来了,然而,一切已经无法挽回了,一个在连年战乱中度过了三十一个年头的中国女人,在异国缅甸走完了她苦难而短暂的人生之路。

一片长短不一、口径不同的枪纷纷指向夜的天空,尚武强、曲萍、老赵头以及身边的士兵们扣响了各自的枪机,爆作一团的枪声击碎了这个异国之夜深沉的冷寂。

这是一个简单而庄严的军人的葬礼。

"枪声!是枪声!长官,在后面,就在咱们后面响的!我听到了!"

瘦猴何桂生从侧卧的灌木丛中坐起来,两只眼圈发黑的小眼睛中闪现出热辣辣的光来。他坐在那里侧着耳朵细心地听,似乎随时准备捕捉着任何可能捕捉到的响动,借以判断后面的行军者距他们还有多远。

躺在何桂生身边的齐志钧根本没有动弹,他太累了,太乏了,想好好歇一歇。身后的枪声他也听到了,不是连发,是单响,闷闷的一声,像个蹩脚的独头炮仗,而且淹没在哗哗的雨声中,显得隐隐约约,好像离他们栖身的地方很远。

雨下得很大,头上青绿的树枝树叶已抵挡不住雨的侵袭了,一片片豆大的水珠不住地往他们身上落。他们全身上下全湿透了,栖身的灌木丛也积满了泥水。他们没料到会突然下雨,根本没做躲雨的准备。待大雨落下来之后,连一片遮雨的芭蕉叶都没找到,只好躲在雨中挨淋。

何桂生还在那里固执地说:

"有枪声就有人!长官,只要后面的弟兄赶上来,咱们就和他们一起走!"

齐志钧不说话,他一点也不想说话。他觉着多说一句话就会多浪费一点生命,而他的生命现在不仅仅只属于他一个人,至少属于两个人,他和他身边的这个瘦猴何桂生。

他是在从山脚下的那个小村庄上路后遇到何桂生的。当时和他一路同行的还有军直属团的两个上等兵。他们走到一条湍急的山溪旁,想涉过山溪。山溪并不深,恍恍惚惚能看到水下的山石。可是从山上俯冲下来的水流却很急,他们踌躇着,不知该怎么渡过去。沿着溪畔寻找过溪道路时,他在一块像龟盖似的石头上发现了何桂生,何桂生军帽滚落在一旁,枪在身边横着,两眼闭着,仿佛已经死了。他那受了伤的手臂上已没有绷带了,伤口四周爬满了蛆。

他认出了他,记起了最后一夜那使他坚强起来的一幕壮剧,他有些哀伤,弯身将他的军帽捡了起来,想给他盖住面孔。可就在这时,何桂生醒了,挣扎着坐了起来,盯着他的脸孔喊:

"长官!齐长官!"

何桂生抱住了他那满是泥水的腿。

他惊愕之余,蹲下了,俯在何桂生身边问:

"你……你怎么一人呆在这儿?遇到了野兽多危险!你们的弟兄呢?"

何桂生哭了:

"死了,都死了!有两个刚上路就得了热病,剩下四个全被这溪水卷走了!我……我拉着绳子走到最后面……一看不行了,就……就松了绳子,这才捡了一条命哇!"

他望着溪水发呆,身边不远处的那两个上等兵已在他们寻好的地方下水了。

何桂生道:

"齐长官,在这里不能下水!险哪!要过这条溪,得……得再往上找地方!"

他慌忙劝阻那两个上等兵,对他们喊:

"别……别下水!"

可已经晚了,那两个上等兵互相搀扶着,摇摇晃晃下了水,还没走到溪流当中,就被湍急的溪流冲倒了;一片白色的泡沫拥着他们挣扎的身体,顺流而下,转眼间把他们抛到了十几米下的一片乱石上,有声有色地卷走了……

生命在大自然面前又一次显示了自己的无能和软弱。

齐志钧想,也许平时,这平常的溪流并不会杀人,它之所以能够杀人,完全是因为人的无能,他们的身体太虚弱了,所以,连溪水也敢欺负他们了。

眼见着这残酷的教训,他不敢再尝试着和溪流拼命了。他知道他不是它的对手。他背起何桂生的枪,搀起他,一路向上,攀爬了大约四五百米,在判定了溪流的温顺之后,才扯着他一起蹚过溪水,重新上了路。

他就这样和何桂生结成了生命之旅上的相依之伴。

刚一起上路时,他犹豫过,觉着自己的行动不可思议:他为什么非要带着这个受伤的何桂生呢?他不是把这个肮脏的世界看透了么?他不是无数次地命令过自己,让自己周身的血冷下去么?!他为什么非要带他不可?他会成为他的负担,成为他生命的包袱!

他真没有用!他的感情总是反抗他的意志。他忘不了这个士兵给他敬过的那个军礼,他忘不了在他决定改变生命质量的时候,他端起枪给予他的支持。他既然能帮助他,有什么理由不帮助呢?他们都是人,人总有人的感情,在大撤退的途中,他不是同样帮助过郝老四么?

他是人。他应该为自己是个人而感到骄傲。

现实却是残酷的。泡在泥水中的他们已失却了人的骄傲和尊严。他们的腿裆和腋窝已被这亚热带森林连绵的潮湿浸烂了,又痒又痛。他们曲身在水淋淋的灌木丛中并不比任何动物更高贵。他们甚至不如动物,连个温暖的可以遮蔽风雨的窝都没有。记忆已变得模糊了,今天是几月几日都记不清了,往昔变得像梦一样遥远,人类文明生活的痕迹也被这原始森林中的"哗哗"雨水冲得一点不剩了。

何桂生的身子在雨水中索索发抖。齐志钧在溪流边遇到他时,他就发了烧,浑身像火炉一样烫。他哆嗦着在那里凝神倾听,雨水顺着他的脑袋、脖子直往下流。

"脚……脚步声,有……脚步声!"

齐志钧搔了搔痛痒的腋窝,仰起身子听了听:没有,根本没有什么脚步声。

他揣摩:这大概是何桂生的幻觉——只要能找到避雨的地方,任何人也不会冒着雨赶路的。

何桂生还在叫:

"长官,是脚步声,是的!"

他又听了听,真的在雨声中听到了一个单调而机械的脚步声,那脚步声先是隐隐约约,继而变得一点点清晰起来,沉重起来。

他站了起来,跳到路上去看。

一个浑身湿漉漉的士兵拄着枪,跟跟跄跄,一步步向他走来,走得艰难而执著,仿佛一个在地狱跋涉的孤魂。

他扑过去,搀扶着他爬了上来。他想把他扶到何桂生身边坐下,他却坐不住,一仰脸倒下了。

"后面还有人么?"

那兵半张着嘴,喘息着,没有说话。

他又问：

"就你一个？"

那兵轻轻地哼了声。

何桂生也插了上来：

"我……我们听……听到了枪声，是……是怎么回事？"

那兵木然地道：

"和……和我同路的一个弟……弟兄自……自杀了！"

突然，那兵挣扎着仰起身子，一把扯住齐志钧的衣襟：

"长官，你……你……你行行好，也给……给我……一枪吧！我……我走不出……出去了！"

齐志钧愣了一下，踉跄着站起来。眼前一阵眩晕。他稳住身子，站住了，咬着牙狠狠用脚踢着那个可怜的士兵，一边踢，一边吼：

"混蛋！孬种！爬，你也得爬出去！"

那兵像死了似的，闭上眼睛，不作声了。

何桂生说话了：

"齐……齐长官，等……等雨停下来，你……你就先走吧！我……我和这位弟兄做……做伴一起走！"

他的心动了一下，可马上又把动摇的心稳住了：

"怎么，你也想永远睡在这儿？！"

何桂生哭了：

"齐长官，我……我们不能再拖累你了……"

他喉头发涩，也哽咽着道：

"好兄弟，别说这些话了！这里没有长官了，只有弟兄，咱们既是弟兄，就得一起走，谁也不能留下！歇歇吧，等雨停了，咱们再走！说不准路上还能碰到能帮助咱们的弟兄哩！"

然而，齐志钧万万没想到，雨停之后，那个他素不相识的、连姓名都不知道的士兵躺在泥水中永远入睡了，他深深凹下去的眼窝里聚满了碧清的雨水，半睁着的眼睛像泡在水中的两颗黑宝石。

第四章

曲萍想,也许她这一生都忘不掉那个叫格拉斯敦的英国盟军少尉了。她生命运行的轨道上将永远闪耀着那个盟军少尉用爱点亮的永不陨灭的光明之星。它将伴随着她在人生的道路上艰难跋涉,直至她也和他一样,升上圣洁的天空,化为永恒的宁静。

她永远也不会忘记,在缅甸平满纳的战壕里,在她二十二岁生日的那一天,一个来自英伦三岛的黄头发蓝眼睛的英俊青年,为她的欢笑献出了宝贵的生命。他那蓬乱的金黄色的头发总晃晃荡荡在她眼前飘,他苍白而安详的面孔,在一片染着鲜血的野花丛中不时地闪现,她闭上眼睛,那头发,那面孔,那野花就透过她薄薄的眼皮,硬往她瞳孔里闯。

她不知道自己的一路上为什么老是想他,为什么老是让这个类乎公主和王子的美妙幻梦纠缠着。脚下的路越来越难走了,生存变得越来越困难,她肮脏不堪,手一伸,就能在头发中、衣裳上抓出几个虱子来。她不是什么美丽的公主,任何英勇的或不英勇的王子都不会飞越连绵群山,赶来向她表示神圣的爱心。可她总是把自己想象成儿时童话中美丽的公主,把格拉斯敦少尉想象成白马王子。其实,她对那个英伦三岛的白马王子几乎是一无所知的,她不知道他的年龄,他的出生地,他的秉性和嗜好。她只记住了他的名字,那还是当时在场的缅甸军官告诉她的,可正是这一无所知留下的空白,给了她无拘无束的想象空间,使得她能够用自己的美好幻梦去填补它。

虚幻的东西总比实在的东西来得完美。

她把格拉斯敦想象得十分完美,她想,他应该出生在伦敦,应该是在伦敦上流社会一个有教养的家庭长大的,他一定在培养贵族王子的英国剑桥大学或著名的牛津大学上过学。战争爆发了,他拿起枪,走上了血与火的战场。当然,在他穿上军装之前或之后,一定会有许多美丽的姑娘追求他,他都一一拒绝了。他的爱在东方,在缅甸,在平满纳的战壕里。他像一颗由西向东缓缓运行的星,在和另一颗燃烧着爱的星相遇的时候陨落了。

....

"曲萍,你又落在后面了!快一点!怎么老让人等你!"

声音凶狠而冷酷,像一个迎面劈来的巴掌,毫不留情地将她的梦幻击个粉碎。

尚武强身子依着树,站在她前方十几米处的路边对她吼。

她回到了现实中,强打精神,一步步赶了上去。

赶到尚武强身边,尚武强看都不看她一眼,身子一转,推了身边的老赵头一把,又吼了声:

"快走!"

老赵头被推了个趔趄,顶在头上的小白铁锅掉了下来,"骨碌、骨碌"向山下滚了好远。他不敢作声,可怜巴巴地看了她一眼,慌忙去拾白铁锅。

她抱住了尚武强的胳膊,身子想向他身上依。

他闪开了。

"走,快走!"

她差点儿哭了出来。

"武强,我……我走不动了,咱们歇歇吧!"

她不好意思跟尚武强讲,她来月经了,裤子都被浸透了,月经带已变得很硬,像板结了似的,磨得她很疼。

尚武强不理,冷冷地道:

"不能歇,一歇就爬不起来了,咱们得赶在天黑前找到宿营的窝棚!我可不指望靠你们两个废物再搭个窝棚!"

说毕,他转身走了。

老赵头不敢怠慢,捡起锅,重新顶在头上,跟着往前赶,走到她身边时,顺手扯了她一把:

"曲姑娘,快走吧!"

她默默哭了,忍着下体的疼痛,拖着打满血泡的脚,一步步跟了上去。她没有白马王子,也没有那个叫格拉斯敦的盟军少尉,她只有一个实实在在而又越来越让人伤心的尚武强。她已经属于了他,未来还将属于他,她只能跟他走,听他摆布——他是她的依托,她的支柱,她的天!

真不幸,她竟有这么一块令人忧心的天!

从齐志钧失踪的那个宿营之夜以后,尚武强在她心中就变得不再那么神圣了,她觉着,他在脱光自己衣服的同时,也脱光了自己刻意包裹在灵魂外面的闪光饰物。他在和她干那种事的时候,粗暴得让她难以忍受,他抓她、咬她,把她的乳房都咬出了血。第三次,也是最后一次,是四天前,他把她按倒在宿营的窝棚里,根本不理会她痛苦的恳求。他完全丧失了人性,竟用枪逼老赵头,要老赵头睡在窝棚外面。可怜,老赵头依着树干在残败的篝火旁蹲了一夜。

她觉着自己的脸都丢尽了,也变得不像个人了。第二天重新上路时,她整整一天没敢和老赵头说一句话。

细细想起来,人生也真够荒唐的!如果没有战争,没有上海的"八·一三",她决不会在穿旗袍、穿裙子的年龄穿上军装的,她更不该在这异国他乡野人山的森林中,草率了结自己的终身大事。在中学时代,她就暗暗爱慕过一个男同学,好几次悄悄地把好吃的糖果点心放进他的课桌抽屉里。她曾幻想着和他结婚,那时,她心中的白马王子是那个男同学。她想,他们的婚礼一定会隆重而又热烈,有美酒,有鲜花,有华丽拖地的洁白婚礼裙,有含羞带醉的洞房花烛……

不曾想,日军飞机轰炸闸北时,那个男同学被炸死了——大约那个男同学的死,也是她参加战地服务团而后穿上戎装的动因之一。后来,心中的白马王子换了一个,又换了一个,可那和平中的洞房花烛夜之梦,却从未换过。就是和尚武强相爱时,她还无数次地向往着那美好而动人的一幕。

战争残酷地毁灭了这一切。

战争将人变成了野蛮的动物。

尚武强变得越来越野蛮了,吴胜男死后,她几乎没有看见过他的笑脸。他一路上折磨老赵头,也折磨她。吴胜男死后,老赵头的保护神失去了,他不断地找借口打他,骂他,污辱他。有时,她实在看不下去,站出来为老赵头讲话,他就连她一起骂。

往昔那甜蜜的爱全化成了恨。她真恨他。真恨!可往往在短暂的仇恨过去之后,她又会想起他过去的许多好处,便一次又一次在心里原谅了他。

她不能怪他、恨他,还得爱他哩!不管怎么说,他是她的丈夫,是她未来生活中的伴侣,她还要为他生个儿子呢!生个胖胖的、能扛枪的兵!

然而,不管如何努力,她都唤不醒自己昏睡的心了,乳房上伤口的疼痛,耳边粗暴的骂语,带给她的是一阵阵厌恶和失望……

每到这时候,那个在平满纳只见过一面的格拉斯敦少尉便跳到她面前来了,那个她从未到过,但在她的幻梦中变得越来越实在的伦敦就仿佛在她身边似的。有时她会觉着她不是在渺无人烟的大林莽中艰难蹒跚,而是在伦敦的花前月下和格拉斯敦少尉挽着手在朦胧的雨雾中散步……

下体和大腿两侧被那板结的脏纱布磨蹭得越来越疼,她的步子越迈越慢了。她盼望路旁出现一条小溪,使她能够避开人,好好洗一洗。

停下步,驻足看了看,前方的山上和路两旁的草丛中都没有小溪的影子,连个水洼也看不见。

她失望极了。

大约是两个星期前,从那个小村落出发时,下过一回大雨,差点儿没把她淋出病来。后来,便再也没下过雨,水开始变得金贵起来,若是碰不到山泉溪水,莫说洗脸擦身,有时,连喝水都成问题。

走在前面的尚武强和老赵头又一次远远把她抛下了,她被迫鼓起勇气向他们喊:

"等等我！等等我！"

尚武强继续向前走,老赵头停下了脚步,回转身向她招手。

她看到老赵头停下了,放了心,向后看看,没有人,这才下了路,钻进草丛中,将那块板结的纱布取下,又用牙齿咬着,撕下了一块衣襟,叠了叠换到体下。

那块污秽的纱布她信手扔到了草丛中,转念一想,用水洗洗还可以用,又弯下腰把它拾了起来,卷了卷,塞进了口袋里。

重新上路以后,她感觉好了些,下体不那么痛了,脚步不由得加快了些。一边走,她一边恳切地劝告自己:

不要恨尚武强,不要恨他！要爱他！爱他！他是你的丈夫,是你在这非人环境中生存下去的保证！你要容忍他的一切,原谅他的一切！

"再见吧！格拉斯敦！我的少尉！"

她含着泪水,轻轻说出了声。

沿途的尸体越来越多了,有时走上百十步就能碰上一具,老赵头想,说不定哪一刻,自己也会一下倒毙在地上,成为这众多尸体中的一具。

早就断粮了。他们只好刨野芋,刨芭蕉根充饥。饥饿使他忘记了一切危险,他吃起什么都肆无忌惮。结果,昨日宿营时他发现:自己浑身上下开始浮肿,皮肉像发酵似的,手一按就是一个青紫的坑。曲萍胆小,不敢吃那些乱七八糟的东西。她只用大树叶子接雨水或露水喝,偶尔打到蛇,才吃点蛇肉。尚武强也很小心,野芭蕉根根本不敢吃,实在饿得受不了了,也只冒险尝尝野芋头块。可尚武强却活得比他和曲萍好,说话的嗓门依然很大,走起路来精神也挺足的,他因此怀疑,这位上校长官身上还藏着什么食物。

他不敢说,更不敢向尚武强谋求生存的平等。一直顶在头上的白铁锅,他早就想扔了,尚武强却不让。尚武强要用这锅烧水喝,泡着尸体的水,他不敢生喝,他还要烧水烫脚哩！他活得认真而又仔细,对自己的生命极其负责。他却不说他是为了自己,而说是为了大家！

老赵头心中清楚得很,这"大家"只是个幌子,在三人组成的"大家"中,只有尚武强是主人,他和曲萍都是奴仆,他又是两个奴仆中最卑贱的一个。吴胜男科长说的那种叫"尊严"的玩意儿,在这非人的生存环境中根本不存在,在他身上更不存在。他命中注定了一辈子要为那些有尊严或曾有过尊严的人们做牛马,直至他永远告别人间的那一天为止。他认命了。他亲眼看到,过去曾有过尊严的曲萍姑娘比他的处境也好不了多少,他还有什么理由不认命呢?曲萍一路上被尚武强糟践了好几次,他知道。他看到她悄悄地哽咽,默默地流泪,他无能为力,更帮不了她。

对吴胜男科长的思念越来越强烈,他忘不了吴胜男用手枪逼着尚武强向他认错的情景,忘不了她映在血泊中的安详的脸孔。他想,若是吴胜男还活着,情况不会变得这么糟,吴胜男决不会容忍尚武强这么胡作非为的,她说不准还会用枪顶着尚武强的胸口对他说:

"尚主任,你是人!不能像畜生那样,只为自己活着!"

她会这样说的,会这样干的。她是个了不起的女人。

然而,她去了。她是为了他呀!她用自己柔弱的女性身体,为他挡住了缅奸的枪弹……

身体摇摇晃晃,步履变得一步比一步艰难,一步比一步沉重,浑身上下的老骨头仿佛都散了架。眼前一片昏花,分不清是白日还是黑夜。脚下总像踩了棉花似的,软软的、绵绵的。又是上山,道路不好,每向山上挣一段,都要喘息好一阵子。

前面的尚武强和后面的曲萍都和他拉开了距离,他隐隐约约能听见身前身后的脚步声。

又累又饿,浑身上下都被从皮肉中渗出的汗水泡透了,溃烂的大腿根又疼又痒,他实在一点力气也没有了,他觉着自己再坚持走下去,一定会一头栽倒在地上,永远爬不起来。

他毅然站住了,将顶在头上的白铁锅很响亮地往地上一扔,一屁股坐下了。他下了狠心,不管尚武强如何吼叫,他都不走了!他一定要在这儿歇歇,找点东西吃。他也该有尊严哩,曲萍也该有尊严哩。凭什么他们非要听尚武强的不可！尚武强不敢打死他的,不敢！若是他真敢打,那倒好了,一枪下去,他一生的苦难不就结束了么?!

白铁锅着地的响声惊动了前面的尚武强,他回转身看了看,气喘吁吁地问：

"怎……怎么回事,老赵头,爬起来走！妈的,摔……摔一跤能摔死么！"

尚武强以为他摔了跤。

他不理。他看着下面路上的曲萍姑娘,无力地向她招了招手。

尚武强又喊：

"老东西,你他妈的要找死么?！快跟上来！"

他还是不理,心中恨恨地骂：什么长官,王八蛋！

曲萍一步步爬了上来,坚定地加入了他的行列,在他身边坐下了。

曲萍厌恶地向尚武强站立的地方看了看,上气不接下气地道：

"老赵,别……别理他！让他一人走吧！咱们就在这儿歇歇,找……找点东西吃！"

"嗯！"

他点了点花白的脑袋,用军帽扇着风。

尚武强声嘶力竭地叫骂了一阵子,不但骂老赵头,连曲萍也骂上了,骂累了,也在原地坐下了。

这时,山下上来了一拨散兵游勇,大约十几个人。他们走到老赵头和曲萍身边时,领头的一个大个子兵关切地问他们：

"哪部分的?"

曲萍道：

"军政治部的！"

"走不动了?"

曲萍点点头。

那大个子兵叹了口气,领着那拨人又向前走了,走了没两步,停下了：

"姑娘,大爷！还是随我们一起走吧！路上也好有个照应！"

曲萍的心动了一下,几乎想跟他们走了,可一想到他们都是些不熟悉的男人,马上想到了可能发生的那种令她恶心的事。

她木然地摇了摇头。

老赵头见她摇头,也摇起了头。

大个子兵真好,从他挎包里取出了一个小纸包,走到曲萍身边,递给曲萍说:

"给,这里还有三块饼干,你们留着吃吧!"

曲萍愣了一下,眼泪从眼眶中涌了出来,她伸手接过饼干,含着泪道:

"谢谢,谢谢!"

老赵头也哭了……

大个子兵难过地转过脸去,继续向前走了,走了好远还在向他们招手。

不知是饼干吸引了尚武强,还是咋的,大兵们过去之后,尚武强终于屈服了,一步步向回走,走到了他们身边。

他问曲萍:

"那个兵给了你什么?"

曲萍睁着朦胧的泪眼,把手掌伸开,让尚武强看。

尚武强似乎被感动了,难得说了句人话:

"真……真是个好人!"

不曾想,一句人话没说完,他又变得野蛮无理了:

"你们为啥不问他多要一点!他们这么多人,肯定还有吃的东西!肯定还有!"

曲萍真想跳起来打他一记耳光,可没有力气,站不起来。她睁圆了眼睛,恨恨地盯着他的脸孔看,看了半天才从干裂的嘴唇里吐出两个字:

"无耻!"

尚武强似乎没听见,两只发绿的眼睛只盯着曲萍手掌上的饼干看,看了半天,忍不住了,伸手拿了块,放入了自己的嘴中。

曲萍怕他把另外两块也拿走,连忙分了一块给老赵头,把最后一块填入了自己的嘴里。

老赵头不要。

老赵头将那块饼干还给了曲萍。

"姑娘,你吃吧,你是女人家,这一路上真难为你了!吃吧,你自己吃吧!"

曲萍心中一阵发热。

她硬将饼干塞到了老赵头的嘴里。

老赵头流着眼泪咀嚼着,咀嚼着……

一块饼干,反而勾起了更强烈的食欲,三人的意识在饥饿的压迫下,终于统一了,他们决定,就在这附近找个地方休息,寻点可以吃的东西充饥。

尚武强看了看表,这时是中午十二点多。

路边的树林里竟有一个搭好的窝棚,窝棚前还有一堆冷却了的残灰。窝棚门口散落着一个苞谷芯。他们在窝棚里歇了一下。歇气的时候,曲萍独自一人一点点掰着,把那个苞谷芯吃完了。后来,他们分头去找野果。不到半个小时,就在窝棚四周采集到了一小堆不知名的野果。

野果形状大小各不相同,有的像灯笼椒,有的像柿子,有的像葡萄,颜色也不一样,有的红得像要滴血,有的绿得发紫。

他们犹豫了:这些玩意儿究竟能不能吃?吃下去会不会中毒?这红红绿绿之中是否隐藏着某种致命的危险?如若能吃,先头部队的人为什么不吃?

三个人对着一堆野果发呆。

曲萍说:

"恐怕不能吃吧,我看还是小心点儿好!"

尚武强说:

"也不一定!走在咱们前面的人或许没有断粮,喏,刚才咱们不是还看到了苞谷芯吗?只要没断粮,他们就不会采野果,再说,若是野果有毒,

冷 血 / 149

这里早该横着几个毒死的人了,咋一个没有?"

这话有理。

"来,老赵头,你先尝几个!"

老赵头犹豫了一下,在野果堆中捡了一个红红的像柿子似的东西咬了一口,品品味,甜中带着苦涩,味道还不错。他一口气吃了七八个。

"嗯,不错,滋味还不错呢!"

尚武强看着老赵头吃,自己却不向野果堆中伸手。

"哎?尚主任,曲姑娘,你们咋不吃?真不错哩!"

曲萍不敢吃,尚武强却尝试着吃了一个。

"喂,老赵头,再尝尝那种,那种像灯笼椒的!"

老赵头不想吃了,可又不敢违拗长官的命令,只得硬着头皮又吃了两个"灯笼椒",吃得直皱眉头。

"主任,这玩意儿不好吃,太苦,又有股怪味!"

"那么,尝尝这个吧?!这个!"

曲萍看出了尚武强卑鄙的心理:这个上校副主任,这个她往昔挚爱着的人完全丧失了做人的起码道德,他是在让老赵头为自己的生存做冒险试验!

她冷冷看了尚武强一眼,起身拦住老赵头:

"老赵,别吃了!"

尚武强似乎很高尚,他咧嘴笑了笑:

"好,老赵吃饱了就甭吃了,我吃!"

他拎起一个柿子状的野果吃掉了。

曲萍一直没吃,一根玉米芯和一块饼干足以欺骗她的肚皮了,她不愿用生命冒险。

吃过之后,疲惫感取代了饥饿感,他们昏昏沉沉睡了过去。

万没想到,惨剧却因此发生了。

曲萍醒来之后,发现老赵头死了。他是睡在窝棚外面的,他死时的挣扎声,曲萍没听到。他死得很痛苦,就像他活得很痛苦一样,身子扭曲着,一只手抠着满是白沫、绿浆的嘴,一只像鸡爪子似的手深深地抓入了身边的泥土中。

他是中毒死的。

曲萍疯了似的扑回窝棚,抓住尚武强的胳膊,要把尚武强拖起来,一边拖,一边还哭喊着:

"姓尚的,你去看看!去看看!老赵怎么被你害死的!"

尚武强的身子却很重,怎么拖也拖不动,继而才注意到,尚武强的脸色也蜡黄发青,额上渗着汗,嘴边挂着白沫。

她傻了,这才意识到尚武强也被那野果的毒浆暗算了。

她扑倒在尚武强身边,双手捧着他的脑袋,用膝头晃动着他的身子,焦急地叫:

"武强!武强!醒醒!快醒醒!"

叫了半天,晃了半天,尚武强才睁开了眼睛,眼泪汪汪地看着她。

她号啕大哭起来:

"老……老赵死了!你……你又……又……"

尚武强挣扎着坐了起来,费力地笑了笑,笑得很好看。

"萍,我……我……"

"你……你一定中……中了毒!"

尚武强捂着肚子想呕吐,呕了半天也没呕出来,又倒下来,大口喘气。

"武强!武强!"

她的呼喊中充斥着绝望和恐惧。

尚武强喘着气说:

"萍,我……我不……不行了!走……走不出这野人山了。你……你一定要好……好自为之,走……走出去!"

"不!不!你不会死!不会!我背你!我背也要把你背走!"

眼中的泪在她瘦削的脸上流着,一滴滴落下来,滴落到尚武强的脸膛上。

尚武强抬起一只无力的胳膊,用手给她揩泪,轻轻地、轻轻地揩,仿佛怕擦伤了她脸上的皮肉。她被深深感动了,仿佛那如梦的好时光又回来了,她原谅了他一路上的粗暴、残忍、卑鄙和一切的一切……

尚武强给她揩着泪说:

"原谅我,也……也忘记我吧!我……我对不起你!我……我不能保护你……你了!我……我不是个男……男子汉啊!"

尚武强默默地哭了,泪水聚满了他的眼窝,又从眼窝里溢出来,顺着脸膛往耳际流。

她疯了似的喊:

"不!不!你是个男子汉,是个真正的男子汉!你是我丈夫!我丈夫哇!你……你不能死!为了我,你……你也不能死哇!"

她突然意识到,她该做些什么了!他不能守着一个生命垂危的人在这里哭,一切依托都没有了,她得靠自己的力量来撑起这块塌下来的天!她得坚强起来!

她站了起来,抹掉了脸上的泪水,第一次用命令的口吻对尚武强说:

"你躺在这儿不要动,我去找人想办法救你!"

她冲出窝棚,冲出树林,冲到了被千万人的脚踏出的路上,对着空旷的山谷,对着郁郁葱葱的森林喊:

"来人,来人啊!"

前面的那个山口很险,只要身子向峡谷方向一倒,就能一下子从这肮脏的人世间消失了。这很好,这样做,谁也不知道他是自杀,人家一定会认为他是失足落入峡谷中的,就像被溪流卷走的弟兄一样。

瘦猴何桂生看着道路前上方的山口,暗暗在心中作出了殉国的决定。

他不能再拖累齐长官了,他已拖累了他十几天,他认定,再这么拖下去,他走不出这连绵的群山,齐长官也走不出去。

齐长官齐志钧自己摇摇晃晃,却还在搀扶着他,他那戴着独腿眼镜的面孔是那么瘦削,颧骨高耸着,眼睛深陷着,下巴尖尖的,整个面孔就像包了层皮的干骷髅。他喘得很厉害,嗓子中还带着丝丝痰鸣,他已将自己生命的一部分给了他,使得他生存到了今天,今天,他不想再活下去了,他终于觉出:活下去是个沉重的负担。

他在距山口还有十几米的一块大石头上坐下了。他觉着该在告别人世之前,向齐志钧说点什么。想了想,却不知该说什么好。感激的话,他一路上说得够多了,齐志钧都听腻了;说自己决定辞世,让齐世钧好自为之,等于取消死亡计划。

和齐志钧背靠着背默默在山石上坐了一会,终于什么也没说。

腰间的长条布带里还缠绕着一个秘密,这秘密只有他一人知道。进山之前的最后一夜,他独自冒领了两份米,一份公开的早在遇见齐志钧之前就和弟兄们伙着吃完了,另一份牢牢缠在他腰间,连睡着时都没取开过。他要把它留到最后关口再用。遇到齐志钧,他原想拿出来的,可先是怕齐志钧抢了他的米独自走掉,后来又怕齐志钧痛恶他的黑心、奸滑。于是,他和齐志钧一起吃蛇肉,吃野果,也没敢把它拿出来。他是在广西深山中长大的,认识那些可以吃的野果,饥饿还没有严重地威胁过他们。

现在,他要死了,这些米对他已毫无用处,他决定把它留给齐志钧,作为对齐志钧义气忠心的报偿。

犹豫了几次,想把米从腰间取下来,最终还是没有取,他怕这时取出来,会引起齐志钧的怀疑,破坏他的死亡计划……

又歇了一会儿,齐志钧说话了:

"走吧!过了山口,下山的路就好走了。"

他默默点了点头,试着站了站,却没站起来。

齐志钧又来搀他。

齐志钧搀着他,一步步迎着风向山口走。

他得甩掉齐志钧,不能让齐志钧也被自己坠下山谷。

走到山口时,主意打定了,他趴在地上说:

"齐长官,风太大,两……两人站着过去怪险的,咱们一个个爬过去吧!"

齐志钧看了看山口,见那山口的路确实很窄,一面是挂着青藤的山壁,一边是冷幽幽的深谷,风又很大,闹不好能把人刮下去。

他点了点头,同意了。

他没想到面前这位和他一路上走了十几天的同伴决定在这里告别惨淡的人生。

"齐长官,我先过,你……你等一会儿!"

"你小心点!"

"是喽!"

何桂生开始一步步向山口上爬,爬到中途停顿了一下,继而,直起腰,摇摇晃晃站了起来,向前走了两步。这时,不知是刮了一阵风还是绊着了一块石头,他身子一歪,一个踉跄栽下了山口,栽到了深不可测的山谷中。

"啊——"

一声惨叫在他跌入山谷的同时,凄切地响了起来。

齐志钧惊叫起来:

"老何!老何——"

回答他的是震撼群山的缭绕余音和一阵强似一阵的山风。

他噙着泪,趴着地面向前爬,爬到何桂生遇险的地方,见到了一条像死蟒似弯在那里的米带,米带上还带着何桂生身体的余温,带着他伤口中流出的脓血……

第五章

聚在窝棚里那属于曲萍的气息还没有最后散去。她的呼吸,还随着高耸胸脯的起伏微弱地响着;她的哭泣,还像鞭子一样,一下下击打着他的心;她身上散发出的咸腥汗味,还在刺激着他的嗅觉器官。她的哭声、喊声、喘息声和她的脸孔、脖子、手臂以及一切的一切,都化作了一团雾一般莫名其妙的东西。山路边,她为他呼救的声音在温热的空气中震荡,她的身影似乎还在他眼前晃动。

然而,一切毕竟过去了。他爬了起来,擦掉脸上的泪水和额上的汗水,准备独自上路了。

尽管他真心地爱过曲萍,现在却也顾不了她了,生存法则是无情的,他不能为了她而在这异国的大山里送掉自己的性命。爱情虽说宝贵,可毕竟还是人类在获得生存的满足之后才需要的东西,在生存没有保障的时候,爱情只能是无用的甚至是致命的奢侈品——进山之后的非人磨难,终于使他弄明白了这个浅显的但在和平的环境里又很难弄明白的道理。

再也没有什么东西比软心肠更糟糕的了!人类能够繁衍到今天,遍布整个星球,依仗的决不是感情和眼泪,而是强悍冷硬的铁血!人类的生存历史是被铁血决定的,不是被感情决定的。感情和眼泪既不能软化历史,也不能改变历史的进程。明显的事例就摆在面前:为了决定今后的历史,置身于文明社会的最高统帅部可以硬下心肠,置一万七千多人的生死于不顾,他尚武强又为什么非得顾及一个叫作曲萍的女人呢?生命只有一条,而人生道路上的女人将多如烟云。

不过,面对着曲萍焦灼、绝望的泪脸时,他真是被感动了,他真哭了,假戏真做了,有一瞬间,他甚至动摇了,想打消这个只顾自己的卑劣计划。

他想,若是曲萍不跑出去喊人,若是曲萍继续在他面前绝望地哭,他也许会停止了这场真做的假戏,重新把曲萍带上路。

他真不是个硬心肠的人,有时他的心肠真软,真软……

曲萍却跑了出去,她把眼泪、哭泣和几乎要软化他的感情都带走了,他心中那求生的意志才占据了她留下的空白。

他不敢直接上路。

他怕在路边或路上撞上她。

他判断了一下方向,先在茂密的森林中走了一段路,然后,重新走到路边,见路上没人,才在路上走一阵子。

他得把曲萍抛在后面,至少要抛开两天的路程,这样,她就再也追不上来了,他生存道路上的一块沉重的石头就掀到一边去了。

他并不惧怕日后与她见面,倘或她福大命大造化大,能独自走出这野人山,进入印度,他照样会和她友好相处的——甚至重温爱情的余梦。他会告诉她:他是被后面的弟兄搭救了,他是爱她的,过去爱她,现在爱她,永远爱她。

现在不能爱。现在的问题是要活下去。粮食已经一粒也没有了,子弹倒还有七八粒,他要靠这七八粒子弹,靠手中的枪去求生,他甚至想到了抢,只要发现谁还有吃的东西,他就去抢,抢了之后,一枪把那个倒霉蛋干掉,人不知,鬼不觉的,为啥不能干?!

自然,得挑那些掉队的、单枪匹马的家伙下手,成群结队的干不得,闹不好身败名裂不说,自己的小命也可能送到人家枪口下哩!

抢劫别人性命的念头愈来愈强烈了,他的行动变得诡秘起来,一会儿跳到路下,在满是荆棘野草的森林里走一段,一会儿跳上路面,前后看看,寻找可以下手的对象。

强者生存。

他是这弱者群中的强者。

晦气的是,直到这天宿营,他都未能找到一个可以下手的对象。一路上,他看到了三拨人数众多的弟兄,就是没看到有吃食的孤独的跋涉者。

最后,他不得不参加到第三拨弟兄当中,和他们一起在山下的一个芭蕉棚里过了一夜。那夜,一个弟兄分了半茶缸几乎看不到米粒的粥给他喝了。

第二天,他声称要等政治部的同志,摆脱了那帮士兵,又独自一个钻山林,上路面;上路面,钻山林。钻山林,他是想打点什么东西;上路面,也是为着打点什么东西,他焦灼不安地等待着那个注定要用自己的死来延续他生命的软弱动物。

弯弯曲曲的山路上,那个和他属于同类动物的没有看到,可却在山林里意外地发现了一个野兽洞窝。

洞窝是那日下午发现的,他从洞窝口走过时没有注意到,幸运之神差一点儿从他身边溜过去了。是洞窝里什么动物爬动的声音,唤住了他的脚步,他转身一看,在一片青绿的灌木之中,发现了一些干草,继而,看见了一个被干草和灌木差不多堵严了的洞口。

他当时有些怕,这个洞穴离开路面至少也有二三百米,洞穴里趴着的是个什么东西他一无所知。他不知道他的手枪和匕首是不是能对付得了洞穴中的东西。如果他对付不了洞穴里的那个东西,事情就糟透了——当然,他一定会开枪,可开枪有什么用呢?现在莫说枪声,就是炮声恐怕也唤不来搭救他的人!

他呆呆地举枪对着洞穴站了一会儿,握枪的手攥出了汗。他把手在干燥的山石上擦了擦,又把枪攥紧,把匕首也拔了出来。

他想打一枪探探路,看看那个神秘的洞穴里会跳出个什么玩意儿。转念一想,不行!子弹越来越少了,它也变得像性命一样金贵了,有枪有子弹,生命就多了一层保障。

他不敢浪费子弹。

他四处瞅了瞅,拣了一块拳头大小的石头向洞穴里扔去,扔过之后,马上拉出了一副格杀的架式。

虚惊一场,洞里并没有跳出山豹、恶狼、豺狗之类的凶猛动物。洞里什么也没跳出来,只是发出了一阵更加急促的爬动声和吱吱呀呀的叫唤声。

他兴奋了,完全忘记了危险,把枪往腰间一插,握着匕首扑到洞前,三把两下,取开了洞口边的干草泥石,扯断了一些倒挂下来的野藤。

他将握匕首的手深入黑乌乌的洞中,乱舞了一阵,将半个身子都探了进去。

洞里很黑,什么也看不见。

他只好抽出身子,从军装的口袋里取出用油布包着的火柴,划了一根,对着洞穴里照——

眼睛一下子亮了,在火光中,他看见了两只胖乎乎的小狼崽!

他高兴得几乎要疯了,火柴杆一扔,一头钻进了狼窝中,恶狠狠地扑向了小狼崽。头一个小狼崽一下子就被扑中了,他捏着它的脖子,又用手去摸另一只,另一只摸了半天,也被他摸到了。

他把它们提了出来,放在洞口的泥草上。举起匕首,一刀一个,将两只狼崽都捅死了。

他倒提着顺嘴流血的狼崽,踉踉跄跄向山路上奔,奔一段,歇一阵,回头看看有没有狼追他。

没有,狼崽的母亲或许也像他一样,遵循大自然的生存法则,寻求机会去了;又或许是早被饥饿行军的人们打死了,化作了人类生命的一部分……

除了山谷的回音,没有任何来自人类的其他声音传来,面前白生生的路上渺无人烟;按照时间计算,最后一拨从他们身边走过,并给了她三块饼干的大个子兵他们,也早该翻过这座山了;追赶他们并请他们回来救活尚武强是不可能的。她只能等待后面的弟兄,或者往回走,去迎后面的弟兄。

她决定往山下迎,早一分钟,尚武强就多一分生存的希望。她甚至奢望着迎到一个医官,给尚武强,给他们共同的爱制造一个奇迹。

向山下跑了很远,大约跑了有两英里,也没碰上一个人。

她害怕了:把生命垂危的尚武强独自扔在那里该多危险呵!若是野

兽吃了他呢？若是他不愿拖累她而自杀了呢？

她又转过身，艰难地往山上爬。他们就是死，也要死在一块。她决不能让自己所爱的人，自己为之献身的人，独自一个长眠在这片森林中。她开始埋怨自己的无能和愚蠢，她为什么这么不相信自己的能力呢？为什么没想到找点水灌给尚武强喝，借以稀释胃里的毒液？为什么没想到帮助尚武强进行一次成功的呕吐！她真蠢！真蠢！她只会被别人照顾，却不会照顾别人！她只能依托别人，却不能被别人所依托。

女人啊，女人！怪不得你们被男人们称为弱者，你们被男人们欺压的同时，也被男人们有力的臂膀娇惯坏了……

一路胡思乱想着，直到天快黑了，才赶到原来的那个窝棚前。

没想到，尚武强不见了，活不见人，死不见尸。

她恐惧极了，围着窝棚四处呼喊：

"武强！尚武强，你在哪里？"

没有任何回答，山林中一片死寂。

"尚武强，你回来呀！回来呀！我在等你，我在等你呢！"

……

她先是以为他被狼拖走了，可看看老赵头的遗体还躺在那儿，便把这个假设推翻了。又揣摩：或许是后面的弟兄赶上来了，将他救走了？仔细一想，她一路下山，没碰到一个人，他又如何能碰到搭救他的人呢？！

结论只有一个：尚武强知道自己不行了，走不出这千里群山了，有意躲着她，让她能抛开他的拖累走出去——临别时，他说过这种话的。

她挂着泪珠，幸福地笑了。她想：武强呵，武强，你错了！我一定要等你回来！或者双双地生，或者双双地死！不要说作为夫妻应该这样，就是作为人，也得这样！人生就是你搀着我，我扶着你，一步步走过来的。没有仅仅属于一个人的孤独的人生；人生是一种生命的联系，正因为有了这种生命的联系，它才放射出灿烂的光辉。

她拣了些干柴草，点燃了一堆篝火。

她孤独地在篝火旁守候了一夜。

在最痛苦的时候,她一次又一次对着夜空打枪,一直打光了最后一粒子弹……

尚武强没回来。

第二天,她几乎是绝望地上了路。

这是她生命历程上最阴暗的一天。这一天,她只喝了点溪水。随着尚武强的失踪,她生命的一部分也悄悄失踪了……

入夜,她在半山腰发现了一座茅草棚,屋门半开着,里面睡满了人,她呆呆地扶着柴门站了一会儿,向里面看了看,见屋子里有两个女的,屋子当中还有空隙,才小心地走了进去,睡倒在地上。

太乏,太累了,她倒下没一会儿就睡着了。

她做了一个梦。梦见尚武强在和那个英国盟军少尉格拉斯敦决斗,一人握着一支手枪,格拉斯敦手里的枪先响了,她扑过去,用自己的身体挡住了射向尚武强的子弹,她捂着胸脯倒在地上。尚武强感动地亲吻她,拥抱她。她就这样在尚武强的亲吻和拥抱中和尚武强融成了一体……

醒来时,天已大亮,格拉斯敦和尚武强都不见了。她身边只有那睡在一起的两个姐妹和许多陌生的弟兄。他们还没醒,茅屋里静悄悄的,从树木枝叶缝隙中透进来的阳光映照着这个小小的茅屋,也映照着一些弟兄们的脸孔。

她在刺眼的阳光中仔细瞧了瞧身边的两个女人,想辨认一下她们的面孔,看看她们是哪个部门的,五军的女同志不多,她大都认识的。

一看,却把她吓坏了,身边的两个女同志已经死了,身体都僵硬了,面孔被折磨得变了形,她根本认不出是谁。

她叫了起来:

"醒醒,都醒醒!这……这两个女同志死……死掉了!"

弟兄们都不动,仿佛死亡对他们来说已变得自然而合理了。

她只好去推他们,想把他们推醒。

不曾想,她推一个是僵硬的,再推一个,还是僵硬的。一股被她忽略了的从死尸身上发出的异味刺激了她,她这才意识到:这一茅屋人全已倒毙在这里,永远睡过去了。

她吓傻了,失声尖叫着逃出了茅屋。

死亡之路又冷冰冰地在她面前铺开了,她只得凭着求生的本能,一步步向前挪。挪到一个山路的岔道时,她看到了一个栽在那里的木牌,上面画着一个墨黑的箭头,箭头下写着几个同样墨黑的大字:

"由此前进!"

她由那墨黑的箭头,墨黑的大字,想到了死亡,她想:也许箭头前方十英里、二十英里或三十英里的某一个沟凹,某一片草丛,会成为她人生的目的地。

脑海中突然涌出了一个她想阻拦而又阻拦不住的念头——

尚武强会不会意识到了生存的艰难,而有意抛下了她?

"不!不!不会!决不会!"

她疯狂地大叫着,企图用这声音强压住盘旋在脑海中的那个带问号的念头。

……

恍惚过了三天或者四天,齐志钧走错了路。他独自一人沿着一条小路,走进了山凹凹里的一个小村落。村落里只住了十几户人家,怪冷寂的,既看不到炊烟、人影,也听不到鸡鸭的鸣叫。他以为这里的人也都逃进深山里了,便将错就错,放心大胆地在一间间茅屋前张望。看清屋里没人,就闯进去搜罗一番,希望能找到一些吃食。

系在腰间的米袋差不多又瘪了,充其量还有两茶缸米,而根据路标指示的路线,从这里到达驻有英国盟军的新平洋还有一百五十多英里,他一天就是走十五英里,也还得走十几天。听说从中国本土起飞的飞机,已开始在新平洋一带为五军空投食品,希望就在前面。可他要把希望变成现实,还需要进行一次对生命热量的充分补给。他至少得有能维持十天路程的食物,否则,希望光环下笼罩的只能是死亡。

另外,他对新平洋也还存有一定的戒心和疑虑,新平洋的英国盟军能有多少补给品？他们自己不也因为缅甸的全面陷落而陷入困境了么？空投的食品会有多少能落到投放点？靠几架载重量很小的飞机，能保障万余人饥饿的肚皮么？更何况这里又是亚热带雨林气候，天一不好，飞机就不能飞了。退一万步讲，就是空投顺利，就是盟军还有食品补给，也会被先头部队的人们吃光的。他毕竟是走在队伍后头。

走在队伍后头，没有开路的风险，却有饥饿的威胁，命运像阳光一样，对人们总是公平的。

他还得靠自己。

他摸过了一座座茅屋，走过了一个个柴门，却连一个苞谷，一颗米粒也没找到。显然先头部队已无数次骚扰过他们，他们害怕了，把所有吃食都带走了，或者藏起来了。从一间间茅屋里的景况来看，这个小村落里的人也很穷，几乎和没开化的原始人没什么两样。他理解他们，他们为了自己的生存，不得不这么做。

已经想离开这个村落时，他在村头小溪边发现了一个衣衫不整的女人的身影。那女人见了他很害怕，慌慌张张提着装满水的瓦罐向溪下一间茅屋狂奔。

他眼睛一亮，冲着她的背影喊：

"喂，大姐，大姐！"

他不知道她是不是能听懂他的话，他还是喊：

"大姐！大姐！这里还有人么？"

那女人更慌了，手上的瓦罐向地上一摔，跑得更快。

他注意到，她是赤裸着脚板的。

他跟着她，跑到了那座茅屋前，透过柴门的缝隙，看到那个女人正哆哆嗦嗦偎依着一个躺在草堆里的老人；两只恐惧而警惕的眼睛盯着他看。她看他时，嘴里还喃喃说着什么，显然是说给身边那个老人听的。

那个女人很年轻，也很美，看上去最多只有十八九岁，眼睛大大的，鼻梁高高的，像中国的云南姑娘。

"你……你走！"

她竟然会说中国话——尽管听起来有些生硬。

他高兴了,趴在柴门上说:

"别怕!别怕!我们是中国军人!我们不会伤害你的!你看,只有我一个人!"

姑娘放心了,呢呢喃喃又用土语和老人说了些什么。老人也用土语回答了两句什么,姑娘站了起来,小心地试探着走到门口,把柴门拉开了。

他进来了。

"坐,坐吧!"

那姑娘指了指门边的一个油亮发黑的木墩。

他在木墩上坐下,打量起面前这座茅屋来,茅屋四周的木板墙上钉着、挂着许多兽皮,屋里除了一堆干草、一张破床和一个土灶,几乎一无所有。那老人显然是躲在干草中的,所以,他方才搜寻吃食时,才没发现他。

老人在剧烈地喘息,喘息声中夹杂着子弹呼啸似的痰鸣。

他干咳了一声,问:

"村里人呢?都上哪去了?"

老人艰难地说:

"进……进山了!都被你们吓得进山了!你……你们抢……抢我们的粮食,吭吭!只……只有我这不……吭吭!不中用的东西,留……留在了这……这里!"

他明白了,又问姑娘:

"你是陪他的吗?他是你爷爷?哦,听得懂么?爷爷就是祖父,是你父亲的阿爸!"

姑娘点了点头,还微微笑了笑,细碎的牙齿向外一闪,挺好看的。

气氛变得友好一些了。

他也笑了笑:

"你长得真漂亮,叫什么名字?"

姑娘道:

"叫缘谷!"

"你怎么会说中国话,是中国人么?"

缘谷说:

"很早、很早以前,我们是中国人,我爷爷说的,是么,爷爷!是你说的吧?"

她有点撒娇般地推了推老人。

"我们的先人是诸葛亮。"

缘谷很自豪。

"哦!真的?真有意思!那你们咋跑到缅甸的深山里来了?"

他觉着缘谷在和他讲童话。

缘谷很认真地说着她的童话,还埋怨哩!

"亏你还是中国人,你不知道诸葛亮征过南蛮么?诸葛亮征南蛮时,把我们像撒谷种一样撒到深山里来了,后来,一代一代又一代,我们就变成了掸族人,回不了中国了!"

"那你们一定也认得中国字了?"

缘谷摇摇头。

"为什么不认识?你们先人诸葛亮可是个了不起的人物呢!他征南蛮能不把中国汉字带来?"

他逗她。

缘谷果然上当了,更认真地说:

"诸葛亮征南蛮时,把中国字写到了许多大牛皮上,背着牛皮走呀、走呀,后来也像你们一样,没有东西吃了,就把牛皮和中国字一起煮熟了,吃到了肚里。后来……后来,我们能说些中国话,不会写中国字。中国字都被我们吃掉了,哪还掏得出来呀!"

他笑了,笑得真开心。进山之后的一个多月来,只有这一刻他是最快活的;只有这一刻,他才感到生命是那么充实,那么有意义。

笑过之后,他马上又想起了面前严酷的现实:他的生命还被饥饿威胁着,他在这里不是为了和一个叫缘谷的女孩子开玩笑,而是要找到可以入腹的食物。

他收敛了笑容,有些拘束地问:

"缘谷,你们……你们这里还能找……找到一些粮食吗?我……我不抢,我不会抢你们的,我用东西和你们换!"

话刚一说完,马上又后悔了。他用什么东西和人家换食物?一身军装又脏又破,他只有一支护身的手枪,而手枪是不能用来交换的……突然想起了子弹,他还发八九发子弹呢!他可以用子弹来换食物。

他把五发子弹掏了出来:

"我用这些子弹和你们换!"

缘谷摇了摇头:

"这种子弹,我们用不着,打猎也用不着。再说。我……我们真的没有粮食了!粮食被你们的人抢过一次。后来,村里的人带着剩下的粮食进山了。真的,我不骗你,我看得出,你是个好人!"

他失望极了,把子弹重新塞回口袋里。

"那……那你们祖孙二人吃什么?"

"山里的人——我阿爸他们,每隔一两天,给我们送些吃的来!"

缘谷犹疑了一下,俯在老人耳边和老人说了几句什么,才转身从草堆里掏出了一个小瓦罐,里面装着几只已有些变味的煮苞谷。

缘谷取出两个苞谷,迟疑了一下,又取出一个,双手捧着,递到他面前。

"给!这是我阿爸昨夜送来的,你吃吧!"

他双手颤抖着,将三个苞谷接了过来,两个揣进了怀里,另一个当着缘谷和老人的面就大口吃了起来,连苞谷芯都吃完了。

他吃苞谷的时候,半躺在草堆上的老人说话了:

"你……你快走吧,天一黑下来,等村……村里的人回来,你……你就没命了!"

他点点头,默默站了起来,珍重地留下了他的祝愿和谢意,恋恋不舍地出了柴门……

走到小溪旁,缘谷捧着瓦罐追了出来:

"这些都带上吧！带上吧！"

他没要。

他不忍心要了。

他站在溪边向缘谷挥着手，久久地凝视着，仿佛在她俊美的脸上看到了另一张俊美的面孔，他眼里含着泪，和缘谷开了最后一个玩笑：

"缘谷，把吃进肚里的字都吐出来，回中国来吧！中国的小伙子比这里的漂亮。"

缘谷说了些什么，他没听到，他害怕自己会软弱地当着缘谷的面哭出来，他转身顺着青绿的溪岸大踏步走了，把一个美丽的童话永远留在了身后。

小溪载着流淌的生命欢快地叫嚷，像儿时从妈妈怀里看到的会唱歌的星河……

第六章

一缕淡淡的青烟在道路前下方二三十步开外的树林中飘逸,恍惚还有一股烤肉的香味混杂在空气中。曲萍有点不相信自己的嗅觉,这遍布生蛆尸体的山林中,怎么会有烤肉呢,青烟确凿地在她眼前飘。她揉了揉眼睛看了好一阵儿,青烟都没有遁去。不是幻觉,不是。一定是有人打到了野兽,一边架在火上烤着,一边大啃大嚼呢!

心怦怦狂跳起来,连跑带滚,冲到了青烟起处。

一堆火在道路旁不远的地方"哔哔剥剥"地燃着,火焰上支着粗粗的鲜树棍,树棍当中吊着一块滋滋流油的烤肉。一个穿着肮脏军装的男人正用湿漉漉的背对着她,在拨火。

她下了路面,向火堆和烤肉走,心想,这位陌生的弟兄决不会眼看着一个女同胞,一个和他同样穿军装的女同志独自对着烤肉咽口水的。

她的脚步惊动了他。

他警觉而灵活地转过了身,根本没仔细看她一眼,就大吼了一声。

"别过来,过来老子就开枪!"

她向后一跌,坐倒在地上:

"你……你怎么……怎么能……"

突然,她认了出来,那个人是尚武强!

是的!是他!真是他!

她"哇"地一声哭了,一边哭着,一边站起来,又向前扑:

"武强!是我,是我呀!武强!我……我可找到你了!"

她以为尚武强会放下手中的枪,忘情地扑过来,紧紧把她搂在他温暖的怀里,吻她,亲她……

不曾想,尚武强没有扑过来,手中的枪也没有放下,那个黑洞洞的枪口仍冷冷对着她的胸膛。

她并不害怕,又喊:

"武强,是我!是我呀!我是曲萍,你不认识了?"

尚武强的声音终于响了起来,冷飕飕的,像一阵刮自地狱深处的阴风:

"我不认识了!谁也不认识了!这个世界上只有我,只有我!你走开,给我走开!快!快!快!"

他急迫地一连说了三个"快"字。

一下子,她明白了!面前这个她曾挚爱过的男人无耻地欺骗了她,抛弃了她!他根本就没有中毒,他是为了甩掉她,才演了一出卑鄙的假戏!那日下午,他装得真像呵!眼里竟然聚满了泪水,抚摸她的手竟那么动情!

眼前一片昏暗,无数金星伴着火堆里迸出的火星狂飞乱舞,她意识到自己的身体要向下倒。她把两腿叉开了,支撑着不让自己倒下去。

她浑身哆嗦着说话了:

"你……你的心好狠哇!"

尚武强冷冷一笑:

"不,不叫心狠,叫生存法则!每个人都是为了自己才活着!"

"活……活着就是——一切么!"

"不错!"

她遏制不住地狂笑起来:

"那么,你他妈的还谈什么爱情,你他妈的是王八蛋!是狼!是野兽!"

她没意识到她在粗鲁地骂人。她是在一个为人师表的家庭中长大的,从小到大还从未骂过人。

尚武强似乎很冷静。他没有对骂,他用枪口对着她的胸口说:

"你骂吧!使劲骂吧!可别走过来!你走过来我就开枪!"

她被震怒了,猛然扯开了衣褂,袒露着还带着尚武强齿痕伤疤的双乳。

"开枪吧!畜生!王八蛋!"

枪在尚武强手上抖。

她稳住身子,缓慢而有力地向前走。她不是为了火上的烤肉,而是为了尊严,为了向一个非人的动物复仇。她的嘴角显露出了讥讽的微笑,一缕凌乱的黑发在额头上挂着,在眼前飘着。

"打呀!开枪呀!畜生!"

尚武强一头汗水,向后退了一步,又退了一步,慢慢退到了火堆后面,火在熊熊燃烧,一股烧焦了的肉味,带着黑烟,在空气中弥漫。

她走到火堆旁站住了,将衣襟掩了起来,隔着火堆冷冷地对尚武强道:

"我谅你没这个胆量!"

不料,话刚落音,尚武强狞笑着打开了枪上的保险,疯狂地吼道:

"我没这个胆量?只要你敢动一动火上的肉,老子立即开枪!莫说是你,就是我亲爹,老子也不饶他!"

她这才注意到火上那已变得焦黑的肉,她一脚将肉踢翻了,鄙夷地骂道:

"畜生!谁也不会吃你的臭肉!你就守……守着这块臭肉做你的野兽吧!"

她转身走了,走得那么坚定,那么义无反顾,仿佛她从不认识面前这个人似的。

坚定而尊严的脚步没能迈出多远,她支撑不住了,眼前一黑,栽倒在地上,失去了知觉……

醒来的时候,发现自己睡在火堆旁,满脸泪水的尚武强正木然地守在她身边盯着她的面孔看。

他口中在呢呢喃喃地唤着她:

"萍……萍……"

她挣扎着坐了起来。

"萍,原谅我!原……原谅我!"

她看到了那被她踢倒了的树棍,看到了那块令她恶心的肉,她记起刚刚发生过的被尚武强称作"生存法则"的那一幕。

她理了理头发,认真地判定了一下自己的身体状态,觉着自己还能站起来,走出去。

她用手按着地,要站起来。

尚武强忙着去扶她。

她一下闪开了,抬起手臂,用尽平生的力气,对准尚武强的脸狠狠打了一记耳光:

"畜生!"

尚武强被打得歪在地上。

她不管。她摇晃着站了起来,一步步往大路上走。她就是再倒下,也决不能倒在这弥漫着臭肉气味的地方了。她是个女人,也是个抗日的中国军人,她宁愿死,宁愿死在被千万双军人脚板践踏出的大路上,也决不愿与一个非人的野兽为伍而苟活着。

不,不,她不死。她为什么要死呢?难道这一路上死的人还不够多么?难道她去死,许多善良的人都去死,而只留着尚武强这类两脚野兽活着害世害人么?!不,不,为了人类的良知,她也得活着,最后看看尚武强之类的下场!她要把这个上校副主任的卑劣灵魂拿到光天化日之下去曝晒,在文明世界里亲手剥掉他身上辉煌的外衣。况且,她才二十二岁呀,全民族的艰苦抗战还没结束呀!她十七岁唱着抗日歌曲走上战场,走进军人的行列,不是为了死在缅甸的深山老林,而是为了一个民族的生存。

生的意志来得从没有像现在这么顽强,这么执拗,阴暗的日子让人恶心,可毕竟已经过去,她面对着的是属于她,也属于一个伟大民族的未来。

这日上午,她在一座阴沉沉的大山前,看到了一个木牌,上面写着:"由此距新平洋一百二十英里,距欠地一百八十英里!"

字下面照例是个长长黑黑的箭头。

一瞬间她变得很失望,一百二十英里,凭她现在这个样子,十天也难走到,况且,她又连一点食物也没有了。

死亡的危险依然像恶鹰一样在她头上盘旋,随时有可能落下来。

也是在这日上午,她见到了一群猴子。开头是三五只,后来变得越来越多,足有三四十只。猴子们显然没把她放在眼里,她孤身一人,没有同伴和战友,它们却有一群。

它们在山路旁的树上跳来跳去,对着她露牙齿,挤眼睛。

她有些紧张,竟忘了枪中已没有子弹了,她拔出枪,打开了保险。

猴子们并不怕,一些猴子还好奇地眨着眼,盯着她手上的黑东西看,或许以为那黑东西是什么好吃的玩意儿。

她警惕地握着枪,做出一副若无其事的样子,大步向前走,想尽快摆脱这些给她带来威胁的猴子,希望能在这山路上发现几个同行者。

山道上空空荡荡,渺无人迹。

她沮丧了,一步步继续向前走。

猴子们对孤独的她产生了浓厚的兴趣,前后跳着,吱吱叫着,有几个大胆的家伙还跳到树上,用青绿的野果砸她,有一颗野果砸到了她肩上,怪疼的。

她真烦了,她没有心思和这些无生存之虑的猴子们开玩笑,尽管她(它)们曾有过共同的祖宗,可现在的处境却大不一样。

她想对着空中放上两枪,吓跑这些猴子。

枪举到头上,手指抠了一下枪机,枪却没响。她这才记起:她的子弹已在那个被蒙骗的夜里打光了。

猴子们也欺软怕硬,见她根本无法对它们构成任何威胁,变得越来越放肆了。一个几乎掉光了毛的肮脏公猴子竟迎面站到路上,冲着她尿起了尿。它尿尿的时候,嘴里还咬着一个红红的果子。

那个公猴咬在嘴上的红红果子吸引了她,她眼睛一亮,聪明地想到:猴子能吃的东西,人也一定能吃。

她停住了脚步,认真地盯着那公猴子嘴上的果子看,公猴不让看。它耍完了无赖之后,跳下了路面,爬到了一棵弯弯的大树上,在大树的枝叶丛中对她叫。

树上结着不少猴子吃的那种红红的果子,只是挺高,她爬不上去。她只好到地上去寻,四处一看,竟在不远的一棵树下看到了不少。可惜的是,十几只猴子聚在那里,正一边啃着果子,一边吱吱叫着,仿佛在讨论什么重要事情。猴群当中蹲着一只身材粗大、脑袋也很大的老猴子,它不时地用前爪搔搔腮,像个正在制造某种哲学的大思想家。

大思想家盯着她看,眼神懒散而傲慢。

她也盯着它看,禁不住也学着它的样子,用手搔了搔脸。

大思想家注意到了她的动作,以为它的哲学和人类的哲学有沟通的可能,它先向她咧了咧嘴,尔后,四爪着地,向她面前严肃地走了几步。

她把枪装进了腰间的枪套里,明确地向大思想家表示了人类对猴类的友好,继而,试探着向它面前挪了几步。

几只半大的猴子跳到了大思想家面前,似乎想阻止自己的领袖和人类的接触,大思想家火了,抬起前爪,抓住了一个倒霉蛋咬了一口,又大叫了一声,吓跑了所有的劝谏者。

大思想家又去看她。

她也去看它。她看得出,它是这群猴子中的权威人物,不经它的同意,她是吃不到它们身边那些果子的。

野果太诱人了,她饥饿的肚子太需要它了。

她又向大思想家身边挪。

大思想家蹲在那里动都不动,似乎与人类交流哲学思想的兴致,被刚才那几只讨厌的劝谏者打消了,又或者它认为它的哲学太高深,面前这位人类的代表根本无法理解它。

它懒洋洋地打了个哈欠,向前爬了两步,拣了一个野果,一口一口,极斯文地吃,像个人类上流社会的绅士。

她疾速跑了两步,跳到大思想家身后,慌忙去捡野果。不料,刚拣了两只,大思想家就发现了。它大叫一声,向她扑来,一口咬住了她军衣的后襟,拽下了一块布片,许多大猴子小猴子、不大不小的猴子,也在大思想家的召唤下,从树上、从草丛中扑来了。她的脸上、手上、胸脯上、脖子上都被猴子抓伤了。

她惊叫着,逃到了路面上。

她捂着被猴爪抓伤的脸,坐在路边呜呜地哭。

她做梦也想不到,在生命的旅途中还要和猴子干一场,而且竟干不过猴子!她是人,是自然界的万物之主,万灵之长,她不能这么无能!她得用人类的智慧,战胜这群愚蠢的猴子。

她抹掉了脸上的泪水,又盯着猴子们看。

她艰难地回忆着往昔在动物园里见过的猴子,想从记忆深处挖掘出一些宝贵经验来,对付面前这群猴子。她记得猴子是爱模仿的,人把吸着的烟扔给猴子,猴子也会学着人的样子,抓起烟在嘴上吸;人吃糖时,把糖果纸剥掉,它也会学着人的样儿,把纸剥掉,再把糖塞到嘴里。

学生时代,她把许多爱吃的糖果都喂了猴子,现在面前的猴子却对她这么不友好,在她饥饿难忍的时候还这么凶狠,这么吝啬,真可气!

想起猴子的模仿习性,脑子里生出了一个狡猾的念头。她不是抢来了两个果子么?她完全可以用这两个果子做诱饵,将大思想家它们的果子全像钓鱼一样钓过来。

她拿起一只果子,往空中抛,抛上去,接住,再抛⋯⋯

大思想家很奇怪地看着她抛果子,看了一阵子,也抓起了身边的果子向空中抛了起来。抛了,接住,再抛,再接住,身边的同类们也抛了起来。

它们觉着这很好玩。

玩得却不成功。许多果子抛到空中便接不住了,一个个顺着山坡滚落到了那个来自人类的挑战者身边。

她悄悄移动着身子,一只手把果子继续向空中抛,一只手去拣落在身体周围的果子,拣了就装进军裤的口袋里。待两只口袋都装满了,她才假装一个失手,将那颗作为诱饵的果子抛到了大思想家身边,起身走了。

走在路上,她一口气吃掉了七八个果子。

果子甜中带涩,还有股土腥味。

身后不远处的树林草丛中总有什么响动,尚武强开始没注意到。后来,注意了,转身看了几次,却也没发现任何人和任何生物。

他又向前走。刚一走,响动声又出现了。

这真怪。

会不会有人跟踪他?窥视他挂在屁股后面的那一小条烤了半熟的狼崽肉?正是因为怕人分吃他的狼崽肉,他才固执地坚持一人赶路。

为了给那个卑劣的预谋抢劫者一个警告,他拔出枪,对着声音响起的地方打了一枪。

身后几十步开外的灌木丛中"窸窸窣窣"响得更厉害,不知是那人中了弹在挣扎,还是转头逃了。

他没去管,又向前走。

没多久,响动声又像阴魂似的跟上来了。

那家伙没有死,也没有逃,他的抢劫意志是执拗的!

他被迫认真对待了,疾身闪到路边一棵大树后面,枪拔了出来,两只眼睛向那人藏身的方向扫视着,随时准备扣响手中的枪。子弹不多了,昨夜他数过的,还有五颗,刚才打掉一颗,还剩四颗,如果他看不到那个抢劫者的面孔,就一气把子弹打光,他就没有对抗能力了。

他得瞅准那人的脑袋再开枪。

那人狡猾得很,就是不把脑袋露出来。

他估计了一下距离,机智地抓起一块小石头扔了过去,扔完,马上躲到树身后去看。

石头落处,齐腰深的灌木一阵乱动,一块灰颜色的东西闪了一下,不见了。

不是人,像是什么动物。

他松了口气,身子靠在树干上依了一会儿,把身后的那一小条狼崽肉束束牢,放心地上了路。

他是太紧张了,昨天曲萍给他的那记耳光太可怕了。他认定,他内心的虚怯就是在挨过那一耳光之后才有的。他总怕有人暗算他——就像他曾想过暗算别人一样,他甚至想:暗算他的人也许会是曲萍哩!

身后的路上响起狗爪着地似的声音,尽管离得很远,他还是听到了,转身一看,吓了一跳——

一只狼,一只灰色的比狼狗还高大的狼在恶狠狠地盯着他看。

他慌忙去摸枪。

狼"呼"地跳进了路边的草丛中。

他紧张地对着草丛打了一枪。没打着。狼在草丛中一口气钻了好远,趴在一棵枯倒的树干后向他伸头探脑的。他这才明白过来,一路跟着他的不是什么抢劫者,而是一条狼——也许是一条寻求复仇的狼!太可怕了!倘或这条狼是那两只狼崽的母亲,它一定是嗅着小狼崽的气味,或者是嗅着他的气味,一路找来的。

一身冷汗吓了出来,看看道路上依然空荡荡,天色又暗了下来,恐惧感愈加深刻了。

已忘记了手枪中还有几粒子弹——他以为还有四颗,刚刚打过一枪他转眼就不记得了。他双手握着枪,使枪口不至于因恐惧而发抖。他认定是瞄准了狼的脑袋之后,又扣响了一枪。

依然没打着。

狼顺着干枯的树身爬了几步,再次露出了脑袋。

他疯狂地把枪膛中的最后两颗子弹都打了出去,希望能制造一个奇迹。

奇迹却没制造出来,再扣扣枪,才知道子弹已全部打光了。

他恐惧极了,扔了无用的枪,转身就向前面的路上跑。他企望能追上几个掉队的人,和他们一起结成生存同盟。

狼在后面追,它比他跑得快。

他和它的距离越缩越短了。

他不敢跑了,怕身后的狼追了上来,把他扑倒、咬死,况且,天又越来越黑了,狼和它的同类们逞凶的漫漫长夜已经降临了。

他想起,狼怕火。

他找到一片干草丛,划了一根火柴,点燃了干草,又搞了一些干柴、树叶在上面烧。

狼果然害怕了,趴在距他不到二十米的树林中叫,就是不敢过来,它的叫声恐怖而阴森。

他和它隔着火对峙着。

火很快就败落了,他为了维持这生命之火的燃烧而越来越远地去拾柴草;而他只要一离开火堆十几步,那狼就跃跃欲试地向他面前扑,逼得他不得不回到火堆旁来。

火眼看着要熄了,他不得不把军褂扒下来点上火烧。烧完了军褂,烧军帽,烧裤子,直到烧完身上的最后一块遮羞布——裤头。

他变得赤裸裸的了。

他赤裸裸地站着、抖着,等待着必将开始的一场原始而野蛮的搏斗。他已和动物没有任何区别了,来自人类文明社会的一切,都被一把火烧光了。

焚烧肮脏短裤的火一点点由炽黄变得幽蓝,眼见着要灭了。

那只复仇的狼开始试探着,一步步向他逼……

他突然想起了那一小条曾经十分宝贵过的狼崽肉,他想把它还给那条狼,以谋求一种强者之间的和平。

他弯下腰,拾起脚下的狼崽肉,友好地抛了过去,狼将身子向后一闪,理都不理,又向他面前跳。

蓝色的火焰还剩下一缕,他才记起了脚下的破皮靴,他以为皮靴也能燃烧,想把皮靴也脱下来烧掉。

脱皮靴时,摸到了那把已被他忘却了的匕首,他兴奋极了,仿佛抓到了一根救命稻草。他不脱皮靴了,拔出匕首牢牢握在手中,像狼一样狞笑着,吼着。

"来吧！来吧！"

狼来了，扑上来了。他身子一闪，狼扑了个空。狼并不为第一轮攻击的失败而沮丧，它转身望着他，又一步步向他面前逼，准备发动第二轮攻击。

狼的眼睛里冒着绿幽幽的光。

狼又扑了上来，他身子一缩，用匕首一挡竟将狼的前腿刺中了；狼嗥叫着，从他头顶上窜了过去。

他被这胜利激动了，用没了人腔的声音切齿吼道：

"来呀，你再来呀！"

狼不来了。它似乎已知道面前的对手很难对付，窜入黑暗的草丛中不见了。

他笑了，为生存竞争中的又一次胜利笑了。原来狼并不可怕，人本来也是狼！元帅、将军、政治家们是大狼，芸芸众生们是小狼，人生就是连续不断地厮咬！厮咬！再厮咬！生命力强悍的狼——不论是大狼还是小狼，都不应该倒在人生的厮咬中！就像他尚武强……

他没倒下，他握着滴血的匕首牢牢站立在大地上。匕首上的血，是又一个对手为自己的失败付出的代价。他什么也没有失去，脖子没被咬断，胳膊还自如地动作着，足以应付三五个回合，他全身的每一块肌肉都完整无缺，就连大腿根那一串雄性的标志物也还在那里安然地悬着。他用糊着狼血的手，抚摸着自己多毛的胸脯，多毛的大腿和大腿中那串使他自豪的肉，仿佛在对自己的生命进行一次庄严的检阅。检阅的结果是令人满意的，他手中的匕首一挥，又发出了一阵瘆人的狂笑和吼叫：

"来呀！哈哈！哈哈……你再来呀……"

没有应战的回声，只有山风在紧一阵慢一阵地刮，树叶和灌木发出一阵阵单调的沙沙声。

他冷静了些，赤裸着身子向狼消失的方向看了看，听了听，认定那只狼不存在了，这才慌忙去到远处捡柴禾。

他要重燃起一堆大火，一直烧到天明。这样，那只狼就不会靠近了，后面的人就会救下他的。

去拾柴时,他也没敢放下手中的匕首。

他握着匕首走到了离开火堆灰十几步开外的地方,正要伸手去拉一根干树枝,那条和他同样狡猾也同样恶毒的狼,猛地从草丛中跳了出来,扑到他身上,一口咬住了他的脖子。

他惨叫着、挣扎着,几乎是本能地将手中的匕首狠狠捅进了狼肚皮里。狼也惨叫起来,尖利的牙齿被迫从对手的皮肉中拔了出来。他得到了这难得的一瞬,拼命将头一扭,手中的匕首向狼肚子的深处刺进了许多——匕首是他的牙齿,他得用它死死咬住狼,置它于死地。

那狼却也是个骄傲的强者,它被扎入体内的匕首逼着挣扎了一阵子之后,知道摆脱不了匕首的纠缠了,遂又不要命地牢牢压在对手身上,对着他的脑袋撕咬起来……

他眼前血腥而昏黑,天空和大地都被狼的血盆大口吞噬了,他这才意识到,在这场原始而野蛮的搏斗中,他输了,连血本都输掉了……

在生命的最后一息,他又挣着、挺着,用匕首在狼肚上狠狠划了一下,划出了一个大口子。他将半只臂膀探进了狼肚皮里,匕首丢开了,手里死死攥住了一把血腥滑腻的狼肠子,直到最后咽气也没松开……

第七章

宿营前看到的最后一块木牌是歪倒在路旁的,上面标明距新平洋的距离是五十英里。木牌前方不到一百英尺的短短一段路上,至少躺着二十具尸体;这几天又连续不断地下雨,尸体横七竖八泡在泥水中,大都腐烂了,蛆虫四处乱爬,泡着腐尸的水发绿发臭,蚊蝇变得特别多,有时嗡嗡叫着,成群飞来,像一团团黑烟。

齐志钧很恐惧,没敢在那横着腐尸的地方休息。他面前的景象太可怕了,实在太可怕了——距新平洋只有五十英里,他们竟走不到了,竟永远地躺在这里了。

他得走,无论如何,也得走到新平洋。他有走到新平洋的物质依据:米袋里还有半茶缸米,手里还有一支枪,十二粒子弹,他不会倒下,也不应该倒下。

那晚,他一直走到天色黑透,又点着一支火把继续走,直到完全摆脱了死尸的腐臭和蚊蝇的追逐,才找到路边的一个芭蕉棚歇下了。

冷,真冷。讨厌的热病又缠上了他,生命的负荷加重了。拖着疲惫不堪的身子,他搞了些干芭蕉叶、干树枝烧起了一堆火,先在火旁躺了一会儿,喘匀了气;而后,取出米袋,在那只被烤得黑乎乎的军用茶缸里放了一把米,准备烧点粥喝。

胃囊里仿佛有无数条虫子在爬,在噬咬他的胃壁。准备烧粥时,他就抓了把生米填进了嘴里,拼命地嚼,没嚼碎,就吞进了肚里。

只吃了两口,他就不敢吃了——他突然意识到自己犯了错误:米只剩下这半茶缸了,充其量不过六七两,他还有五十英里的路要走!他嘴里咀嚼着的不是一点生米,而是自己生存的机会。

他有些后悔,强迫着自己把已放进茶缸中的米,又抓了十几粒放入米袋。

茶缸里的米几乎盖不住缸底。

他用军帽端了点水,倒进了茶缸里,把茶缸小心地放入了炽黄的火堆上烧。

盯着火堆,盯着茶缸,想起了几日前在小山村里见到的那个叫缘谷的姑娘。他又后悔了,他当时真该硬着心肠,把缘谷剩下的苞谷全拿走。他们确实很难,可比起他来,总要好多了。他拿走了苞谷,他们祖孙最多也不过饿上两天,而他……

由缘谷想到了曲萍。他不知道在如此严酷的环境里,曲萍是否还活着。从那个难堪而绝望的夜开始,他就再也没见过她,没见过尚武强、吴胜男、老赵头他们了。他断定他们祸多福少。他和他们开头只拉开了一夜的距离。如果他们没碰到什么意外,早就应该赶上他的。他们没赶上来,便证明了他们的灾难和麻烦。

他揣摩,十有八九,曲萍倒下了,吴胜男也倒下了。这么多年轻力壮的男人都倒下了,她们两个女人怎么会不倒下呢?

愧疚开始像涨潮的水一样,一点点向心头上漫,他觉着有点对不起曲萍了,若是那夜不走,若是忠实地守护在曲萍身边,曲萍准不会死的!有他,有尚武强两个男人的保护,曲萍决不会倒在这异国的深山之中。倘或他活下来,在胜利后的某一天见到了曲萍的父母,他怎么向他们交代呢;他能告诉他们说:因为你女儿爱上了另一个男人,我一气之下,独自走了?能这么说么?你他妈的还是不是个男子汉?难道男女之间除了爱情,便没有其他东西了么?

泪水顺着脸膛落了下来,眼镜的镜片变得雾蒙蒙的,跃动着火焰的雾气中恍惚出现了曲萍痛苦死去的面孔……

不,也许曲萍不会死。她有尚武强,有一个忠诚的上校长官保护着呢!她怎么会死呢?!

那曾经长久地飘浮在他鼻翼下的潮腥味消失了,对尚武强的仇恨也随之消失了。他不应该嫉恨他们,而应该为他们祝福!为他们在这死亡行军中的生存,为他们日后的幸福祝福。

他被自己的高尚感动了,脸上的泪流得更急……

火很虚,尽管火头很高,火力却不足,那一把米和一茶缸水放在火上烧了好久,才勉强烧开。开了的水要往外溢的时候,他用衣襟垫着手,将滚烫的茶缸端了下来,放在面前的一块平石上。

他趴下来,吹着气,迫不及待地喝了几口带着米香味的清水,而后,又把它端到残火灰中去炖。

茶缸刚刚在残火上安顿好,他就听到了一阵脚步声,脚步声沉重、拖沓,节奏很慢,仿佛不是人的脚板踏出的,而是拖地的拖把在粗糙的洋灰地上拖出来的。

他警惕地往刚才放茶缸的平石后面一趴,枪掏了出来,压上子弹,对着脚步声响起的黑暗处喝了一声:

"谁?哪部分的?"

黑暗中响起了一个微弱而孤独的声音:

"我……我是军政……政治部的!"

政治部?政治部的?!他齐志钧会在这里碰上政治部的人?!当即想起了那些熟悉的同事们,他把枪往怀里一掖,站起来,迎着那人走了过去。

那人也在向他面前走,走得很吃力。

天太黑,他认不出那人是谁,也看不出那人是女的,还是男的。他心里也许根本没想到那人会是女的。

他上前去扶她,手无意中触摸到了那人的胸脯,才惊异地发现,那人竟是女的!

他声音都变了:

"你……你是谁?"

女人嘴唇机械地张了张,喃喃道:

"我……我姓曲,叫……叫曲萍!"

"曲萍?曲萍!"

他忘情地将她抱住了,眼中的泪像雨点一样落了下来:

"曲萍!我……我是齐志钧呀!你……你没听出我的声音么?!"

曲萍显然不相信眼前的奇迹,一把抓住他:

"齐……齐志钧?你……你还活着?"

"活着!活着!我们不都活着吗?!"

他把曲萍往火堆旁搀,搀到平石上坐下了。

"尚武强、吴大姐、老赵头他们呢?"

曲萍木然地道:

"死了,都死了!"

"尚……尚武强也死了吗?"

曲萍愣了一下。

"也……也死……死了!"

"怎……怎么死的?"

他不知道他是激动,还是关切。

曲萍突然抱头痛哭起来:

"别……别问了!再……再也别在我面前提……提他了!"

哭了一阵子,曲萍抬起泪脸。

"你……你是怎么回事?那夜你……你跑到哪里去了?"

"我……我……"

他想把那夜见到的、想到的一切说出来,可喃喃了半天,还是忍住了,只淡淡地道:

"我不喜欢尚武强,就独自走了!"

曲萍似乎明白了些什么,不再问了。

火亮亮的,把她的脸膛照得很红。

火上的茶缸吸引了她的目光,她贪婪地嗅着散发在空气中的米香味,说:

"你……你还有米呀?"

他点了点头,没说话。

他把那已煮好了的米汤端到曲萍面前,尽量坦荡地说了声:

"吃吧!你……你大概是饿坏了!"

曲萍撕了块青芭蕉叶包住茶缸把,顾不得烫,一口接一口喝起了米汤,喝完,又用手扒拉着,将缸子中的米吃得一粒不剩。

齐志钧难过地别过脸去:一个如花似玉的姑娘竟被战争逼到了这种地步!他实在看不下去。

他忘记了自己生存的未来,忘记了曾命令自己牢牢记住的残酷无情的五十英里,把米袋里所剩的米全部倒了出来,弄了点水,又煮上了。

一茶缸米水又煮成了稠稀饭。

他端过茶缸,再次递到曲萍面前:

"把这个再吃了吧!"

曲萍看着热气腾腾的茶缸,真想吃,可想了想,还是没动。

"你……你自己吃了么?"

齐志钧淡淡地一笑:

"我吃过了,你赶来之前,我就吃过一缸子稠饭了!真的!我运气比……比你们好,我……我没断过粮哩!我碰上了一个好心的掸族姑娘,她送了我足有五斤米!"

曲萍相信了,高兴地问:

"米还有么?"

"有!当然有,藏在里面窝棚的芭蕉叶下哩!我……我怕被人抢……抢了!你……你快吃吧!"

曲萍这才端起茶缸,把茶缸里的稠稀饭一点点吃光了。

真饱了。这是一路上唯一吃到的一次饱饭。

她真感动,甜甜地一笑,对齐志钧说:

"你真好!"

这是最高的奖赏。她的笑仿佛在火光中凝固了,他几乎可以一把把它抓过来,揣进怀里。她的声音也好似一条柔软的五光十色的丝带,正可以用来束住那凝固的甜笑。

他想站起来去亲她一下,只一下……

头却发昏,站不起来。

再一想,也觉着这念头透着一种卑鄙的意味,难道他给了她两茶缸米粥吃,就该向她索取亲吻的报偿吗?

他坐在那里没有动,只说了句:

"不早了,去……去睡吧!"

窝棚不大,是人字形的,一边睡着她,一边睡着他。窝棚正中的树棍上悬着一件军裤,不是她的,是他的。

一件军裤,隔开了阴阳两个世界。

她倒头便沉入了梦乡,他却睡不着。

他仍在寻找窝棚外面的那个凝固的甜笑,那是她的甜笑呵,她的!她在上海民生中学明亮的课堂里这么笑过,在重庆军校的宿舍里这么笑过,在平满纳的战壕里这么笑过。为了她的笑,盟军少尉格拉斯敦献出了年轻的生命,而他为她的甜笑,只付出了两茶缸稀饭。

这值得!

她应该永远这样欢笑!

爱的火焰燎烤着他的心,那芭蕉丛中的记忆从脑海中抹去了,那个可能会和他决斗的男人已经死了,从这个世界上永远消失了,他为什么不能爱呢?为什么不能从军裤下面爬过去,唤醒她,向她大胆而明确地说:

"我爱你,爱你!我与生俱有的一切,都是为了你!为了你!为了你呵!"

他不敢。

——就像他不敢决斗,就像他不敢自杀,就像他不敢冷酷无情地去做狼一样。

他不敢。

他用自己的军裤设起了一道屏障。

她均匀的鼾声一阵阵传来,他能想象到她香甜而安详的睡姿。她一定是仰面朝天睡着的,她那令他神往的圣洁的胸脯一定正随着呼吸而上下起伏着,她那长着长长睫毛的眼睛一定像两道墨线一样叠合着,她那诱人的嘴唇一定微张着……

胆子大了起来,没来由地想起了郝老四给他上过的人生一课。他翻过了身,趴在干芭蕉叶上,打定主意撩开自己设下的屏障。

生命的意义在于行动,他应该行动了,应该爬过去,告诉她,他心中一切的一切。

哆嗦着手,把军袢一撩,军袢滑落下来,一半落到了他的腿上,一半落到了她的腰上。他借着微弱的火光看见,她一只手搭在胸脯上,微微耸起的胸脯在有节奏地起伏。

他悄悄挨了过去,挨了过去……

他终于靠到了她身边,触摸到了她圣洁的身体。

坐起来,喊醒她吗?喊不喊?

他犹豫着,思索着,像一个将军在决定一场战争。他挨靠着她的身体动都不敢动,仿佛怕轻轻一动就会触发一场大战似的。

不!不!不能在这种时候喊醒她,讲这种话!尽管尚武强已经死了,可悲痛一定还在她心中压着。他是人,不能乘人之危。

他应该在到了新平洋,到了上岐,到了印度的目的地,再向她倾诉心中的爱,那时,他将是高尚的,无可指责的。

可是,她的胸脯,她的嘴唇太诱人了,他真想爬起来,轻轻地吻她一下,轻轻地……

身子向上一起,眼前旋起了一片爆飞的金星,他觉得很怪,自己咋这么无用呢!咋会连自己的身体都指挥不动?

没来由地想到了死。

也许他会死的,会静静地躺在她身边死去的。他已经三四天没有好好吃过一顿饭了,又得了热病,浑身上下被蚊虫叮咬得遍体是伤。他把最后的米都给她煮稀饭吃了,他的生命已没有任何保障了,如果他死在这里,他梦想中的高尚爱情就永远是只属于他一个人的秘密了……

他一下子勇敢起来,那只紧贴着她身体的手臂抬了起来,轻轻地落到了她的胸脯上。

他把手伸进了她军衣纽扣的缝隙中。这真好、真好……

他太大胆了,他思索了五年,犹豫了五年,终于迈出了这一步。为此,他会忘记一切苦难,而感谢这场战争,感谢缅甸,感谢这还未完结的死亡远征。

他拥着她,像一对蜜月中的夫妻一样睡着了。

曲萍醒来时,觉着有个冰冷的东西压在她胸口上。她没想到那是齐志钧已僵硬了的手。她想推开它,坐起来。不料,手一伸,却摸到齐志钧树棍般直挺的胳膊,胳膊很凉,她像触到了冰块似的,周身的血液一时间都变冷了;坐起来再一看,胳膊上的手竟搭在她军裤第三个紧扣着的纽扣上。她当即明白了,这个男同学是拥抱着她死去的。

冷感来得更强烈,仿佛有一种冰冷的液体,从头到脚淋遍了她全身,使她身上的每一滴血,每一个细胞都在迅速冷却、冷却……

她无声地哭了,泪水落到了齐志钧僵硬的手掌上、胳膊上。

她默默地将他的胳膊放到地上,放到身边,弯腰收拾他的遗物。

她不知道他是怎么死的。看着他遍体伤痕的尸体,她想,他可能是因为疲惫和蚊虫的叮咬而死的,她没想到他把最后的一点米给了她,而自己在饥病之中倒毙了。她以为他还有米呢!收拾遗物时,还在窝棚里找着那并不存在的米。

米没找到,却在他军装的口袋里找到了一个用牛皮纸包着的东西。打开牛皮纸一看,她惊呆了——

那是一张她十七岁时的照片!

她简直不相信自己的眼睛。

她苦苦思索着、回忆着,怎么也想不起来自己曾在什么地方照过这张照片,更想不起来自己在什么时候、什么地方送过一张照片给他。

她揉了揉泪眼,又看了一下,不错,照片上那个扎小辫子的姑娘是她,她停在十七岁的往昔,在向现在的她甜甜地笑哩!

她回到了人生的十七岁,回到了上海民生中学,回到了"八·一三"上海战事爆发的岁月里……

她突然想起来了!"八·一三"之后,他们民生中学参加战地服务团的同学们在学校大门口的校牌下照过一张集体合影,其中有她,也有他。

她又去看那张照片,果然,在照片上看出了破绽:照片上的她只有一个头,肩膀和头上的一部分头发都没有照上去。显然,这是从那张合影底片上局部放大的。她又记起,当时的合影照是他抢着去洗、去放的。

泪水滚落下来,打湿了他平静而安详的面孔,她眼前变得一片朦胧……

他原来是这样爱她,这样爱她呀!他从十七岁便跟着她,伴着她,默默地守护着她,不管是在上海的孤岛,还是在缅甸的平满纳。她想起了自己二十二岁生日时,他送给她的那个日记本,想起了日记本上的话:"不论是在战争的严冬,还是在和平的春天,爱,都与你同在!"这爱,是他的爱呵!他为什么不早说,为什么?她又为什么这么蠢!竟没在这句话中看出他那深沉而圣洁的爱来!她为什么竟被尚武强这种人面禽兽骗去了一颗单纯的心!

"志钧!志钧!"

她扑到他的遗体上痛哭起来,哆嗦的嘴唇和着热泪在他冰冷的脸上、额上、唇上吻着,吻着……

她知道,这吻是他在这五年中梦想的,不断梦想的……

十七岁的春光在她身边荡漾,那支她唱过无数次,同学们唱过无数次的歌,在她耳边回响起来:

> 同学们,大家起来,
> 担负起天下的兴亡。
> …………

"志钧！志钧！"

她呼唤着，想把他从沉睡中唤醒，也唤回人生的十七岁，听她唱，听她笑，和她一起唱，一起笑。

然而，他再也不会醒来了，他把生的希望全留给了他的太阳！

她拥抱着他，哭昏了过去。

醒来时，她把十七岁的自己永远留在了他的身旁。

她用泥土，石块封死了窝棚的门。

她抄起他的枪，对着堆满林梢的又一个黎明，打完了枪膛中的全部子弹。

在枪声缭绕的余音中，在一片闪亮的弹壳旁，她跪下了，对着他永远沉睡的窝棚磕了一个头，又磕了一个头……

带着他的眼镜，带着他的枪和茶缸，也带着博大的爱的胸怀，她踏上了通往新平洋的最后五十英里道路。

道路真长，真长……

她衣衫褴褛，睁着模糊的泪眼，恍恍惚惚地走，一步比一步沉重，一步比一步艰难。面前的路面上波动着枝叶梢头漏下的阳光，也波动着她生命的希望。她在生命的光芒中奋力穿行着，把苦难和悲哀永远抛在了身后，抛给了默默无声而又如同烟海一般浩瀚的历史。历史只记载进程和结局，不记载一个小人物的眼泪，她知道。她不哭了，就是马上倒下，死去，她也不哭了。眼见着这么多人跨过死亡的门槛，进入永恒的天国，她觉着自己一下子醒悟了：死原来并不可怕，人活百岁总要死的；死正是生的一部分。困难的不是死，而是如何正视死，只有敢于正视死的人，才会顽强地生！她气喘吁吁地向前走，向她希望的太阳走。可不知咋的，腿脚却变得不灵便了，两条腿好像已无法支撑身体的重量，身子老是向前倾着，手老是想往地下扒……

她软软地倒下了，手在地上扒着，膝头在地上蹭着，在千万双中国军人的脚踏出的道路上留下了两道倔强而顽强的生命的痕迹。

她想起了那群猴子，觉着自己在变成猿，变成猴子，变成鱼；她在一点点退化着,最终化作了天地初开时的一团白生生的雾气。

她身体变得很轻,她在这雾气中飘了起来。她飘着、飘着,把生命和爱的种子撒向了所有的江河湖海,撒向了苍茫大地上的每一个角落……

民国三十一年八月,国民革命军缅甸远征军第五军残部三千八百人赶抵印度提旁营地。其后查明,该军在此次长途转进中,计有一万三千二百八十人失踪或殉难。政治部上尉干事曲萍在距新平洋四十三英里处被军部少尉译电员刘景超一行搭救,幸免于难。三十二年十一月,远征军进攻于邦,拉开反攻序幕。三十四年三月三十日,远征军与英国盟军在乔姆克会师。同日,政训处少校副处长曲萍被残敌流弹击中阵亡,时年二十五岁。三十三天后,美苏盟军在易北河会师,苏军攻克柏林;亦为同日,盟军在仰光登陆,对缅甸南部残敌进行最后扫荡。远征军第五军历经的死亡与灾难,终于得到了正义之神赐予的胜利报偿,巍巍野人山上升起了人类尊严的血旗……

作于 1987 年 4 月
2017 年 10 月修订

日 祭

傍晚时分，德信公司附近的制高点和街垒工事大都被日军占领了，三小时前还是营指挥部的昌达商行也插上了太阳旗。

四周已没有什么完整的建筑物了。太平洋货栈被炮火摧毁了大半边，堆放在货栈里的洋布、洋纱在夕阳的余晖中熊熊燃烧。散发着浓烈焦糊味的烟雾，不时地随风刮到德信大楼的底层和二层，呛得弟兄们眼泪直流。街对过的那片低矮房屋几乎被连根铲平了，远远望去一片狼藉的焦木、瓦砾，连残存的断墙都难见一堵。废墟上，四处是未及收拾的弃尸。有个弟兄的大腿被炸飞了，赫然戳在歪斜的电线杆角铁上，一截撕开的裤片沾着腥湿的血，在涌动的风烟中晃来晃去。

一七七六团三营营长林启明陪同布莱迪克中校站在德信公司三楼窗前默视着这一切，满是烟尘的脸上几乎看不到任何表情。布莱迪克中校神情也忧郁得很，他先用肉眼向外瞭望，而后，又从林启明手里拿过望远镜，调着焦距从不同的视角四处搜寻。当布莱迪克中校的脑袋要探出窗口时，林启明默默将自己的钢盔扣到了中校头上。

和布莱迪克中校一起来的中国籍翻译郑彼德立在中校身后，时不时地探头说几句洋话，说话时，还对着窗外的战场指指点点。中校的两个卫兵——一个矮小的上士和一个高瘦的金发小伙子，打着手势和另一扇窗前的机枪手牛康年、营副费星沅交谈战况。牛康年和费星沅根本弄不清他们的意思，只懵懵懂懂地点头或摇头，后来，站在窗前的布莱迪克中校回转身严厉喝斥了一声什么，上士和那个金发小伙子才闭了嘴。

布莱迪克中校观察完毕，离开了码着麻包的窗子，把望远镜和钢盔还给了林启明,叽里咕噜说了一通洋话。说得缓慢而郑重,间或好像还夹杂着一两句很难听懂的上海话。林启明只听清了一个似乎是"侬"的音节,其他一概没弄明白。

郑彼德看看布莱迪克中校,又看了看林启明,尽量不动声色地翻译道:

"布莱迪克中校说,一切已经结束了,中国政府对这座国际城市的管辖权业已因战事的失利而自动丧失。几小时前,俞鸿钧市长已发表告别上海市民书,承认了日军武力占领上海这一令人遗憾的事实。"

林启明勉力笑了笑:

"可兄弟据守的这座楼房上还飘扬着我们的国旗,中国守军还在战斗!"

郑彼德把脸转向布莱迪克中校,和中校交谈了一下,而后,又对林启明道:

"布莱迪克中校对林营长,对中国军人深表钦佩,但是,他认为继续抵抗已无意义。中校说,情况对你们是极为不利的,日军已占领了昌达商行和附近有利地形,呈三面包围之势。如果他们不顾国际公法,强行穿过租界,从租界方向出击,一切就无法挽回了,第三国想帮忙也帮不上了。而事实上日本军方已提出了借道租界的要求。因此,中校建议您正视现实,停止战斗,即刻解除武装,撤入租界。租界当局将绝对保证您和您部下的生命安全。"

林启明反问道:

"如果我和我的部下不撤呢?"

"这将非常令人遗憾。中校说,他要提请您注意这座城市的国际性,所有中立的第三国都不希望战火烧到租界。中校恳请您停止战斗。中校还说,到现在为止,放下武器进入各国租界的中国官兵和各类武装人员已近三万之众,希望您和您的士兵不要再固执了……"

林启明漠然地摇了摇头:

"不!兄弟不撤!兄弟报国决心已定!如果连中国军人都苟且偷生,

中国抗战还有何前途可言?!谢谢中校先生和租界当局的好意,除了战斗,兄弟别无选择。"

郑彼德将林启明的答复向布莱迪克如实翻译了,翻译时两只细眯的眼里现出了炯炯泪光。

中校默然了,定定地盯着林启明营长看了好半天,才缓缓举起手,敬礼告别,临走时又通过郑彼德对林启明道:

"租界方面对贵军官兵的保护承诺,并不因林营长您的最后答复而失去效力。在您决定停止战斗时,我们依旧履行保护义务。"

林启明木然地点了点头,同时喝令身边弟兄们行礼送客。

在林启明和营副费星沆的陪同下,布莱迪克中校一行走到了楼梯口。刚下了几级楼梯,中校停住了脚步,和郑彼德低声说了几句什么。郑彼德忙又爬到楼面上来,凑着林启明耳朵道:

"林营长,中校透露,日军将在今夜七时发起总攻击,租界方面的帝国驻军已进入戒备状态,中校要您和弟兄们多多保重!"

林启明艰涩地说了声"谢谢",向布莱迪克中校点头示意。点头时,中校站在楼梯上,向林启明挥了挥拳头。林启明知道这意味着什么,也将拳头攥紧,颤颤地晃了晃。

生存的机会又一次被他推开了,尽管在推开时,他作为一个营长是坚定而理智的,可事情一过,却不免有些怅然。在激战的几天中,来自租界第三国方面的这类友好忠告接连不断,一些友军队伍因着这友好忠告陆续撤进了租界,除了他们这里,整个上海都放弃了抵抗,他们三营的官兵们偏没撤。林启明吃不准营里的弟兄们对此会怎么看,他可以为国家、民族取义成仁,属下的弟兄们是不是也有此决心呢?

布莱迪克中校说得不错,他们据守的这座德信大楼面临三面包围,日军的总攻一开始,一切就难以挽回了,楼里这四百多号弟兄必将和这座大楼同归于尽。

最后的机会还没丧失,他还可以抓住它。

林启明思虑了一下,把营副费星沆和二连长鲁西平叫到了面前:

"传我的命令,让那些愿意撤走的弟兄和受伤的弟兄,在七时前撤进租界,自愿留下的继续听我指挥。"

费星沅一怔:

"营长,要撤一起撤,要留一起留,咋能走的走,留的留呢?!"

二连长鲁西平也道:

"都不走!营长,咱和鬼子拼到底了!"

林启明摇摇头:

"咱们没有权力决定弟兄们的去留。上峰命令咱守至最后时刻,现在已是最后时刻了,不论是撤走的弟兄还是留下的弟兄,都是俯仰无愧的!去传达命令吧!"

话刚落音,近在身旁的机枪手牛康年和几个弟兄已叫了起来,说要和营长一起坚持到底。

费星沅、鲁西平看看牛康年和他身边的弟兄们,又看看林启明营长,还是默默下了楼。

回来时,两人都很激动,抢着向林启明报告说,全营弟兄都不愿撤,连伤员也不愿撤。

林启明眼圈湿润了,强忍着才没让泪水落下来。他愣愣地盯着费星沅、鲁西平看了好半天,才拍了拍费星沅的肩头说:

"那……那就打吧!保……保国卫土,本是军……军人职责所……所在,我……我们无法推卸的!"

就这么决定了,不单单是由他,而是由四百多号弟兄们一起决定了,弟兄们打红了眼,看来七点后的这场恶战——也许是最后的恶战,是在所难免了。

窗外天光暗淡,沉沉暮色取代了燃烧的黄昏。暮色中,冷枪响个不停,偶尔还能听到一声声爆炸,闹不清是小炮还是手榴弹。趴在窗前,借着太平洋货栈耀眼的火光,可以看到占领了昌达商行的鬼子兵在正对着德信大楼的窗口支机枪。窗口上方不时地浮现出一顶顶晃动的钢盔。周围的街垒工事正被加固,一些匍匐跳跃的鬼子兵仗着废墟的掩护,费力地挪动着一个个麻包。货栈未着火的西墙脚,影影绰绰有人拉电线。这边的弟兄也打冷枪,有个拉电线的家伙被打倒了,仰面朝天躺在一盘电线上,被两个鬼子兵拖了回去。

林启明开初以为鬼子是接电话,可看看不对:拉电线的鬼子兵往电线上接的是探照灯,地面上有几盏,昌达商行的楼顶还有几盏。

探照灯若是亮起来,情况对他们必将更加不利,林启明当即把已发现的几处探照灯的位置标到了一张草图上,把费星沅营副叫到面前道:

"马上把枪法好的狙击手安排就位,只要探照灯一亮,立即打掉它!"

狙击手干得却不好,通电以后,七盏探照灯只打掉了三盏,昌达楼顶的两盏和太平洋货栈拐角处的两盏,因着地形和方位的限制,咋也打不掉。

不到七点,鬼子们就在四盏探照灯的引导下,对他们据守的德信大楼发起了攻击,灯光照到的地方子弹雨点似的落下。德信公司大门口的门廊工事几乎丧失了抵抗能力,猫在麻包后的弟兄们根本抬不起头。

费星沅亲自带着牛康年和另外三个兄弟,绕到距太平洋货栈不远处的一堵废墟后面,才用手提机枪将地面上的两盏探照灯扫掉了。回来时,三个弟兄不见了两个,费星沅和牛康年也受了伤。

昌达楼上的两盏灯还在扫来扫去,灯光不但照亮了这边的工事,也把一些冲到近前的鬼子兵暴露在灯光下,成了弟兄们射击的靶子。后来不知是电线被炸断了,还是鬼子们不愿在灯光中做挨打的靶子,昌达楼上的两盏灯也不亮了,几乎接近了门廊工事的鬼子们仓皇退了回去。

这不像总攻,进攻之敌主要来自昌达商行方向,左右两翼都没动,具有明显的试探性。故而,鬼子一退,林启明未待楼里的弟兄们欢呼起来,就命令加强工事,补充弹药。

门廊工事被林启明下令放弃了,他知道,如果探照灯再亮起来,门廊工事是守不住的。接下的这场总攻和反击,注定十分惨烈,成功不可期,成仁已成定局。

也许今夜就是诀别之夜,他不会忘记上海,不会忘记脚下这片染血的土地，日本人也不会忘记的，他们会记住一次扎扎实实的抵抗。

正热辣辣地想着，胳膊上缠着绷带的费星沅赶来报告，说是俞鸿钧市长从租界打电话过来，要他去接。

林启明很纳闷，闹不清俞市长为何要找他，他和俞市长并不相识。拿起电话才知道，俞市长要找德信大楼守军的最高军事长官。

林启明声音沙哑地对着话筒道：

"我是一七七六团三营少校营长林启明，现在对德信大楼的防守负担全责。"

电话里响起了一个苍老而焦虑的声音：

"我就找你！林营长，马上命令你们营的全体官兵撤入租界！"

"师部命令兄弟死守，兄弟不能违令，再说……"

"不要说了，林营长，你们已完成了守土抗敌的任务，你们的英勇战斗，上海市民看到了，国际人士也看到了，本市长感谢你们！但你们必须撤，租界当局不愿意看到战火烧到租界，我市府、国府也不愿看到战火烧到租界！时下，租界内有我三万余未及撤退的国军官兵，有我数十万上海市民！本市长要负责任，你也要负责任，不可逞一时意气！"

林启明呆了，死死捏着话筒愣了好半天，说不出一句话来。

话筒还在响：

"听清楚没有？林营长，本市长是代表政府和蒋委员长在和你说话，撤进租界是最高统帅部的命令，军人要以服从命令为天职！"

他这才从牙缝里吐出一个字：

"是！"

偏在这时，鬼子的总攻开始了，昌达商行两翼的探照灯——至少有十几盏，同时亮了起来，德信大楼周围被照得如同白昼。激烈的枪声从三面突然爆响，据守德信大楼的弟兄们奋起还击，一场恶战根本无法遏制了。

电话又响了，依然是俞鸿钧市长：

"林营长，为什么还不撤？子弹已打进租界来了！"

林启明讷讷道：

196 // 周梅森历史小说经典·中篇集一 军歌

"撤……撤不下来了！鬼子在进攻！"

俞鸿钧市长几乎是带着哭腔喊：

"撤不下也要撤！林营长，抗战是长期的，不是眼前一役决定胜负的，你要明白，要撤！"

"是！兄……兄弟明白！"

"立即撤！布莱迪克中校已做好了协助你们撤退的准备，你们要服从租界方面的安排！"

"是！"

只能这样了。放下电话，林启明下令打开所有面向租界一侧的门窗，在机枪掩护下，进行有组织撤退。

二十分钟后，伤员和所有弟兄撤完，林启明带着最后打掩护的二十余人跌跌撞撞进了租界。

在租界内一座街垒工事旁，林启明见到了布莱迪克中校，再也压抑不住自己的感情，失声痛哭起来。

布莱迪克中校摇撼着他的肩头，向他说了些安慰的话。中校的话他听不懂，可意思是清楚的，中校的手先指了指租界外的残墙断垣，又指了指德信大楼上依然高悬着的中国国旗，向他竖起了大拇指。

他昂起戴着钢盔的脑袋，看到了那面国旗。国旗在火光映照的夜空中猎猎飘扬，红红的一团。他精神为之一振，命令弟兄们全体集合。

率着集合起来的三百八十六名官兵，一七七六团三营少校营长林启明，对着沦陷的夜上海，对着那面中国军人为之捍卫的国旗，噙泪敬了最后一个持枪军礼……

是夜，淞沪战事结束，上海租界沦为孤岛。布莱迪克中校代表租界当局，解除了林启明部最后一批中国军人的武装，并于次日晨，将他们送入第九中国军人营。

沉重的岁月由此开始。

一

　　月亮是从营区外那片法式洋房后升起的,一会儿工夫就跳到了云丝飘浮的夜空中。月光泻入室内,四处白晃晃的。勤务兵小豁子裹着棉毯蜷曲在行军床上,伸出的脚板被映得很亮。三号岗的脚步声不时地传来,沉重而有节奏。邻近房舍里的弟兄们大都睡熟了,呼噜声隔着走廊和门窗还是紧一阵慢一阵地钻进屋里。

　　不知是几点钟。怀表被炮火震坏了,老是走走停停。现在又停了,时针对着"IV"字,分针对着"X"字,指示着一个荒谬的时刻。

　　显然不会是六点十分。今晚的六点十分已经过去,明晨的六点十分尚未到来。林启明知道,他正处在两个六点十分之间的又一个漫长夜中。

　　很乏,很累,可又睡不着。眼一闭,面前就现出太平洋货栈的大火、电线杆上挂着的死人大腿。大腿会活起来,能在硝烟升腾的废墟上跳来跳去。枪声、爆炸声、军号声、电话铃声不断地响,连探照灯的灯光都铮铮乱叫,铁打的神经也受不了。一些穿军装、不穿军装的面孔尽往屋内钻,常闹得他处在一种似梦非梦的境地里。几小时前,他分明看到师里的长官们——有刘师长、赵副师长和周处长,说说笑笑走进屋,他刚要挣扎着起来敬礼,长官们又不见了。

　　无法遏制的焦虑和激动纠缠着他,使他不能摆脱。连续三个长夜,他只能身心交瘁地躺在床上或站在窗前看月亮。好在这三夜都有月亮。

　　月亮圆且大,像在云丝中走,天空是蔚蓝的,不黑,从西面的两扇大窗子能清楚地看到营区内的三排平房。平房里住着特警大队和公民训练团的二百多号弟兄,这些弟兄来得比他们早几天,是第九中国军人营的第一批被收容者。他们的头是个警察中队长,姓傅,叫傅历滋,高高瘦瘦的,说一口道地的上海话,入营时见过。平房前是个大操场——显然,过去这里是所学校,操场上搭了二十几顶帐篷。帐篷和他栖身的这座三层高的小红楼,住的都是他们三营的弟兄。

北面的窗子正对着营区外的一座公寓楼。公寓楼的楼顶和墙壁都是铅灰色的,显得沉重压抑,他觉着公寓楼恍惚也是第九中国军人营的一部分。公寓楼和他置身的小红楼只隔着一条弄堂。他在头一个失眠之夜就注意到,公寓楼里的中国同胞们,心是向着他和他的弟兄们的。

那夜,怀表没停,好像是九点多钟,他站在窗前抽烟,对过四楼正中一户人家看见了,先居高临下扔了一盒红锡包香烟过来,继而,又从阳台上打出了一面二尺见方的国旗。一个穿长衫的年轻人,缓缓摇动着国旗,望着他默默流泪。

他还注意到,三楼住着一个小姑娘,小姑娘最多十三四岁,大眼睛,白白净净的,留着齐耳短发,总喜欢站在阳台上向这边张望。有一次还试着用晒衣服的竹竿向这边窗子移。那竹竿对小姑娘来说,大约是重了些,刚伸过来,就掉到了楼下的弄堂里。幸亏那夜弄堂里没人,才没惹出什么麻烦。小姑娘还向他们的窗子扔糖块、苹果,因为瞄得不准,有些糖块、苹果也掉到了弄堂里。

这益发加重了他的焦虑和激动。他知道,民众们爱戴他和他的弟兄们,是因为他们打鬼子。现在,他们失去了自由,不能再冲锋陷阵打鬼子了,这爱戴便蒙上了怜悯的意味,尽管是真诚的,他还是受不了。

他禁不住一遍遍问自己:他和他的弟兄们现在究竟算啥?他们不是战俘,不是囚犯,可又明明白白失去了自由,这有道理么?!

他和特警中队长傅历滋悄悄谈过这个问题。

傅历滋是上海人,有过和洋人打交道的经验,据傅历滋说,从法律角度讲,一七七六团三营的国军弟兄和特警中队武装警察的私权,均未因解除武装进入第三国租借地而丧失。他们应该据理力争,要求解除囚禁,获得自由。

他很振奋,昨天,他和傅历滋代表第九中国军人营的所有弟兄,起草了一份交涉书,正式递给了营主任罗斯托上尉,要求他交给布莱迪克中校转呈租界当局。

把交涉书送出以后,又多了一层忧虑:交涉书会及时经过布莱迪克中校送到租界决策者手里么?租界当局会释放他们么?俞鸿钧市长要他们接受租界当局的安排,大概不会是这种囚禁吧?!国府方面是不是也在为此和中立国各方交涉?

国府想必会据理交涉的。他因而觉着,每一个熬人的长夜都可能孕育着一个充满希望的黎明。说不定哪个早晨营门就会打个大开,他和他的弟兄们会欢呼着,涌向外面那个自由的世界,而这里会再次变成学校。孩子们在这里读书、写字、歌咏、上操,第九中国军人营好像根本没有存在过一样。

然而,火爆爆的念头闪过之后,他自己也不得不承认,这十有八九是幻想。失去自由已经三天了,他没发现一丝一毫获释的迹象,倒是眼见着安南巡捕们天天监视着一帮工友加固围墙铁丝网,看样子,大有长久将他们拘禁在这里的意思。营主任罗斯托上尉第一次训话时就明确宣布,任何企图脱离第九军人营的举动都是非法的,担当营区守卫任务的安南巡捕和俄国巡捕有权以必要手段强力处置。

现实很严峻,他不能不考虑:如果一时不能获释,他和弟兄们下一步该咋办?他是营长,是兄弟们的长官,像俞市长所言,他要负责任。

一时间,脑子很乱,根本无法进行正常的思索。

对过公寓楼的三楼阳台上扔过来一个小东西,"啪"的一下,砸在窗台上,声音很响。三号岗——那个忠于职守的安南巡捕冲着公寓楼吆喝了一声什么,阳台上娇小的人影迅捷地闪进了屋里。他向楼下的三号哨位看看,又向对过三楼阳台瞄了瞄,认定是第一天夜里扔糖果的小姑娘。

果然是那小姑娘,她趴在窗台的灯影下,正向他做鬼脸,两只小手压在额角上一摆摆的,不知是象征着一对兽角,还是象征着猪耳朵。他从焦虑和麻木中醒转来,愣愣盯着小姑娘看了好半天,缓缓挥起了手。

小姑娘甜甜地笑了,圆圆的脸上现出两个深深的酒窝。她把额角上的两只手放下来,摆在脑后,仰着身子做了个睡觉的姿势。

他摆摆手,摇摇头。

小姑娘点点头,似乎意会了他失眠的原因和失眠的痛苦,轻轻唱起了一首歌,一首他熟悉的歌:

> 大上海不会降!
> 大中华不会亡!
> 我们有抗敌的成城众志,
> 我们有精神的铁壁铜墙。
> 四万万国人四万万勇士,
> 一寸寸山河一寸寸战场。
> 雄踞东方大中华,
> 五千年历史五千年荣光!

歌声使他激动起来,眼里不知不觉蒙上泪水,疲惫而不安分的心在悲壮而压抑的歌声中颤栗了。泪眼中的小姑娘变得朦朦胧胧,像梦中的天使。他真想把她揽在怀里,让她放声唱,和她一起唱。

三号岗——那个安南巡捕又干涉了,在月光下仰着瘦长的脖子对着公寓楼三楼的窗口哇哇乱叫,还将手里的电筒拧亮,把一团炽白的光柱打到窗台上。小姑娘家里的人被惊动了,一个穿丝绒睡裙的中年妇人,从窗前拉开了小姑娘,关上了窗子。

小姑娘是倔强的,依然在屋里唱:

> 大上海不会降!
> 大中华不会亡!
> 且看我八百孤军守四行,
> 且听那南市炮火连天响。
> ……

泪水缓缓从深陷的眼眶中溢出来,顺着鼻根流进了嘴里,咸咸的。为了不再给小姑娘惹麻烦,他噙着泪悄然离开了窗口,重又躺到了床上。

真想好好睡一觉。三天三夜了,真支撑不住了,他觉着,再睡不着,他会发疯的……

那夜偏又没睡着。屋里四处充斥着小姑娘的歌声,"大上海不会降"的旋律固执地盘旋在他脑际久久不散,使他未得片刻安宁。

早晨起来洗脸时,他在水池旁栽倒了。

惊动了许多人。罗斯托上尉,布莱迪克中校都来了。他们当天上午把他送进了租界内的一所教会医院。

二

费星沅营副咋也不相信躺在病床上昏睡着的这个人会是营长林启明。在费星沅营副的印象中，林启明是个硬汉子，谁倒下了，他都不会倒下。那日夜里，对着德信楼顶的国旗敬礼时，费星沅就站在林启明身后，清楚地看到了林启明宽阔而坚实的后背，高高昂起的头颅，他觉着那简直就是一堵无法摧毁的生命之墙，透着一种凛然伟岸的尊严。

费星沅和林启明是在那夜分手的。林启明率着营里的弟兄去了第九中国军人营，他和三十二名负伤的弟兄被送到了这所教会医院。分手后，林启明的面孔还总在眼前晃，那是一副充满杀机，也充满生气的面孔。

现在，林启明的面孔变了形。紧闭的两眼红肿着，额头、下颚、颧骨显得异常突出，眉宇间和嘴角上布满忧郁的皱纹，两鬓上的须发也于憔悴中失却了昔日的蓬勃。

这不是林启明，不是。

"林营长没有生命危险，请你们放心，杰克逊大夫刚才还来看过！"

护士林小姐柔声细气地对费星沅营副和一连长涂国强说，硬把一个陌生的林启明强加给了他们。

费星沅讷讷问：

"林营长是……是得了什么病？"

林小姐道：

"严重失眠造成的虚脱。杰克逊大夫分析说，这大约与他脱离战斗后的处境有关，而罗斯托上尉却称，在林营长被羁之四日内，断无任何非人道之压迫情节发生。"

费星沅木然地听着。

林小姐又说：

"不过，这话我不信，我对那个罗斯托上尉没好感，这里无论如何不能久留，你们和林营长都要想办法逃出去！需我帮忙请打个招呼！"

费星沅和涂国强都很吃惊：

"逃？逃得了么？"

"事在人为，试试看吧！"

费星沅还不敢相信：

"林小姐敢……敢帮我们？"

林小姐向门外走廊看了看，沉静地说：

"当然！我是中国人！"

费星沅大为感动：

"你……你不怕么？"

林小姐摇摇头，再次重申：

"我是中国人！"

涂国强问：

"那，林营长啥时能恢复？"

"疗养几天就行了！有这几天，你们可以准备一下，我也要准备一下，至少给你们搞几套便衣。"

刚说到这里，走廊上响起了脚步声，一个白俄仆役进来，叫走了林小姐，林小姐临走时，又会意地向费星沅使了个眼色。

费星沅的心为之激跳。他想，如果能从医院成功地逃走，林启明营长的失眠症不用药也能治好。

林小姐算是给林营长，也给他们开了一张最好的药方。

一连长涂国强却疑疑惑惑：

"这个林小姐靠得住么？她和我们无亲无故，咋会冒这么大风险来救我们？"

费星沅没有回答，最后看了昏睡的林启明一眼，把涂国强拖出了门。

回到自己的病房里躺下，费星沅缓缓道：

"我看林小姐是靠得住的,现在的问题是,要早逃,越早越好!"

涂国强没作声,皱着眉头,垂着脑袋,不知在想啥。

"当然,最早也要等到明天夜里,还得和林小姐谋划好,等林小姐当班的时候,和林小姐一起走。没有林小姐带路和掩护,即使我们逃出了医院,也难逃出租界。你说呢?"

涂国强这才点了点头:

"那当然!"

"出去以后,我们可以归队,也可以回家,好好歇一阵子!"

涂国强苦苦一笑:

"回家?林营长会答应么?这人的脾气你老弟也不是不知道!"

也是,林启明干啥都太认真,没准出去以后,要拉着他和涂国强归队的。林启明心里只记着打鬼子。

心里是这么想,嘴上却没这么说。

"没准林营长也想回家哩!在德信大楼时,他不是说过么,作为一名中国军人,我们竭尽全力在上海打了这么一仗,已是俯仰无愧了!"

涂国强却道:

"费老弟呀,您是真糊涂,还是装糊涂?这么多弟兄倒在淞沪战场上,您还指望他放我们回家搂老婆?林营长不会回家,也不会放我们回家的!"

这也有可能。他们三营一百多号弟兄在上海殉国,其余的人进了战俘营,这笔账林启明不会忘却。

"所以,费营副,林营长到这儿来,和……和我们一起逃,怕未必是好事哩!依我看,倒不如把他……"

"把他甩了?"

"人各有志嘛!再说,他只要想逃,总还有机会!"

这已有点卑劣的意味了。

费星沉没想到涂国强会在短短几天内变成这副模样。涂国强平时还可以,打仗挺勇敢,在最后一夜的生死关头,表现也是无可挑剔的。当他把林启明关于去留的意见转告给涂国强时,涂国强未加思索,便选择了留下来坚守的死路,最后撤退时,还和林启明一起在后面打掩护。这么一个人咋会忍心抛下自己的长官、兄长,独自逃生呢?!

林启明确乎是费星沅和涂国强的长官兼兄长。在费星沅看来,整个三营就是一个以林启明为家长的大家庭。林启明护窝子是出了名的。涂国强有一次把一个联保主任的小老婆给搞了,联保主任找到了团里,林启明硬顶着,涂国强才没进军法处。打仗的时候,不论情况如何紧急,林启明不许三营拉下任何一个伤兵,他在南口第一次负伤,就是林启明亲自把他背下来的。

他不能甩了林启明。

费星沅摇了摇头,对涂国强道:

"要走一起走,要留一起留,咱三营没有个人顾个人的孬种习惯!"

"可……可若是出去以后……"

"出去以后是出去以后的事!到时候,他可以要咱们归队,咱们也可以不归队,那是另一回事!现在把他甩了天理不容!"

涂国强吞吞吐吐道:

"也……也是!就听您费营副的好了!我也没有一定要甩了林营长的意思,真的没有!我……我只是希望林营长这一次别再那么固执……"

他也不希望林启明那么固执,他相信陷于目前这种境地,林启明也不会那么固执了,事情很清楚,他们的战争结束了。

却不料,他的判断竟错了,林启明不但是固执,简直是疯狂。第三天晚上,他和涂国强、林小姐与林启明谈起逃亡计划时,林启明一口回绝了,跳下病床,极明确地对他们说:

"不!我不能走,你们也不能走!咱们走了,军人营里的弟兄们咋办?这医院里的弟兄们咋办?仗是咱们领着他们打的,咱们当官的拍拍屁股走了,就不怕弟兄们骂咱祖宗八代!?"

林启明红肿的眼睛大睁着,困兽一般恶狠狠瞪着他,压抑着的喉咙里不时地发出咕噜、咕噜的声音:

"战争并没结束,只要租界存在一天,我们存在一天,淞沪会战就没结束!咱们就他妈要坚持下去!让全上海、全中国的同胞都知道,上海还有国军。有!就是咱们!"

费星沉被这劈头盖脸的一顿斥责弄晕了。

涂国强也晕得可以,脸色苍白,几乎不敢正眼看林启明的脸。

倒是林小姐还镇静,对林启明说:

"林营长,您令我钦佩!正因为我钦佩您,所以,才不愿看着您被困在这里!您和费营副、涂连长早出去一天,就可以早一天带兵打仗嘛!"

林启明哆嗦着手,点起一支烟:

"可……可我要负责任!"

林小姐眼里汪上了泪,泪水顺着白皙的脸颊流。

看看他,看看涂国强,林启明又说:

"当然,如果……如果你们二位一定要走,我也不拦你们,可……可我更希望你们养天地正气,法古今完人,都留下来,助……助我一臂之力!"

林启明的眼圈红了,干裂的嘴角抽颤起来。

一时没人说话。

抉择是艰难的。

费星沉想,林启明的想法也有道理。道义和责任都逼他留下来,作为营长兼兄长的林启明实际上已别无选择。

涂国强却用挑唆的目光看他,期待他作出另一种选择。在三营,能平等和林启明对话的,除了他这个黄埔军校毕业的营副,没有第二个人。

费星沉却难以启口。他不能说出这个走字,尤其在林小姐面前不能说,林小姐把他们看作抗日英雄,他不能在她面前留下一个稀松的印象。

憋了半天,他叹了口气,直直地盯着林启明说了声:

"老林,我……我听你的!"

涂国强落在他脸上的目光一下子散了,当林启明再次点名问到涂国强头上时,涂国强才极不情愿地点点头,说了句:

"我……我也听你林营长的……"

三

涂国强对费星沅和林启明的怨恨，一直保持到出院后第九中国军人营召开记者谈话会的那个晚上。

涂国强理所当然地认定，使他丧失自由的与其说是日本鬼子和租界当局，不如说是这两位要做英雄的长官。林启明倒还罢了，这老兄的固执，他是预料到的，可费星沅无论如何不该临场变卦，把好端端的事闹砸掉。林营长要法古今完人，要去负责任，情有可原，费营副偏也跟上了，害得他也只好捏着鼻子跟着受罪。

他自个儿也混蛋，一站到林启明面前就他妈小了一圈，矮了半截。其实，他完全没有必要再怕他。现在，他们都是被囚禁的战俘，哪还有什么连长、营长的分别？！细细回忆起来，似乎过去也没有理由怕，他涂国强惹了不少麻烦不假，可也立了不少功嘛！林营长仗义，给他帮了不少忙，他和他的一连也给林营长争回了不少脸面。就说这次在上海，他的一连不论是在日晖港还是在昌达商行，打得都很漂亮。当时，在费营副退缩之后，他完全可以理直气壮地说一声："老子走！"只要这三个字吐出口，没准现在他已爬上了回北平老家的火车。偏没说，机会就这么丧失了。他要傻头傻脑地去法古今完人了。

真不知道从古到今有没有完人，涂国强认为没有。仔细掂量掂量林营长和费营副，觉着也不像。他憋着一肚子气，在医院时，连着几天没理那两位"完人"，甚至对林小姐也爱理不理。

气不顺就容易惹事，出院前不久的一个晚上和机枪手牛康年下棋，因为一个卒子引起争执，他抽了牛康年一个耳光。牛康年本是个目无长官的野种，在这种时候，就更不把长官当回事了，竟操起邻床老张头的拐柱兜头给了他一下,差点没打漏他的脑袋。幸好林启明、费星沅及时赶来了,他才没去掐牛康年的脖子。

他的怨愤,不知林启明、费星沅二位长官知道不知道,他觉着他们是知道的,只是不说,还老拖着他商量带兵的事,还要他参加主持记者谈话会。

记者谈话会是在他们出院前两天定下开的,原想在医院开,租界当局不同意,最后好说歹说同意在军人营开,而且是晚上开。很明显,租界的西洋鬼子怕惹恼租界外的东洋鬼子。

昨天下午,他和林启明、费星沅并二十余名伤兵从医院回到了军人营。四下看看,吃的住的还可以,弟兄们在营区内能自由活动,再加上营长、营副看得起他,要他一起主持记者谈话会,这才自愿和营长、营副二位和解了。和解的当儿,就主动贡献了一条意见,要林启明在谈话会结束后,给记者们来一次星光操练,让外界看看弟兄们的精神头儿,林启明、费星沅都很赞赏,连声叫好。晚饭前,硬是把三营的弟兄集合起来,上了一个多钟头操。

晚上七点,谈话会在小红楼楼下门厅召开了。男男女女二十几个记者旋风般涌进来,把门厅塞得满满登登。预先准备好的六个长条凳坐不下,涂国强没等林启明招呼,便爬上楼梯,又搬了三条凳子下来。

军人营方面主持谈话会的共计三人:营长林启明,营副费星沅,还有他涂国强。他们三人一排溜坐在紧靠楼梯口的长桌后面,几乎完全堵死了楼梯口。特警中队和公民训练团也有两人参加,特警中队是中队长傅历滋,公民训练团是中学教师时伯均,二人分别坐在长桌两端。门厅外有不少荷枪实弹的安南人,大约是奉营主任罗斯托上尉的命令进行监视的。

谈话会一开始,林启明就说了话,向莅临的记者先生、小姐表示感谢,还立得笔直,向先生、小姐们敬了礼。林启明敬礼的时候,他已注意到了挤在最前面的一个漂亮小姐,那小姐最多二十三四岁,得体的黑旗袍外面套了件毛线开衫,显得挺有风韵。脸蛋更不必说,自然是漂亮的,他对漂亮的脸蛋有一种本能的敏感,几乎一眼就逮住了她那双明澈的大眼睛和黑长的眼睫毛。他不用再看也敢断定,今晚这门厅里不会再有比她姣好的面孔了。

那面孔简直像一轮太阳。

太阳照得涂国强心里酥酥的,非分的念头不断地冒出来,甚至把这谈话会也想象成了文明婚礼的会场。随主力部队开进上海,就知道了"文明婚礼"一说,极想演习一回。记者先生、小姐们问的什么,林启明、费星沅二位营长、营副答的什么,竟浑然不知,直到那太阳般的面孔也开了口,才醒过神来。

小姐扑闪着黑长的睫毛,晃着手中的笔,似乎有些腼腆地问:

"林营长和在座诸同志对抗战之前途有何预见,对如今租界当局之拘押有何感言?"

机会来了,他得让小姐注意到他的存在,这里不仅有个林营长,还有个涂连长。他未待林启明开口,便抢先一步,手按桌面站了起来:

"这位小姐的问题,兄弟来回答。兄弟认为中国抗战的前途必定光明!最后打胜的一定是咱中国!淞沪会战情况,在座的先生、小姐们都清楚,我国军弟兄面对强敌不气馁!本市和全国民众更以极大的热情鼎力帮助我们弟兄,战斗虽一时失利,弟兄们的抗敌决心偏就更坚定了,有我们国军弟兄和四万万五千万同胞之坚强决心,哪有打不败的敌人呢!"

响起了一片真诚而热烈的掌声。提问的小姐也鼓了掌。

"至于租界当局对弟兄们的拘押么,兄弟认为全没道理。为啥这么讲呢?因为我们是不愿退入租界的,本连长、我们林营长还有三营的全体弟兄,已决心将这一身血肉埋葬在咱大上海!可租界当局怕战火烧到租界,再三求弟兄们撤出阵地,现刻儿又以保护为名拘押我们,实在……实在没道理,嗯,没道理!"

这个问题涉及外交,他不懂,只知道没道理,可为啥没道理,说不出个所以然。不过,借着回答问题的机会,他把自己曾有过的报国决心献给了小姐,这也够了。

小姐用充满敬意的目光看着他,看了好半天,直到林启明开口说话,才将目光移开。

"我和特警中队的傅队长接着涂连长的话说。租界当局拘押我们为什么没道理呢？这是因为：一、我们和租界各中立国并无交战关系，彼此非敌对国；二、我们非作战被俘人员，私权并未因接受保护而丧失。有鉴于此，我们第九中国军人营之全体军警已向租界当局递交了交涉书，也希望诸位先生、小姐和各界人士以各自的努力向租界当局施加影响。"

林启明说完，特警中队长傅历滋又作了些补充。这老兄比林启明滑头，一方面强调，租界当局要求中国军警撤退完全是出于善意，是不愿看到中国军警陷于绝地；另一方面又强调，中国军警的撤退也是顾念租界中外人士生命财产的安全，不得不违心为之，是一种委曲求全的高尚举动。他呼吁人们注意军人和警察的区别，警察和公民训练团的区别。

涂国强认为这两个区别都没道理，特警不是一般警察，是武装警察，公民训练团也不是一般公民，是武装公民，当初都和国军弟兄一起奉命固守南市，现在咋能抛下国军弟兄不管，要求什么区别呢？这透着极明确的无耻。

想到"无耻"二字，当即记起，自己也曾无耻过，在医院，他不也曾提议甩了林营长，和费营副一起各自逃命么？不知道费营副会不会和林营长说，如果说了，他这辈子就甭想再在林营长面前抬头了。

林营长真怪，竟没看出傅历滋的无耻来，还站起来替傅历滋帮腔，更进一步说：

"如我一七七六团三营三百八十六名国军弟兄的问题一时不能解决，特警中队和公民训练团的问题一定要解决，警察和公民组织，均非交战团体，岂可视为军人而一体关押呢？"

记者们一边刷刷记录，一边又提出了许多其他问题。

一个着灰长袍的中年记者问：

"听说日本军事当局对租界内的数万中国军警虎视眈眈，不断向租界当局施加压力，如租界当局屈服于日本人压迫，将诸位引渡给日本军事当局，诸位将如何对待？"

林启明决然道：

"那唯有拼个鱼死网破了！不过，兄弟认为这种可能性目前还不存在。"

那位漂亮小姐又提问了：

"请问，营内弟兄精神状态如何？是否很悲观？"

涂国强觉着这问题还是他回答好，他将让小姐看到一个绝境中的强者，一个真正的英雄！

"悲观问题根本不存在！因为弟兄们无不坚信抗战的光明前途！在此国家危难、民族危难之际，弟兄们都决心养天地正气，法古今完人！"

真见鬼，他咋把林营长的话贩到这里来了？咋会贩得那么自然？他真要法古今完人么？这也太过了一些，弟兄们要笑话的。

谁也没笑话。先生、小姐们又鼓了掌。林启明看看怀表，在一片掌声中宣布散会，并邀请记者们亲眼看一看弟兄们目前的精神状态。

哨子响了起来，在哨音的召唤下，弟兄们从帐篷和小红楼里涌了出来，迅速在操场上集合。他又回到了自由的时光中，又像个真正的连长那样，在整好自己连队的队伍后，跑步赶到林启明营长面前朗声报告。

星光下的林启明像尊威严的塑像。记者们照相灯不停地爆闪，把塑像摄入了镜头。他站在林启明面前报告，想必也被摄进去了。这很好。他希望那漂亮的小姐心之快门也能爆闪一下，把他永远摄入她的心间。

林启明营长命令开步走。操场上响起了整齐有力的脚步声。他率着一连的一百一十多个弟兄走在最前面，把一片黑压压的身影卡卡有声地推到了拉着铁丝网的营门前，吓得门口的巡捕们把枪横了过来。

他不禁笑了，觉着自己的选择是对的。因为医院里的那次正确选择，他拥有了一个充实而又值得自豪的夜晚。这个夜晚，有英雄，也有美女。

他对着头上的满天繁星发誓：他涂国强要做英雄，一定要做英雄！

四

牛康年没想过要做英雄。

那晚,听到嘟嘟的哨声,他躺在床上动都没动。他伤口疼。若是想做英雄,伤口疼或许还能忍住,不想做英雄,伤口疼便忍不住了。

帐篷里的弟兄全出去以后,伤口不疼了,他"咕噜"爬起来,把自己睡的行军床掀了。床下是一片野草残存的地板,湿湿的,不太硬。他抄起帐篷里那把断了柄的小铁锹,猛扎下去,小心翼翼地掘起了一坨坨生着败草根叶的表土,又小心翼翼地将它们摆在一旁。当操场上响起卡卡脚步声时,他已将那个秘密全部埋到了地下,压在秘密上的土层像是没动过一样。

放下行军床,仔细地擦净铁锹上的泥土,他重又躺到了床上,一颗悬着的心才放定了。

很好,毛瑟手枪、十发子弹、三块钢洋总算保险了。他相信是保险的,谁也想不到他牛康年会有这么一笔财产,更不会想到这笔财产就埋藏在他身下的泥土里。枪和子弹都不会上锈,他裹了油纸还包了油布。油纸是在医院里找的。住院养伤的时候,常有人送食品来,他把包食品的油纸留下了两张。油布是昨夜割下的一块帐篷,割的时候没人知道,而且不是在他住的这个六号帐篷割的,就是有人发现,也疑不到他头上。

认真地说,这笔财产并不属于他牛康年,而属于殉国的四连长阮君灵。从昌达商行向德信大楼撤退时,阮连长带着他们打掩护,一排子弹扫过来,阮连长就倒下了。当时天很黑,阮连长身边只有他,他一手提着机枪,一手拖着阮连长,还想把阮连长抢到德信大楼里去。不料,阮连长浑身是血,早没气了,他这才取了阮连长的毛瑟手枪、子弹和兜里的三块钢洋,独自摸回德信大楼。向营长林启明报告时,也忘了将阮连长的遗物交出来——当然,林营长也没问,那当儿,林营长自己也晕了头。第二天夜里,整个队伍撤进了租界,他因为肩头上挨了一枪,没进军人营的大门就和费营副、涂连长一起进了医院。在租界交枪时,只交了那挺轻机枪。阮连长的手枪和子弹没敢提,怕一提把三块钢洋提没了。结果毛瑟手枪伴着三块钢洋、十发子弹,裹在扎好的军用毯里和他一起进了医院。待他几天前出院取回军用毯时才发现,那肮脏的军用毯根本没人动过,上面落了一层灰。于是阮连长的财产,顺理成章变成了他的财产。

拥有这笔财产是危险的,到军人营当天牛康年就听说,营里已被抄检,暗藏武器的弟兄都吃了苦头,一连的一个弟兄还进了中央捕房,直到前天才被放回来。营主任罗斯托上尉说:在军人营私藏武器,只能视为对管理当局持有敌意。

牛康年紧张了一阵子,后来还是决定不睬这一套!他对谁都没有敌意,只想保住自己的财产,罗斯托认为什么,是罗斯托的事,与他牛康年没关系!当然,罗斯托若是用钱买还成,一支毛瑟手枪十五块钢洋,一手交钱,一手交枪,他干!想白拿,没门!

牛康年觉着那支毛瑟手枪至少值十五块钢洋,枪蛮新的,还配十发子弹,出了军人营卖,二十五、三十块没准都有人要。他是准备卖的,卖给谁都行,只要给钱。退一步说,就是卖不了钱,他也能在逃跑时用它开路防身。若是罗斯托认为这便是敌意,那他就算有敌意好了,大不了一个死,他老牛不怕!他虽不想做啥英雄,可也不是孬种!要是孬种,他决不会到国军队伍里来。

他跻身国军队伍的起因是两头黑毛驴。那可是两头好驴,下关东贩烟、贩皮货从未误过事。恁远的路踏踏跑下来,他累趴了,驮着烟叶皮货的驴硬累不趴。两头驴是他的亲人,也是他的全部家当。他常和驴们拉家常呱,把自己发财的梦想讲给驴们听,驴们听到高兴处会"咴咴"乱叫。

然而,未待发财的梦想变成现实,驴被日本兵抢走了。

那是前年冬里,他赶着驴们出关替保定赵二爷贩皮子,在关外的路上碰上了鬼子兵,鬼子兵要征用驴们驮弹药箱。开头还挺好的,鬼子兵的一个当官的,给了他两张军用票,还给了他一张盖了关防的黄纸头。他不干,不要军用票和黄纸头,单要驴。这便糟了,鬼子兵硬牵走了他的驴不说,还用枪托子捣了他一顿,使他昏头昏脑在雪地里睡了大半夜。

缓过气后,他四处找他的驴,还在丢驴的那条道上守了十几天,却连驴毛也没见着。一气之下,他回到关里便进了国军队伍,发誓要用手中的枪,找回他的驴。

他认识他的驴,也认识抢他驴的鬼子。那个鬼子官是个小胡子,戴着屁帘帽,矮矮胖胖的。

后来才发现,这记忆过于模糊了,类似模样的鬼子太多了,关外有,关里也有,华北有,上海也有,他的仇人是注定找不到了,他的驴也注定找不到了。

这更加深了他的仇恨,他开始狠狠地用机枪扫那些屁帘帽们,结果,就随着队伍从华北杀到了淞沪,直至今天进租界军人营。

他的敌意很明确,是对着抢了他的驴的日本人的。这根由连长涂国强知道,排长豆大胡子也知道,若是万一藏枪的事被罗斯托上尉发现了,涂连长、豆排长也会帮他说话的。

正想着,帐篷外响起了细碎的脚步声,牛康年警觉地从床上坐起来,看见了一个探进帐篷里的瘦脑袋——是二连连长鲁西平。

牛康年假模假样地站起来,装作要敬礼的样子。

鲁西平将应该获取的敬礼放弃了,要他歇下。他歇下了,鲁西平也在他对面的床上一屁股坐下,很和气地问他:

"老牛,想不想家?"

家?家就是两条驴,大黑、小黑,它们早没了,他哪还来的家?!

他凄然地摇了摇大脑瓜。

"也不想父母妻儿?"

他扁嘴一撇:

"打记事起就不知父母是啥模样,俺一直跟俺叔过,俺叔死后,给俺撇了两条驴,俺就用驴贩货,后来……"

"后来驴被鬼子抢去了!"

他眼睁得滚圆:

"咋?你也知道?"

鲁西平道:

"咱三营上下谁不知道?!"

他点点头,又说:

"正经老婆咱没娶过,贩货的时候在关外白县的车马店和一个女人睡过。第二年再去,那娘们硬说给俺添了个儿,可俺咋看咋不像俺!"

"想你儿么?"

"俺不说了吗?咋看咋不像俺,想个屁哇!"

鲁西平叹道:

"我可真想家哟!老牛,你不知道,我那女人有多俊!还有儿子,今年也五岁多了,我每天做梦都梦见他们哩!"

他很同情鲁西平,可又弄不明白身为连长的鲁西平咋会和他谈这些,往昔鲁西平可不是这样,整日价虎着个脸,硬撑着个官架子,当兵的见了他不敬礼,他当场扇耳光。弟兄们都说,全营四个连长中,数他的官味最足。

鲁西平又说:

"我家在无锡,离这上海也就几百里地,坐火车三钟头就到了,可就是不能去。你不知道我太太有多俊,可惜我手里没相片。"

他不愿和鲁西平老谈他太太,这话题与他毫无关系。

他换了个话题:

"鲁连长,您说他们还得把咱们关多久?咱已是关在这鸟地方了,还上啥子操哇?今儿个莫说俺伤口疼,就是不疼,俺也不想去!"

鲁西平苦着脸道:

"上操的事我不知道,开记者谈话会的事,我也不知道,他们瞒着我!我感觉这里面有问题。老牛,你没听啥人讲过我什么吗?"

他摇摇头：

"我刚从医院出来没几天！"

鲁西平似有所悟：

"那你不会知道！明天我得先和林营长好好谈谈！"

就说到这里，弟兄们回来了，鲁西平也要走了，临走还俯在他耳边说了句：

"有机会，咱们再聊，我有好多事要告诉你，我觉得你这人诚实，只告诉你！"

鲁西平一走，睡在他对过床上的赵富田便道：

"牛哥，你和鲁连长啰嗦啥？鲁连长脑瓜出了毛病，一天到晚尽念叨他太太，谁见了谁烦！"

他眼皮一翻：

"瞎扯！鲁连长说话句句在板，哪像有毛病的样子？"

睡在最里边的排长豆大胡子脸一拉：

"林营长、费营副叫咱们少和他掺和！"

他阴阴一笑：

"那是林营长、费营副有毛病！日他娘，深更半夜还瞎折腾！这二位长官还以为自己是在国军军营么？早不是了！咱他娘成了人家圈起来的猪！"

身为排长的豆大胡子，偏拉出了副军营长官的架子，劈脸给他一个耳光：

"放屁！你牛康年是猪，我老豆不是！弟兄们也不是！"

他被打蒙了，一时竟忘了反抗，直到豆大胡子转身离去了，才像饿狼一样冲着豆大胡子的背影扑去。赵富田一看不好，站起来拦腰抱住了他，越抱越紧，最后，几乎把他的两脚抱离了地面。

他蹬着腿，拼命挣着，破口大骂：

"豆大胡子，我日你娘！我日你十八辈亲娘！"

如果那夜毛瑟手枪没埋到地下，他想，他会开枪的，他将用一阵爆飞的子弹打断豆大胡子的脊梁，让豆大胡子像狗一样趴到地下去舔自己的脏血。

五

布莱迪克中校在郑彼德翻译和罗斯托上尉的陪同下一走进小红楼，二连长鲁西平就注意到了，他当时正趴在楼下门厅的窗台上看几只蚂蚁搬面包屑，窗玻璃上映上了布莱迪克中校的身影，扭头去看时，布莱迪克中校一行已从他身边走过，登上了楼梯。他本能地觉着中校的突然出现与自由有关，于是，也跟着上了楼。

他知道中校要去哪个房间，要去找谁。撤退那夜他就看出来，中校对林营长很敬佩。坚守德信公司的时候，中校把鬼子总攻的确切时间透给了林启明，在租界的街垒工事旁，还拥抱了林启明。

果然是找林启明——中校在二楼没停脚，径自上了三楼。

他却上不去了，中校的两个卫兵和罗斯托手下的两个白俄巡捕，四个人守着三楼的楼梯口，不容任何人上下。

他只好悻悻然地坐在二楼楼梯上，眼巴巴地等待着楼上那关于自由的消息。他认定那是自由的消息：记者谈话会后，林启明又代表弟兄们递了一次交涉书，公民训练团和特警中队的兄弟已经取保释放了百十个，释放他们三营的弟兄自也在情理之中。

鲁西平渴望自由，从来也没有像今天这么渴望过。望着天上的月，他会想起无锡老家庭院中的月影，能看到月影下漂亮太太和淘气儿子的笑脸。他挂记他们，想念他们，常常把关于他们的记忆一遍遍讲给弟兄们听。讲过以后又后悔，可下次忍不住还要讲。弟兄们据此判断他脑子有毛病是没道理的。

他正常得很，什么毛病也没有——非但没啥毛病，头脑还格外地清醒，甚或格外地深刻。一些在自由时光里永远弄不清的问题，在这里一下子都弄清爽了。

比如说,面前这场战争,他失去自由前就看得不甚真切,完全被一种轰轰烈烈的表象迷惑住了。似乎为国家而战,为民族而战无可非议,似乎不拿枪上战场便对不起一个中国人的良心。现在想想,是大错而特错了。错误的根源在于:他只注意了战争的道德判断,忽略了每一个独立存在的人和这场战争的关系。

事情很明白,战争是国家的事,活着是自己的事。若是为了个人活得好些参加战争,是合乎情理的,反之则不免荒唐。把问题放在人之初的历史中去考察,就会看得更明澈:远古蛮荒时代的人是只知道有自己的,都是为自己活着的,那时没有国家,没有民族,没有主义,也没有那么多欺骗生命的道义。后来国家、民族、主义——在人类文明的进程中折腾出来了。于是乎,人的个体生存就被破坏了,人们不得不为国家而战,为民族而战,为这个主义、那个主义而战。可这些东西究竟与每一个呼吸着的生命有什么关系呢?真他妈鬼知道!国家、民族和主义召唤你为它的神圣存在去拼命,却并不为你个体生命的存在承担责任。他鲁西平在上海打鬼子,上海沦陷了,被囚禁在军人营里的是鲁西平,而不是那个他为之而战斗的国家,这难道还看不出其中的荒诞么?

他是被欺骗了,被国家、民族派生出来的道义欺骗了,也被自己曾经有过的一腔热血欺骗了。幸运的是,跃入这场骗局之后,他迅速警醒了,不像林启明那样,依然执迷不悟。

林启明的事他管不着,反正他要出去。只要开始放人,头一批就得放他!林启明他们不是怀疑他脑瓜有毛病么?这毛病他认下了!就冲着这条,他们就得先放了他。

租界当局显然不想养着他们,把他们悄悄放了,既减轻了负担,又少了麻烦。问题是放人的名目,他们毕竟是和日军正式交战的战斗人员,明目张胆地放,日本人不会答应。名目自然会找到的,比如说他鲁西平,神经有毛病;比如说牛康年,受伤太重,不宜长期羁押,如此等等。当然,也可能只把他们放出军人营,不放出租界。这样也好,他正可以把妻儿接到租界,避过战争的剩余岁月……

也不知想了多久,好像时间并不太长,楼上响起了脚步声,木头楼梯颤动起来。他识趣地从楼梯口站起来,躲到了二楼的楼道里。

布莱迪克中校一行下来了,楼上的守卫撤了,他未待走在最后面的卫兵下到楼底,便急不可耐地爬到了三楼上,一头撞开了林启明住的三〇七室的房门。

林启明、费星沅都在屋里的床沿上坐着,勤务兵小豁子正在打扫地上的香烟头。屋里烟味很重,像着了火,坐在对门床沿上的林启明却还在抽烟。

他突然破门而入,让林启明吃了一惊,林启明愕然地看着他,问:

"老鲁,有事么?"

"第一批有……有我么?"

"啥第一批?"

"放……放人啊!"

林启明愣了:

"你听谁说要放人?"

他疾疾叫道:

"特警中队、公民训练团不都放人了么?! 刚才我看见布莱迪克中校来找你……"

林启明苦苦一笑:

"老鲁,没放人这事! 再说,即使放人,放谁不放谁,也不由我做主!"

这倒也是,这地方当家的是布莱迪克中校、罗斯托上尉,不是林启明。不过,中国军人内部自治,林启明是营长,还是能说上话的,他还得把林启明拢住,况且,林启明和布莱迪克中校关系又好。

"那布莱迪克中校找你干啥? 你可不能瞒我;兄弟我可从未做过对不起大哥您的事!"

林启明望着他长长叹了口气,搂着他的肩头,让他在床沿上坐下了。继而,又叫勤务兵小豁子找来了一连长涂国强,说是要和他们好好谈谈。

听林启明一谈,才知道,事情恰恰相反,租界当局不但不放他们,还要将他们长期拘押。

林启明说:

"布莱迪克中校就是为这事来的,中校说他们和租界当局的压力相当大,日本人多次要求将咱们这些弟兄交给他们,在这种情况下释放咱们完全不可能。就是公民训练团和特警中队的弟兄,释放时也要一一取保,并证明在淞沪作战期间不属于任何作战单位。"

他傻眼了,几乎想不顾一切地放声大哭一场。

痴呆呆愣了好半天,他挣开林启明的搂抱,失态地站起来叫道:

"我受够了!我要回家!回家!老子能在上海找到铺保,也……也能弄到良民证明!"

"扑通"一声,他在林启明面前跪下了:

"林营长,林大哥,您……您给我帮帮忙吧!您……您去和布莱迪克中校说,我……我不是兵,我……我有证明,也有铺保!"

万没想到,平时关系还不错的连长涂国强"霍"的跳了起来,劈面打了他一个耳光:

"孬种!这么出去,你就不怕底下的弟兄们操你祖宗?!"

这一巴掌把他打醒了,他突然发现:自己的求生欲望和面前的严酷环境是那么格格不入,人在这种情况下竟会变得那么渺小、可怜。

他捂着脸呜呜哭出了声。

还是林启明救了他。

林启明骂了涂国强一句什么,阻止了涂国强的进一步发泄,把他拉起来说:

"老鲁,打仗时候,你是好样的,在这里也不能充孬种哇!眼下,上海和租界的中国同胞们都看着咱们军人营,营里的弟兄又都看着咱们当官长的,咱们要拿出点骨气来!"

他违心地点了点头。

林启明又说——不但对他,也对费星沅和涂国强说:

"既然出不了军人营,咱们就要作长期打算了,为了不磨软咱们的骨头,为了以后弟兄们都还像个兵的样子,每日必须坚持正常操练,必须举行升国旗的活动,还要上课,让弟兄们学点文化。"

费星沅疑疑惑惑地问:

"在这里升国旗?咋……咋升?又没有国旗。"

林启明道:

"咱们头上有青天白日,身上沸腾着赤红的鲜血,足以代表国旗!咱们的升旗是精神升旗!"

涂国强极表赞同:

"好!这精神升旗好!只要活一天就得让鬼子们瞧瞧咱们的精神头儿!"

这实在是愚蠢,他想,却没敢说。

费星沅又问:

"天天操练是否必要?"

林启明手一劈:

"咋没必要?!现在咱们是在租界当局的囚禁中过日子,对弟兄们不严,不坚持弘扬爱国精神,他们当中有些人就会失志变节!"

他觉着林启明这话是针对他说的。他在林启明心中即使不是脑子有毛病,也早已失志变节了。林启明不让他出席记者谈话会,大约就是怕他在会上讲出什么失志变节的话吧?

其实,林启明错了,他鲁西平不是失志变节,而是省悟了一个关于生命价值的真谛……

六

在军人营的特定条件下,个人已不复存在。林启明认为,他不是作为个人活着的,而是作为国家和民族的形象活着的。军人营的全体弟兄也是作为国家和民族的形象活着的。他们一举一动,都关乎国家和民族的尊严,西洋鬼子和东洋鬼子们评价他们的时候,都不会说他们哪个人如何如何,只会说中国人如何如何,中国军人如何如何,他作为第九中国军人营弟兄们的最高长官,不能不为国家民族负起责任来。他没想到由此而引起的风波,更没想到会于那风波发生后调离第九中国军人营。

每当站在整齐的队列前对着东方初升的太阳举手致敬时,林启明眼前总是飘荡着一面青天白日满地红的国旗。国旗的形象十分真切,是系在绳子上的,旗杆顶天立地地高大,国旗便顺着高大的旗杆一点点爬高,最终,升上高渺的晴空,有时,能在缓缓上升的国旗周围看到火光和硝烟,甚至能看到德信公司大楼巍峨而沉郁的阴影。每到这时候,林启明就觉着,他和他属下的弟兄们还没被解除武装,他头上戴着钢盔,顺着裤缝垂下的左手攥着枪,他依然在为这面国旗而战斗,耳边就会适时地响起《大上海不会降》的歌声。

小红楼顶的电喇叭却总在播放金鹰电台的申曲,绵绵软软的,听了让人骨头发酥。电喇叭是他和弟兄们要求布莱迪克中校派人装起来的,想藉此了解外面世界的讯息,可喇叭里偏很少广播时事新闻,不知是不是营主任罗斯托上尉有意安排的。

一开始,罗斯托上尉就反对他们在军人营搞精神升旗和日常操练,说是怕日本人知道后,会引起外交上的麻烦。他据理力争,坚持认为,根据中国军人营区内自治的原则,弟兄们有权自主活动,营区当局不能干涉。

罗斯托没办法,请示布莱迪克中校,中校一面让罗斯托少干涉营区内部事务,一面也把他找去谈了一次话。再三告诫他,要他约束营区内弟兄们的行动,不要出格,以免激怒日本军方。他当时并未料到后来的那场致使他调离的风波,对布莱迪克的告诫没当回事,表面上应了,心里却固执地想着,自己是个中国军人,不管布莱迪克中校说啥,他都得按一个中国军人的准则去做。

在那段日子里,他除了带领弟兄们日常上操,进行精神升旗,还亲自给弟兄们上课,讲"岳母刺字"、"苏武牧羊",讲得许多弟兄直掉眼泪。

营区周围的中国同胞们密切注视着营内的一切。每天早晨举行精神升旗时,四周楼房上都有人默默观看。上操的哨子不但唤醒了弟兄们的斗志,也激动着中国同胞的心。

一个中学生在写给第九中国军人营全体弟兄的信中说:

"每当听到军营的哨音,听到你们整齐有力的脚步声,我就觉着中国军队还没撤走,国军就在我们身边!我们为你们而骄傲,上海为你们而骄傲!我和同学们都暗暗发誓:日后一定要和你们一样,做个打鬼子的勇士!"

捧着这封信,林启明感动极了,他让费星沅读给弟兄们听,弟兄们也于感动之中受到了震撼……

嗣后,弟兄们的情绪和军人营周围民众的情绪,在相互影响中越来越热烈了。上操时,营区外的同胞们会大喊抗日口号,弟兄们会情不自禁跟着喊。夜晚,公寓楼上大胆的市民们不但向小红楼里扔糖果、香烟,有一回还扔了一面国旗进来。

这情形持续了好久,到四月九日夜晚,酿出了事端。

这日,电喇叭里突然播出了台儿庄大捷的消息。不知是华东电台,还是大陆电台播的,说是国军集结精锐主力于徐州东北之台儿庄,一举歼灭入侵日军两万余人。弟兄们当即在小红楼和各自的帐篷里欢呼起来。营区外的公寓楼和四面的建筑物上,许多中国民众也挥着旗帜、帽子冲着营区欢呼。

林启明泪水直流,拉着勤务兵小豁子冲出屋门,在小红楼楼上楼下四处以茶代酒,和弟兄们碰杯祝捷。在二楼过道上,二连三排的一帮弟兄,还在排长豆大胡子的带领下,把他架起来,抛到了空中,急得小豁子又喊又叫,差点哭了。

在那激动人心的夜晚,《大上海不会降》的歌声又响了起来。开头只是几个女声的微弱齐唱,从方位和距离上判断,是从北面那公寓楼里传出的。后来,歌声越来越大,众多粗大的嗓门参加进去了,整个公寓楼变作了扩音箱。再后来,小红楼、帐篷里的弟兄们也都参加了祝捷的歌唱,营区内外爆飞着一片狂沸的声浪:

大上海不会降!
大中华不会亡!
我们有抗敌的成城众志!
我们有精神的铁壁铜墙。
四万万国人四万万勇士,
一寸寸山河一寸寸战场。
雄踞东方大中华,
五千年历史五千年荣光!

在这怒吼般的歌声中,营主任罗斯托上尉带着一帮士兵和安南巡捕冲进了小红楼,迅速卡死了楼梯、楼道,把他和营副费星沅从三楼各自的房间里拽了出来。他这才恍然悟到,营区内外的狂欢惹出了大麻烦。

罗斯托上尉脸色铁青,动作言行极为粗暴,一口咬定他聚众滋事,违反营规,在他被安南巡捕拖出房间后,还打了他一拳。他与其说是被罗斯托的拳头打痛了,毋宁说是被罗斯托的无礼污辱了,当即出手反击。遗憾的是没打着罗斯托,倒把罗斯托身边的中国翻译刘良杰打了个踉跄,继而,两条胳膊被一拥而上的巡捕士兵们扭住了。

费星沅也挨了打,打费星沅的是个又高又胖的白俄鬼子。费星沅两次被打倒在地,又两次爬了起来,嘶哑着嗓子对罗斯托大声抗议。

罗斯托上尉根本不理,手一挥,士兵和巡捕便把他们一起押下了楼。

楼下门厅里聚满了弟兄,弟兄们显然已知道他和费星沅遇到了麻烦,肩并肩堵在门口。罗斯托火透了,哇里哇啦怪叫了一通,还对着天花板放了两枪,打落了一片迷蒙的积尘。

翻译刘良杰奉罗斯托之命解释说:带走他和费星沅,绝无关押惩罚之意,只是布莱迪克中校要见见他们。

弟兄们不信,领头的排长豆大胡子代表门厅里的弟兄们说:

"有啥事,叫布莱迪克到这儿来谈,俺们营长、营副一个也不能带走!"

罗斯托又哇哇怪叫了一通啥,刘良杰翻译道:

"上尉说,他是执行命令,希望你们谅解,如果你们执意对抗,他只能视其为暴动,武力解决!"

罗斯托上尉身前、身后的巡捕士兵们拉开了枪栓,将一支支枪口瞄向了门厅里的弟兄们。

刘良杰毕竟是中国人,有些慌了,悄悄对他和费星沅说:

"林营长、费营副,快叫弟兄们散开吧,咱国军刚打了胜仗,都高高兴兴的,真……真闹出人命就不值得了!再说,真是布莱迪克中校要见你们!真的!"

他和营副费星沅这才劝开了豆大胡子和门厅里的弟兄们,随罗斯托一起走出了小红楼。

那夜,见到布莱迪克中校时已很晚了。中校显得困乏不堪,一见面就告诉他和费星沅,今夜在军人营内外发生的事是日本人不能容忍的,他不出面制止不行。还说,精神升旗和上操也不能搞了。日本驻沪总领事馆已照会租界当局说,如租界当局不能严守中立,制止中国军人营内的仇日情绪和仇日行动,他们将视租界方面的中立为刻意偏袒,并保留自行解决的权力。中校要他和费星沅体谅租界方面的难处,和租界当局合作,尽快消除营区内的不安情绪。

他拒绝了,费星沅也拒绝了。

布莱迪克中校似乎早料到了这一点,苦笑着双手一摊说:
"那么,我只好给你们换一个营区了!"

当夜,他和费星沅被送到了第十二中国军人营,连回第九中国军人营和弟兄们再见一面的要求都被回绝了。一时间,他很愤怒,对布莱迪克中校的好感一下子全消失了。临别时,严正要求布莱迪克将今夜的一切记录在案,并对罗斯托上尉及其部下行凶打人的事,正式提出了抗议。

他不懊悔。他相信,经过他和费星沅营副这段时间的努力,精神和秩序都已重建,第九中国军人营又变成了中国国民革命军陆军一七七六团第三营。不管他林启明日后能否回来,弟兄们都会像他一样,承担起一个中国军人的责任和义务。

七

牛康年极真切地看到了他的驴。驴是从一片稠密的小树林里窜出来的,一前一后,窜在前面的是大黑,跑在后面的是小黑。大黑背上驮着鬼子的弹药箱,小黑驮的是两卷上好的皮子。驴们冲着他直叫,叫得他喜悠悠的。他把驴牵走了,牵到了那个胖女人的车马店里,把那沉沉的弹药箱藏在草料堆里,把驴拴在牲口棚里,就和那胖女人吃起了酒。吃着,吃着,干起了那事,干得好不快活。那胖女人的身子像个温热的大肉垫,俯在上面颤颤乎乎的。正颤乎着,发现牲口棚里的驴扒倒了弹药箱,不知咋的,弹药箱的箱盖又被掀开了,大黑、小黑嚼起了黄澄澄的子弹,糟糕!他没从胖女人的肚皮上爬下来,弹药箱就炸了……

吓醒以后,也闹不清是几点,只知道天还没亮,想起来尿泡尿再睡。尿尿时发现,睡在里面的豆大胡子和睡在对面的赵富田都不见了,摸摸他们的被窝还是温热的。马上想到,他们可能猫到哪个帐篷里密谋事情去了。所有事他们两个都瞒着他,自从那次和豆大胡子闹过,他就和他们两个不搭话了。

必定是密谋啥事情。打从林营长、费营副转到第十二军人营以后,半个月来豆大胡子和赵富田总是鬼头鬼脑的。豆大胡子在林营长他们被押走那夜带头闹事,罗斯托上尉是十分恼火的,这西洋鬼子自然要找豆大胡子的麻烦。上个星期,罗斯托带人搜了他们这座帐篷,连豆大胡子的裤裆都摸了。豆大胡子破口大骂,当场就挨了枪托子。罗斯托上尉还阴阴地通过翻译刘良杰说:用枪托子打人是驻军司令部和租界警务处允许的,如果不信,可以再到布莱迪克中校那里去告状。

据刘翻译说,九营有人告了罗斯托上尉的状。

看到豆大胡子挨打,他很高兴,觉着罗斯托上尉替自己出了气。但也紧张,怕搜查进一步深入,查出他床下的毛瑟手枪和十发子弹。

紧张显然多余了,罗斯托上尉名义上是搜查,实际上是找茬——找豆大胡子的茬,折腾了豆大胡子一通,便走了。

豆大胡子不是省油的灯,过去当排长时就是有名的刺儿头,狗日的能放过罗斯托?没准是去算计对付罗斯托的办法去了。

想想又觉得不对。

豆大胡子咋着对付罗斯托?告状没用,打罗斯托没准得进捕房,况且,罗斯托每回走入营区,总是带着不少巡捕、士兵,就是有胆量也未必打得成。

这才想到了逃跑的问题。豆大胡子和赵富田该不是瞒着他牛康年跑了?林营长、费营副不在,弟兄们全他妈的各人顾各人了。十天前跑了两个,三天前又跑了两个。虽然罗斯托说,四个人全被抓住送进了中央捕房,弟兄们偏都不信。他听豆大胡子和赵富田悄悄说过,那是罗斯托骗人的话。

肯定是跑了,而且,跑了没多久。

为了证实自己的判断,又下床摸了摸豆大胡子和赵富田的被窝,再次感到了那尚未最后散尽的余温。

心一下子收紧了,发现机会就在眼前。豆大胡子、赵富田能逃,他牛康年也能逃。没准就是命运安排他今夜逃脱的哩!梦中的弹药箱为啥偏在这当儿将他炸醒?不是把他唤醒,让他逃,还能是啥?

他手忙脚乱地穿上衣服,掀开行军床,扒到了毛瑟枪和子弹,兔子似的窜出帐篷。

是四月底的一个黑漆漆的夜。没有星,也没有月,只有营门口朦胧一片灯光。岗楼上的探照灯是亮着的,光柱却不像往常那样扫来扫去,只直直地打在小红楼正面的墙壁上,像铺下了一道白灿灿的光桥,益发映衬出营区的黑暗来。

营区很静,像一片死寂的坟场。

他要从坟场中逃掉,去找他的驴,找他的胖女人,他的五尺之躯属于他自己,因为国家的原因把他牛康年埋在这片坟场里毫无道理。这一点二连长鲁西平和他谈了一次,他就明白了。

他逃走以后,让日本人把国家这头脏猪圈到这里来吧!

是在这时想起二连长鲁西平的。脑子里确是闪过喊着鲁西平一齐逃的念头的。可是念头只一闪,马上被他自己否决了。鲁西平住小红楼,不在这片帐篷里,他不能为鲁西平去冒夜闯小红楼的风险。再说,鲁西平神神叨叨,没准脑子真有毛病,带他逃出去也是个累赘。

胡乱想着,没头苍蝇似的跑过了十几顶帐篷,骤然想起了方向问题:该往哪里跑?豆大胡子、赵富田是从哪里出去的?他只知道跑,却在激动之中把首先应该确定的逃亡的方向忘了。

觉出了豆大胡子和赵富田的可恶。这两个混账东西不喊他一起逃倒也罢了,逃跑方向也不对他说一声,害得他有了逃跑的机会却不知该怎么逃!不管咋说豆大胡子还是他的排长,就算他和豆大胡子有啥仇隙,豆大胡子也不该在这种时候如此害他!

暗暗骂着豆大胡子的祖宗八代,边骂边猫着腰四处瞅,希望能发现豆大胡子逃跑时留下的蛛丝马迹。

却啥也没发现,今夜的营区和昨夜的营区没啥两样。他要想逃,只能靠自己的准确判断。

看看营区大门口的灯光,觉着从大门出去是绝无可能的,那灯光本身就是扎扎实实的警告,只要他出现在灯光下,岗楼里的安南巡捕就会开枪击碎他的梦想。西面是三排平房,平房连着高墙、铁丝网,攀越极困难。东面是小红楼,楼边不但有高墙、铁丝网,还有两个步哨,更无指望。

出逃的希望恐怕在南面的垃圾场。如果垃圾没弄走,就有可能爬上垃圾堆攀上墙。跳下墙,那边是瓜果集市,夜间注定无人——就是有人也不怕,只要是中国人,一般都会救他们,他牛康年是抗日的国军军人,营区周围民众能不救么?

决定了,向南逃。

把毛瑟手枪压满子弹,用满是汗水的手紧攥着,跌跌撞撞,一路摸去,既激动,又紧张,胳膊肘跌破了都不知道。

不料,摸到垃圾场才发现,靠墙的那堆垃圾早被运走了,高墙、铁丝网森然立着,五十米开外的地方还有个持枪的警卫站岗。

偏在这时,探照灯又扫了起来,雪亮的光柱差点儿砸到他隐身的垃圾车上。慌张之下,他自愿放弃了逃亡的企图,又不顾一切地一路往回奔,引得那个持枪警卫哇哇一阵乱叫,似乎还拉了枪栓。

自由梦就这么破灭了,下士机枪手牛康年不得不重新回到那座属于他的帐篷坟墓里,继续替国家这头脏猪受过。

这真是件倒霉透顶,也荒唐透顶的事。

天亮以后才知道,豆大胡子和赵富田果真逃了,不过,不是从南面垃圾场逃的,而是从西面连接着高墙的平房逃的。最后二十余个未获释的特警中队弟兄连同他们的中队长傅历滋也一起逃了。七号平房窗子上的铁栅被锯断了两根,钉在窗上的铁皮挡风板被撬开了半边,豆大胡子、赵富田和特警中队的弟兄们乘夜越过窗子,消失在租界茫茫人海中了。

他真冤,简直冤透了。因为和豆大胡子干了一仗,被豆大胡子甩了;老天爷保佑他,把他从梦中唤醒;他又把出逃方位判断错了,眼睁睁丢了一次绝好的机会。

更要命的是,豆大胡子成功的逃亡震惊了租界当局。一大早,布莱迪克中校和罗斯托上尉就带着大批人马赶来了。又是照相,又是讯问,还进行了全营大搜查,竟一下子搜出了两支"友宁"手枪,三把佩刀,一台西门子手提电话机。私藏武器的弟兄都被安南巡捕带走了。

他真聪明,搜查还没开始,已料定事情不妙,装着上厕所,把毛瑟手枪和子弹都扔到了厕所里。结果,到他帐篷搜查时,啥也没查出。床下藏过枪的那个坑,他一口咬定是逃跑了的豆大胡子和赵富田挖的。罗斯托问他为啥不跟着豆大胡子、赵富田一起逃。他说,他是本分人,得遵守营规,说完极伤心地呜呜咽咽哭了起来。

日 祭 // 231

真怀念林营长和费营副,这二位长官搞的操练,搞的精神升旗,他都不喜欢——到现在都不喜欢,可二位长官的为人却没话说。他们决不会像豆大胡子、赵富田那样,甩下别人,只顾自己逃命。

八

"林营长、费营副回不来了,咱第九军人营不能没个头。我和老鲁都是连长,老鲁的脑子出了毛病,这担子我就得挑了!"

涂国强盘腿坐在床上,借着手电筒微弱发黄的灯光,极自信地看着面前的弟兄们说。

"林营长往日常说,咱要养天地正气,法古今完人,营长、营副不在,咱还得这么干!咱是中国军人,不是乌合之众,别他妈让鬼子们小瞧了咱!"

二连副白科群问:

"是不是恢复上操和精神升旗?"

涂国强摇摇头:

"搞那一套太不实际!弟兄们要是听我的,推我挑头,我就得闹腾点实际的!你们说,你们听不听我的吧?!"

好半天没人作声,谁也不知道涂国强究竟想干啥,都不敢贸然把自己的性命托付给他,拥戴他做这个头。

不置可否的沉默使涂国强很不愉快,涂国强的脸渐渐挂了下来,脸上的自信消失了不少。

"咋?都信不过我老涂?怕我老涂把你们往火坑里推?要这样,咱就他妈拉倒吧,老子刚才讲的话全当放屁!"

涂国强觉着委屈。他说的全是实话,林营长、费营副不在,营里就没了主心骨。没主心骨就要出乱子,他不能不自告奋勇顶上去。他思考了好长时间,把营里的弟兄排了个遍,最终还是觉着只有自己算个人物。

也有私心,他承认。他想轰轰烈烈闹出一番动静,让所有中国军人营的弟兄们,让全上海的民众都知道,第九营有个了不起的涂连长。闹腾好了,名垂青史不说,自己和在座的弟兄们也能夺回各自的那份自由。

他叹了口气,又说:

"别以为老子想图啥个人好处!要是只顾自己,老子在医院治伤时就走人了!我他妈现在站出来,是要为弟兄们承担责任!"

二连副白科群滑头地道:

"承担啥责任?咋个承担法?你老兄有啥主张?就说吧!说出来,弟兄们才好说话。"

涂国强似乎又看到了被弟兄们拥戴的希望,重把自信推到脸上,愣愣地盯着白科群看了好半天,才神秘地道:

"组织九营全体弟兄一起逃,只要大伙儿听我的,一切我负责!"

白科群一怔:

"有可能么?"

"当然有可能!我挨个点过了,营区的巡捕加警卫士兵,总共只有三十三人,而我们有三百多人,如果夜间切断营区电源,全营弟兄一齐往外涌,那三十三个巡捕、卫兵肯定他妈挡不住!就是万一败了,也没啥了不得,咱们挪个窝到中央捕房蹲蹲就是!"

白科群眼睛一亮,率先表态:

"涂连长,我听你的!真闹败了,进捕房,挨枪毙,老子都奉陪!"

弟兄们也纷纷表态:

"涂连长,我们听你支派!"

"涂连长,你叫咱干啥,咱干啥!"

……

在场的弟兄大都是四个连里有能耐的班排长,他们表了态,也就等于全营的弟兄们表了态。

涂国强很高兴,正正经经摆出了领导人的架子:

"弟兄们愿听我的,我就得定几条规矩了!第一,我刚才说了,咱们他妈是军人,要养天地正气,法古今完人,谁都不能只顾自己!第二,要守机密,逃跑的事决不能让罗斯托那帮洋鬼子知道。第三,从现在开始,就得做准备。"

"准备啥?"

"准备家伙！铁条、木棍,啥玩意都行,万不得已时,咱得和守门的洋鬼子们拼！谁还藏了枪,到时都他妈拿出来集中使唤！"

白科群道：

"只怕不会有枪了,豆大胡子他们逃跑后,洋鬼子们又满营抄了一遍,谁还敢藏枪？藏枪的弟兄们被关了快半个月了,还没放回来呢！"

涂国强胸有成竹地笑了笑：

"我说有枪,准有枪,不信你们到时瞧好了！"

一个弟兄问：

"这又是枪,又是棍的,洋鬼子们会不会说咱是暴动？"

白科群没等涂国强搭腔便说：

"暴动就暴动！怕啥子？大不了一死！"

涂国强点点头：

"白连副说得对！弟兄们不要怕！如果当初咱们不从德信楼里撤出来,不也早就取义成仁了么？"

弟兄们纷纷称是。

打着手电筒的小豁子是林启明营长的勤务兵,对自己的营长极忠诚,这时插上来问：

"咱们走了,营长、营副咋办？"

白科群没好气地道：

"营长、营副在十二营,咱有啥办法？"

小豁子讷讷道：

"能……能把他们要……要回来么？"

涂国强拍了拍小豁子的扁脑瓜：

"营长、营副也会想法逃的,你小孩家少多嘴！"

又说：

"电表房我已探明了,在小红楼下层厕所旁边,平日总上把锁。有一回停电,我看到罗斯托带着工友开门进去过。咱得派两个靠得住的弟兄守着,到时扭掉门锁,进去断电。"

一个住小红楼楼下的排副自告奋勇地说:

"这事交给我!只要有你涂连长的命令,老子马上叫营区变得一团黑!"

涂国强满意地点点头,最后又说:

"弟兄们,咱们现刻儿全他妈的在一条船上了,要有福同享,有难同当,走则一起走,留则一起留,谁要敢单独行动,坏了弟兄们的事,我老涂决不饶他!当然,谁要有更好的主意,可以和我老涂商量,只要对弟兄们有好处,我他妈都会听的!"

弟兄们纷纷点头,都说涂国强言之有理,全指天发誓,要集体行动,生死与共。

弟兄们散去以后,涂国强非常满意,自觉着第九中国军人营从这一夜起换了天地。林启明和林启明所代表的岁月结束了,他叱咤风云的时光开始了。暴动成功,他是英雄;暴动失败,他依然是英雄。

他断定不论是成功还是失败,在上海租界闹出这么一番动静,中外报纸都要大做文章的,没准他的像片也会出现在中外报纸上。那个他在记者谈话会上见过面的漂亮小姐,或许会揣着报纸满世界找他,闹出一段英雄美女的佳话。

在上海这座国际城市出名不算困难。二六二旅五二四团团副谢晋元四行仓库一战,举世闻名。如果四行仓库不在上海,只怕谢团副再打个半年、一年,也没这么大名气。

听说谢团副也在租界军人营里,日子过得比他涂国强好,洋鬼子把谢团副当爷敬着,谢团副每日收到情书都有一大扎。

他涂国强也会有这一天的。

那夜,于极度兴奋中,他有根有据地做了一回英雄梦,在壮烈的梦中三次殉国。一次是在德信公司,他与涌上楼的鬼子们同归于尽了。一次是在医院里,林启明、费星沅都要逃——跟那个护士小姐一起逃,他偏不逃,被安南巡捕迎面打来的子弹击倒了。第三次是在军人营里暴动,营门口架着马克沁机枪,他率着弟兄们往门外冲,连中数弹,以身殉国……

醒来以后,冷汗直冒,禁不住想:真要是暴动失败咋办?他这么干值么?

九

运载垃圾的清洁车出去后,大门照例不再上锁。鲁西平看到,守门的安南警卫只用肩头在大门上扛了一下,根本没把大门掩严。透过空隙能看到门外的铁丝网架。铁丝网架也未合拢,斜歪在一边,棘刺上扎着垃圾车上落下的几片枯叶废纸。门内的另一具铁丝网架被拉严了,拉严后,安南警卫就站在网架前抽烟,一副懒散的样子。

鲁西平见惯了这种景象,每天早晨借洗漱的时间,总在寻找出逃的机会。洗漱是在操场前,门口的情形是看得清的。一大早,清洁车出去前后,门口的警卫总是孤零零的一个人,而且几乎总是安南巡捕。罗斯托上尉大概从未想到过营区里的中国军人敢在天亮以后从大门口逃跑。

今天,鲁西平在大门附近扫地,看得更清楚了,几乎连那个安南巡捕脸上的皱纹都看得清。那个安南巡捕矮矮瘦瘦的,最多二十五六岁,一身半旧的军装松松垮垮,根本不像个兵的样子。鲁西平觉着,自己只要飞起一脚,就能把这安南鬼踢到营区外。况且,他还有支毛瑟手枪,子弹压得满满的,就是踢飞那个安南鬼后,再涌出一些安南鬼来,也有把握对付。

枪是两个月前在厕所里拾到的。当时,他正背对着厕所门口大便,厕所外匆匆进来一个人,扔下枪走了,他只瞅见那人的背影,且很惊慌,无从判断是谁。那当儿他的第一个感觉是:那人要害他!营区正在进行大搜查,他却和这把该死的枪一起蹲在厕所里,罗斯托上尉非把他押走不可。一惊之下,提起裤子就摸枪,手忙脚乱把枪藏到掏空了棉花的棉衣夹层中。刚藏好枪,一些上厕所的弟兄就进来了,害得他根本没法进行下一步处理。

侥幸躲过那次大搜查,却舍不得处理枪了。军旅生涯的经验和对自由的强烈渴望,都迫使他把枪留下来。有了枪,他就有了夺取自由的希望。

林启明、费星沅转到十二营后,这里的情况变得更糟。一连长涂国强一下子抖起来了,俨然成了全营弟兄的爷,一点也不把他鲁西平看在眼里,对他说话的口气,像大人哄孩子。他知道涂国强在密谋逃跑,几次问涂国强,涂国强就是不说,只告诉他,要他好好呆着,别给大伙儿惹麻烦。他恼火透了:涂国强算什么东西!这小子除了搞女人、出风头之外,狗屁不通!将来要给大伙儿惹麻烦的决不会是他,必定是涂国强!

后来想想,又感到可笑。觉着自己还是没彻底悟透。涂国强惹不惹麻烦关他鲁西平屁事,他惹不惹麻烦,也与任何人无关!他现在需要的是自由,是回无锡家中和儿子、太太团聚,他的生命是一种独立的存在,根本没必要和这座第九中国军人营发生任何联系。涂国强尽可以在这里出他的风头,做他的大爷,他则要等待机会,靠手中的枪猎取他的自由。

自由就在营门外面。阻隔他奔向自由的只是两副铁丝网架和一扇大木门。机会实际上也在眼前,只要他制服门口的那个安南鬼,就能轻而易举地越过铁丝网架和大门,跃入那片诱人的自由中。

双手扶着竹扫帚,他痴迷地想:如果自己这一刻突然冲向大门,那个安南鬼会作啥反应?狗小子是不是有充分的时间拔出腰间的佩枪,并打开保险?如果自己在安南鬼拔出枪之前,先用毛瑟手枪对准他胸膛,这小子会不会冒险开枪?

渴望自由的心在激跳,像一只沉重摇晃的钟摆,撞击着他的胸膛,撞得他额头、鼻尖都渗出了细微的汗珠。

没人知道鲁西平的谋划和心思。正对着小红楼的水池子旁,弟兄们在洗脸、漱口。操场上,有人在打太极拳。鲁西平身边的几个弟兄懒洋洋地用竹扫帚扫地,扬起的灰尘如烟如雾。

如果安南鬼不开枪,他就一定能走掉么?他不打死安南鬼,安南鬼就要追他,就要瞄着他的后背开枪。就是安南鬼打不中他,枪声也必然要引来岗楼里的警卫们,他还是逃不掉。打死安南鬼更不行,若如此行事,他恐怕连大门也走不出。

这才想到了生命之间的必然联系。人可以为自己活,却也得为了自己活的目的,与其他生命合谋。面前的情况就很清楚,凭他鲁西平一个人,无法完成这次奔向自由的突袭,哪怕这自由距他只有一步之遥都不行。他需要别人合作,至少需要值役的这几个弟兄合作。当然,如果水池旁正在洗漱的弟兄和操场上的人一起逃,那就更好了,趁着那乱劲,他逃掉的把握更大。

合谋需要等待。

鲁西平却等不及了,机会难得,再一次轮到他值役,又在半月之后。半月之中啥事都可能发生。没准他会病倒,会死掉,会因为私藏枪支被送进中央捕房。况且,现刻儿枪就揣在怀里,硬硬地硌着他的肋骨,一次次挑起他热辣辣的渴望。

决定干。

他拖着扫帚走到了二班长岳欣林身边,用胳膊肘捅了岳欣林一下,冲着营门努了努嘴,又把怀里的毛瑟手枪疾速亮了亮,问了句:

"走不走?"

自由的诱惑是无法抗拒的,况且,又有一支枪,岳欣林怔了一下,慌忙点头。

岳欣林默契地去通知十余步开外的另两个弟兄,鲁西平又挥起扫帚,扬着尘土,扫到了靠操场边的连副白科群身边,悄悄告知了自己的打算。

白科群毕竟是连副,头脑不像岳欣林那么简单,先睁大眼睛对营门内外扫视了一圈,才装模作样地扫着地,头都不抬地说:

"是不是和涂连长商量一下?我们原计划……"

他火了,低吼道:

"少废话!你不走老子走!"

白科群慌了:

"走!鲁连长,我……我走!"

一个关乎自由的密谋,就这样在这么一个五月的早晨突然诞生了。

五条各自独立的生命被一次奔向自由的行动凝聚在一起了。没有谁怀疑这凝聚的可靠性,就连鲁西平也没怀疑。

不料,偏偏是这可靠性出了问题。

当鲁西平和二班长岳欣林突然冲向门口,把那瘦小的安南警卫推倒以后,岳欣林愣都没打,径自跑了。白科群和另外两个弟兄一看大功告成,便兔子似的往门外窜,没有谁停下来帮鲁西平彻底制服那警卫。短暂的合作在攻击一开始就结束了。那警卫在地上挣扎着又喊又叫,还鸣响了手中的枪。鲁西平又急又慌,不得不把那安南鬼一枪打死。

人真是聪明的动物。枪声一响,水池旁、操场上的弟兄们知道有机可乘,也一下子涌了过来,潮水般地往大门口扑。鲁西平在跃出营门前的一瞬间看到,冲在最头里的是机枪手牛康年,还听到牛康年呜里哇啦喊着什么,好像是招呼全营弟兄都逃吧?!

后来看到的,就是营区外的景象了,摇晃着的大马路,马路上自由奔驰的汽车,路两边惊诧的行人和迎面出现的三个抄靶子巡捕。三个巡捕都拔出了枪,先是鸣枪示警,接着就开了枪。鲁西平眼见着跑在前面几十步开外的岳欣林和另一个弟兄像跌了跤似的一前一后颓然倒地。又见着白科群和一个弟兄扭头往回跑的。他也想往回跑的,可就在这时,营门口响起了排枪声,一个白俄巡官带着七八个安南鬼从营门外的巡捕房涌了出来,对着他哇哇怪叫,明确宣告了他这次逃跑的失败。

白科群和另一个弟兄是识时务的,马上承认了失败,举着手,老老实实向第九中国军人营大门口走,狼狈而又惊恐。

他却不承认自己的失败,闪身躲到了一根贴满了仁丹广告的电线杆后,准备进行最后的努力。他现在已站在了一片自由的土地上,他手里有枪,枪里还压着没有打完的四发子弹,还能为捍卫自己梦寐以求的自由而战。

自由太宝贵了。自由意味着一片蓝天,一片阔土,一个漂亮的太太,一个温暖的家庭,一个可以自主付诸行动的梦想。他进了第九中国军人营每日每夜期待的,不都是这神圣而庄严的一刻么?为了走出营门口这一刻,他这个在战场上天不怕地不怕的五尺男儿,不惜在林启明面前下跪,不惜被人诬为神经病……

他不能像白科群那样,再按任何当局的意志重新走进这所军人营,军人营的日子他过够了,今天应该永远结束了。从这一刻开始,他真正属于他自己了,他要竭尽全力进行一场纯属个人的淞沪战争,或者自由,或者死亡。上中学时,就知道有"不自由,毋宁死"一说,现在,该是实践它的时候了。

街上的行人、汽车突然间全消失了。营门口枪声依然在"砰砰叭叭"响。能看到营门两侧岗楼里冲着营区探出的枪口。显然,营区内的局势被罗斯托的巡捕士兵控制了。大街另一端的情况也不妙,三个抄靶子巡捕根本不管倒在地下的那两个死去的或者是受伤的弟兄,机敏地在跃闪着,往他置身的电线杆前逼,最近的一个距他只有二十几米,已进入了他手枪的射程。

那个找死的倒霉鬼从一家杂货店里跳了出来,想继续靠近他。他开了枪,只一枪,就把那倒霉鬼撂倒在杂货店门口。干得真漂亮。他为自己的枪法自豪。半年前守德信大楼时,倒在他点射枪口下的东洋鬼子至少有八个,他数过。今天,他得公平地对待这些西洋鬼子们,让他们也领教一下他鲁西平捍卫自由的好枪法。

恍惚觉着自己是置身于德信大楼,鬼子在从两面进攻,他消除了面前的威胁后,马上回转身来,警觉地注视着从营门口冲过来的白俄巡官和安南巡警。白俄巡官和安南巡警都没进入他的手枪射程,他无法开枪。可白俄巡官和安南巡警却在用德式自动步枪向他射击。子弹在身边嗖嗖飞,有一颗击中了他的腿。不疼,像被什么东西撞了一下,看见顺着裤腿流下的血,才知道自己受了伤。

他扶着电线杆,挪到了一个自认为安全的角度,重又寻觅大街那头的两个抄靶子巡捕。两个巡捕不知猫到了哪里。杂货店门前的那个被撂倒的家伙在挣扎着往起爬,一头一脸的血。他几乎是出自本能地抬手又是一枪,把那家伙牢牢钉实在街面上。

这时,街旁正对着电线杆的茶叶店里,有个穿粉红旗袍的少妇向他招手,要他跑过来。少妇身边还聚了一些账房、伙计模样的人,也都向他招手。

他马上明白了,茶叶店的地形比在街上孤立着的电线杆有利,遂拖着受伤的腿奋力地向茶叶店扑过去。

不曾想,离开电线杆不到四五步,从街两头交叉飞来的子弹把他击倒了,他在街心的路面上挣了挣,眼前一黑,永远失去了知觉。

是仰面朝天倒下的,他于咽气前的最后一瞬,看到了一片大上海自由的天空。大上海自由的天空连接着无锡家乡自由的天空,血红的太阳辉映着自由的雄浑和庄严……

十

  勤务兵小豁子在短短几天内一下子看透了这座第九中国军人营和这个世界的卑劣无耻。

  事情很清楚,五月十日早晨的集体逃亡是突发的,涂国强连长和大多数弟兄都不知道。营门口的枪声响了之后,涂国强连长还端着脸盆在那儿发呆,他当时就站在涂连长身边,亲眼看到涂连长摔了脸盆骂人。牛康年说:"还愣着干啥,跑哇!都跑哇!"涂连长脚一跺说:"跑个屁,巡捕房就在门外,又没事先计划好,到不了大门口,人家就会把咱们打回来!"牛康年和那帮弟兄偏不听,"嗷嗷"叫着往营门口冲。结果真被涂连长说中了,没一个逃出去的不说,还死了三个,伤了十几个。据说巡捕士兵们用的是减压子弹,若是用常规子弹,死人会更多。

  他当时没跑。他相信涂连长的话。林营长在时,他听林营长的,涂连长成了头,他自然要听涂连长的。服从长官总不会错。

  却不料,三天以后,罗斯托上尉还是找到了他头上,说是他参与谋划逃跑。他真觉着冤,再三申明自己事先不知道,逃跑时也没跟着跑,还拖出了涂连长做证明。罗斯托一听到涂连长就恼了,打了他的耳光,还罚他今日饿一天饭。

  挨耳光时才知道,和鲁西平连长一起带头逃跑的白科群连副被抓住后,把涂连长和大伙儿都供了出来。供的不是这次逃跑,而是预谋中的逃跑。白科群被押进中央捕房的当天晚上,涂连长也被抓进了中央捕房。他的运气还算好,只是被罚饿饭,没进捕房。

  真想不到人会这么坏,自个儿栽了,也拉着别人一起栽,预谋中的逃跑,与五月十号早晨的逃跑根本无关,白科群连副竟向罗斯托供了,那十几个参与谋划的班排长们也都被迫供认证明了涂连长谋划逃跑的确凿。

当时的谋划,他记得很清楚,大家都是拥戴涂连长领头逃的,尤其是白连副,口口声声要"有福同享,有难同当",还说,万一事败,一定陪涂连长去坐牢。现在倒好,一个个全变了,白连副不是去陪涂连长坐牢,而是把涂连长拖进了中央捕房,去陪他坐牢。

人呵,真不是个东西!

现在,一切都没指望了,林营长、费营副回不来,涂连长被抓走了,电表房又移出了营区,他们只能老老实实呆在这里挨日子了。

日子真难挨,动不动还要饿饭,真不知啥时才是个头!

今日饿饭也绝,罗斯托命令营区里的巡捕把屋门锁上了,谁想送点东西给他吃也送不进来。睡也睡不实,肚里没食,老醒。

天朦胧黑时,不睡了。两手扒在北面窗台上,睁着模模糊糊的泪眼朝灰暗的公寓楼看,一厢情愿地幻想着那边能扔点啥吃的过来。他记得林营长和他一起住在这间屋子时,常有人夜间扔东西过来,有一回扔了烟,林营长还教他吸,呛得他直咳嗽。公寓楼里住着一个小姑娘,老朝他做鬼脸,还冲着他傻笑。他挺喜欢她,有一次还用烟盒精心叠了个纸飞机飘过去。

小姑娘还在么?她在干啥?她知道不知道林营长走后,这里发生的事?她还会把关在这里的国军看得那么好么?

想必她不会知道这里的事,还会把这里穿军装的人都当英雄看。这实在是挺糟糕的事,待她长大了和这些家伙们打交道时,是要吃亏的。

真想把这阵子悟到的一切都告诉她,要她不要相信大人们那些骗人的鬼话。他就是上了大人们的当,才在十五岁穿上军装,闹腾到这座军人营来的。大人们都说要打鬼子,都说有人出人,有钱出钱,他头脑一热,甩下货郎挑子就从了军,气得爹娘哭天抢地。

好在从军之后碰上了林营长。林营长对他不错,一直把他当小兄弟待,教他识字,教他下棋,遇到危险,总把他留在后面。

林营长是好人,只是这种好人太少了。而且,好人大都没啥好报,还不知林营长在十二营又吃了啥苦头哩!

十二营在哪里?小姑娘知道不知道?她要是知道就好了,能替他带个口信给林营长,让林营长把他也要到十二营去。这个九营不能呆,坏种太多。

饿。真饿。

竟呜呜咽咽哭了起来,哭了许久、许久,泪水顺着手指缝往下流,一滴滴落在窗台上……

朦胧中,隐隐听到了"喂喂"的喊声,抬头一看,对过公寓楼的阳台上正站着那个小姑娘。

他忙转过身,揩去了脸上的泪水,勉强冲着小姑娘笑了笑。小姑娘用竹竿挑了个饭盒过来,饭盒冒着腾腾热气,还散发着烧肉的香味。

他高兴极了,伸手去够,却没够着。

他爬上窗台,又去够,什么人却抓住了他的胳膊,把阳台、小姑娘和热气腾腾的饭盒都抓没了……

醒来时发现,是林启明营长站在身边,林营长还把一条线毯披到了他身上。

他以为又是梦,揉揉眼睛再看,林营长还在,正用粗糙的大手给他揩脸上的泪呢。

他扑进林营长怀里,放声哭了起来,边哭,边把这一个月来营中发生的事情和自己的冤屈都和林营长说了。

林营长道:

"我知道!都知道!我要和布莱迪克和罗斯托交涉,让他们把涂连长和被押走的弟兄都放回来!"

他当即叫了起来:

"白连副不能放!这家伙是坏种!把涂连长和大伙都卖了!"

林营长皱了皱眉头:

"白连副是不好,可鲁连长和涂连长也太莽撞!他们就没想过,如果租界十几个军人营都这么干,日本人还不早就进兵租界了?干啥子都得有理、有利、有节,不能莽撞胡来!咱们是军人,是在第三国租借地,这一点每个弟兄都得清楚。"

他不清楚,也不想弄清楚,只知道林营长回来就好了,他又有了依靠。林营长决不会出卖自己的弟兄,也决不会看着他再饿饭。

只要不再饿饭,就比啥都好。

这才记起自己的职责,想去给林营长打洗脸水。林营长将他拉住了,说是都半夜三更了,凑合睡吧,脱了外衣便躺下了。

刚躺下,费星沅营副就进来了,也没拉灯,摸黑和林营长说了很长时间话,又是交涉放人,又是上操升旗什么的,都很激动。听他们说起来,恍惚上操、升旗布莱迪克中校都又同意了,也不知因为啥。

营长、营副在身边,他有了安全感,肚子似乎也不那么饿了,迷迷糊糊睡了过去。

又梦见了小姑娘。小姑娘和他一起在表哥家吃大席,整鸡、整鱼不断地上。他贪婪地吃着,油汁、汤水抹了一脸一嘴。小姑娘歪头瞅着他,窃窃地笑……

十一

洗漱完毕,哨子嘟瞿响了起来。小红楼门口和操场上的弟兄们对这久违的哨音已感到陌生了,似乎很诧异,都站在原地四处张望。林启明很火,叫费星沅吆喝一下。费星沅吆喝了,声音干涩而沙哑,要弟兄们全体集合,听林营长训话。许多弟兄直到这时才知道营长营副回来了,叽叽喳喳议论着,赶到操场中央集合起来。

林启明大步走到队列前,看了看手上的破怀表,又看了看面前的弟兄们,厉声道:

"十二分钟!整个集合过程是十二分钟!你们自己说,这还像一支国民革命军的队伍么?!在战场上,这十二分钟就可能造成咱们的全军覆灭!"

弟兄们都不作声。林启明往面前一站,军旅中的一切规矩都极自然地记起了。都知道林营长的脾气,都怕林营长那副火石似的面孔。

"我说过,只要战争不结束,只要咱们还穿着这身国民革命军的军装,咱们就是军人!在战场上是军人,在这座军人营里也是军人!可你们看看,你们一个个谁他妈的还像军人?!"

确乎不像军人,自打营长、营副到十二军人营后,一个月里操也不上了,旗也不升了,都想着各自逃命,自己把自己看成了囚犯。

"人家敢这么欺负咱们,敢动不动抓人,动不动搜查,就因为咱们是一团散沙!就因为咱们没个军人的样子!谢晋元团副和五二四团的一帮弟兄也在军人营里,他们有骨气,有纪律,为国家、民族陷绝地而不馁,人家谁敢碰他们?!打败咱们的不是敌人,是咱们自己!"

营长说的道理大伙儿也懂,只是做起来很难。涂连长不也想把弟兄们组织起来么?可鲁西平异想天开地一逃,弟兄们便把啥都忘了,都跟着撒了丫子。

"弟兄们逃跑的事,我知道,我回九营之前,布莱迪克中校都和我说了。中校把我和费营副调回九营来,是想让我们协助他们阻止可能继续发生的逃跑事件,对此,我和费营副都拒绝了,这不是我们的责任。我和费营副的责任,是要对一七七六团第三营的全体弟兄负责,对咱们为之战斗的国家民族负责!我再重申一遍,咱们现在是在西洋鬼子的地界上度日月,咱们每个人都不只代表他自己,而是代表国家、国军和咱们中国人!咱们不是被西洋鬼子武力抓进这里的,是奉我政府、上峰的命令,进入租界的!因此,我反对任何不负责任的逃亡谋划!我们要出去,必须是以国军一七七六团三营的名义,集体列队开出去……"

弟兄们很吃惊,都大睁着眼睛瞪着林营长。大家都没想到林营长也反对逃。

站在头排位置上的牛康年叫了起来:

"说得轻巧,谁让你列队开出去?!"

训话被迫中断了。

林启明冷冷看了牛康年半天,命令道:

"出列!"

牛康年满不在乎地向前走,几乎走到了林启明面前。

"立正!"

牛康年站住了,歪着头,斜着眼睛看林启明。

林启明左右开弓,对着牛康年就是两个耳光,打毕,又命令道:

"向后转,跑步入列!"

牛康年踢踢拖拖跑回了队列中,一对凸眼珠几乎要瞪出眼眶。

林启明没再理会牛康年,继续他的训话:

"我们不是租界当局的囚犯,租界任何第三国都无权任意处置我们的同志,我们的弟兄!对我营被抓去的涂国强连长、白科群连副和另两个弟兄,我和费营副已向布莱迪克中校提出了严正交涉,布莱迪克中校已答应和中央捕房协商,尽快放他们回来。但是,咱们每个弟兄也都要记住,我国政府并未对租界任何第三国开战,咱们和营区管理当局所代表的第三国,要尽量避免武力冲突……"

牛康年偏又吼了起来:

"你他妈是我们的营长还是西洋鬼子的营长??"

林启明再次中断了训话,把目光射向牛康年。

牛康年根本不怕,没让林启明下令,便大步走出队列,"刺啦"一声,撕开了军褂,用拳头擂着自己的胸膛道:

"你再打!要有枪,就他妈冲这儿打!"

林启明没打,只淡淡地问:

"你是不是兵,还有没有规矩?长官训话时,能这样胡闹么?"

牛康年呵呵笑了起来,边笑边放肆地发泄道:

"这猪圈里哪还有兵?!都是猪!我是猪,你也是猪,大家都是猪!不管东洋鬼子、西洋鬼子,想啥时宰咱就啥时宰咱!你狗日的不逃,爷们该逃还得逃!谁敢挡爷们上路,爷们就学鲁连长,拼它个狗日的……"

林启明听不下去了,铁青着脸,对身边的营副费星沅命令道:

"派人把他押起来!"

费星沅有些犹豫,看看林启明,又看看牛康年,先做了回和事佬:

"老牛,别闹了!快入列吧!林营长说得对,军人要有军人的规矩,长官训话时不兴这么插嘴的!有事散操后再说!"

牛康年偏连费星沅也骂上了:

"你他妈算老几,也来管老子?!老子说了,老子只代表自己,从今往后,再也没啥长官了!逃出去,活下来,算老子命大!死在这臭猪圈里,老子也活该!与你们屁的关系都没有!"

费星沅气得直哆嗦,手向队列一挥,前排站着的几个弟兄跑了过来,三把两下,扭住了牛康年,而后,仰脸瞅着营长、营副,等待进一步命令。

林启明道:

"先关到小红楼的房间里去!"

弟兄们把牛康年扭走了。

牛康年被弟兄们扭着,还挣扎着扭头大骂林启明和费星沅,啥脏话都骂出来了。

林启明只当没听到,镇定了一下情绪,又接着刚才的话头说:

"因为咱们是国军,代表国家,所以,就不能不替国家着想。同时,我林启明也相信,国家对我们也会负责的,会通过外交途径,最终解决租界三万弟兄的自由问题。我说政府会负责,是有根据的,举一个例子来说,我们三万弟兄每月的生活给养,就是政府通过俞鸿钧市长按期向租界管理当局支付的!中央和国府从来就没忘记咱们。中国民众,尤其是上海民众,也没忘记咱们。上海各界同胞直到今天,还在为咱们募捐。"

林启明激动了,眼中蒙上了泪:

"弟兄们,咱们不是孤立的,咱们身后有国家,一定要相信,最后的胜利是属于咱们的!退一万步说,就是国府的全部交涉都失败了,咱们出不了军人营,抗战胜利的时候,咱也一定能列队开出这座孤岛!到那时,弟兄们都是国家和民族的英雄!后人们会说,咱们不是孬种!咱们的肩头扛起过这个时代的沉重国难!记着,是咱们的肩头!"

弟兄们也激动了,哗哗鼓掌,掌声中,有人呜呜咽咽地抽泣。

林启明又说:

"比起守德信公司大楼,这里的情况应该说是好多了,至少没有鬼子炮轰、扫射。在德信公司,弟兄们都不怕死,都愿随我林某人尽忠许国,今天在第九营弟兄们难道就不愿和本营长一起尽忠许国了么?!我不相信会这样!我了解我的弟兄们!"

又是一片令人感动的掌声。

"就连牛康年,我也觉着他是好弟兄!在德信大楼,他打得多好!是和本营长一起最后撤出大楼的。那时,他已负了伤,在胳膊上,我记得。他今日这么闹,准是窝了火,本营长不会怪他。但是,我说过,咱们是军人,这种事不能再发生了!从今天起,一切要恢复正常,上操、精神升旗、学文化,都要正常起来!都得记着,咱们不是囚犯,是军人!一七七六团第三营还在,本营长还在!"

训话结束,费星沉喝起了口令,要全体弟兄立正,向左转,面对东方,面对那面精神上的国旗。

是一个阴沉沉的春日,看不到那轮现实的,也是精神的太阳。东方天际上的云层很低,很厚,宛若犁过的田地,一道道犁沟都看得清。犁沟汇拢的远空,一片辉煌的霞光。

他喝令奏乐,升旗,而后,笔直立正,对着东方那片霞光,庄严地将五指并拢,缓缓举过头顶,又缓缓靠近了破旧军帽的帽檐。弟兄们则高高昂起头,向东方行注目礼。

他觉得军乐在响,国旗在升,自己的生命也随着军乐的奏鸣和国旗的上升,进入了一个辉煌的境界。

这一切真好。他又回到了第九中国军人营的弟兄们中间,又能理直气壮地带着弟兄们向国家和民族保证自己的忠诚了。他将像五二四团的谢晋元团副一样,把军人营变成一个锤炼弟兄们人格、意志的特殊战场,让这特殊战场上永远飘荡着民族不屈的旗帜。

军乐在响,国旗在升。

两行清泪不知不觉流到了脸上,露珠儿似的缓缓滚动⋯⋯

十二

　　涂国强在押送他们回营的囚车里，就看到了白科群那张欠揍的刀条脸。两只拳头禁不住攥了起来，极想一跃而起，用拳头砸断他的鼻梁骨。白科群显然明白涂国强的凶恶念头，根本不敢正眼瞧涂国强，面孔一直对着窗外飞掠而过的街景。

　　车到了第九中国军人营门口，白科群先跳下了车，涂国强马上也跳下了车。在门外巡捕房办完有关手续后，白科群战战兢兢往小红楼走，涂国强不即不离地跟着。跟着进了小红楼，四处看看没有巡捕在身边了，涂国强上前揪住了白科群的衣领。

　　楼里正识字学文化的弟兄们，都没意识到他们要开打，还涌过来和他们打招呼——大都是招呼涂国强的，对白科群并没有几个人搭理。涂国强死死揪住白科群，胡乱冲着弟兄们点了一通头，便把仇恨的目光集中到了白科群苍白的脸上：

　　"狗东西！你他妈说，为啥要卖老子？为啥把老子和弟兄们供出来？"

　　白科群很慌，双手护着几乎要被涂国强揪破的衣领，讷讷地道：

　　"涂……涂连长，这……这事不……不怪我，是……是罗斯托上尉要……要了解营……营区里的情况，我……我才说走了嘴……"

　　涂国强抬起手，狠狠一巴掌打到白科群的嘴上：

　　"不怪你，只怪你狗日的嘴，老子知道！老子专打你狗日的嘴！"

　　白科群半边脸上立即现出一片脉络清晰的暗红，嘴角也流了血，大约是牙花被打破了。他可怜巴巴地向聚在面前的弟兄们看，弟兄们都默默观战，一动不动。

　　涂国强知道弟兄们不会同情白科群的。白科群卖了他和几个参预谋

日祭//253

划逃跑的弟兄们不说,还坏了弟兄们的大事。那日,如果白科群不跟着鲁西平跑,不带动大伙儿一齐跑,事态不会闹得这么严重,他们集体逃亡的机会,或许还会有。白科群跟着鲁西平一跑,牛康年再他妈一吆喝,一切全乱了套,送了三个弟兄的命不说,还使营区的西洋鬼子加强了防范措施。他谋划的自由事业,他的英雄梦,都葬送在白科群手里了。今儿个,他要给白科群一次扎扎实实的教训,让白科群懂得日后咋着做人。

巴掌变成拳头,出其不意地猛砸在白科群的鼻梁上。伴着拳头砸下去的,还有恶狠狠的话语:

"这一拳是老子赏你的!谢你请我到中央捕房去做客!"

话没落音,拳头再次扬了起来,还想冲着那鼻梁来一下,却因着白科群的及时躲闪打偏了,落到了白科群的右眼眶下。

"这一拳是代表弟兄们赏你的,谢你和弟兄们有福共享,有难同当。"

白科群满嘴、满脸都是血,开始嗷嗷叫着,挣扎还击,只可怜这东西又瘦又小,根本不是他的对手。他飞起一脚便将白科群极利索地踹倒在楼梯口的垃圾筒旁。垃圾筒被白科群倒下的躯体撞翻了,灰土、废物落了白科群一脸一身。

他扑过去还要打,一个弟兄将他拉住了:

"涂连长,饶他这一回吧!白……白连副怪可怜的,也……也不是真想害谁!"

站在楼梯上的小豁子却道:

"白连副就是有意害人!不但害了涂连长,还害了我,让我饿了一天饭!"

小豁子挥着脏兮兮的拳头,极明确地鼓励他:

"涂连长,往死里揍!揍死这狗东西多省两碗糙米饭!"

又一些弟兄喊:

"揍!揍这屄养的!"

"问他还敢卖人不?"

这鼓励与支持益发使涂国强野性大发。他原倒不准备再揍的,可弟兄们这么一喊,就觉着不揍出白科群的屎来便对不起弟兄们的善心好意了,遂不顾罗斯托上尉再三强调的卫生,骑到白科群落满垃圾的身上,又是一番摇鼓打锣般的猛击,直打得白科群连讨饶的力气都没有了。

弟兄们当中,也有白科群的狐朋狗友,开打时,大概就有人向营里的巡捕报告了。他还没有从白科群的身上爬下来,罗斯托上尉已带着翻译官刘良杰和几个随从士兵赶到了小红楼。

也恰在这时,林启明和费星沅双双从楼上下来了。罗斯托上尉和林启明、费星沅都盯着他的脸孔看,看得他挺不自在的。

罗斯托通过翻译官刘良杰问:

"发生了什么事?为什么打架?"

他不知该说啥。

弟兄们也都不作声。

小豁子挺机灵,干咳了一声说:

"罗长官,他……他们是争一条毯子,涂连长说毯子是他的,白……白连副说是他的,两人先是争,后……后来就打起来了,我看见的!"

罗斯托通过刘良杰问在场的弟兄们,弟兄们有的点头称是,有的说没看见。

罗斯托走到挣扎坐起的白科群面前,用铮亮的皮靴踢了踢白科群的屁股,用生硬的中国话问:

"是这样吗?"

白科群可怜巴巴地抹了抹脸上的血,畏怯地点了点头。

罗斯托又明确问:

"你要提出控告吗?"

白科群茫然地想了想,摇了摇头。

罗斯托哇里哇啦讲了一通洋话,嘴一努,要刘良杰翻译。

刘良杰当即翻译道:

"上尉说,就是受害者不控告,他也不能允许在他管辖的第九中国军人营出现这种侵害人权的野蛮事件。白连副要马上送去检查治疗,涂连

日 祭 //255

长要就其野蛮行为写出书面报告,俟上尉派人调查之后,再作出是否拘押的处理决定。"

直到这紧要关口,林启明才说话了,是对罗斯托上尉说的:

"一七七六团三营营长是我,涂连长、白连副都是我的下属军官,根据营区中国军人自治的原则,上尉无权干涉我营内部事务。这一点,在本营长返归第九中国军人营时,已和上尉本人和布莱迪克中校详加阐明,并再次征得了上尉先生的当面认同,希望上尉先生不要忘记。"

刘良杰把林启明这番话翻译了以后,罗斯托上尉想了想,又阴沉着脸说了一通话,让刘良杰照译。

刘良杰翻译道:

"上尉说,自治原则上尉并不反对,也不想插手林营长部下的内部事务。但是,此次事件发生后,贵部下士兵向上尉作了报告,作为第九中国军人营管理主任,上尉不能不出面制止。现在既然林营长愿出面处理,上尉可以不再过问,可上尉希望,这类野蛮的事情不要再发生了!如再发生,闹出生命危险,林营长必须负担全责!"

罗斯托匆匆赶来,又匆匆走了。走到门口,铮亮的皮靴踩到了一口浓痰上,差点儿滑倒。遂又抬起脚,指着皮靴上和水门汀地上的浓痰愤愤地对林启明叫了一通。

刘良杰很尴尬地道:

"林营长,上尉说,他再次提醒您注意营区卫生,上尉已再三说过,随地吐痰是不能允许的!上尉建议您对随地吐痰的士兵进行最严厉的处罚!"

没想到,打人事件竟以吐痰问题而告结束,涂国强感到一阵快意和开心。他记起,那口痰大概是他吐的。他原准备把那口积蓄了许久的浓痰吐到白科群脸上,可走到门口,有人和他打招呼,他忍不住了,才把痰吐到了水门汀地上。

真遗憾,罗斯托没被那口痰滑倒。

正想着那口得意扬扬的浓痰,林启明又说话了。林启明要费星沅和几个弟兄把白科群架到营区卫生所去治疗,要他马上到三楼去谈话。

他随林启明去了,一步步往楼梯上走时,才想起问:

"营长,啥时回来的?"

林启明闷闷地道:

"回来快半个月了!"

他又问:

"这里的事你都知道了?"

林启明点点头:

"能不知道么?!不知道能把你们要回来?!"

他这才知道,他和白科群并另两个弟兄被放回来,原是林启明交涉的结果。

到林启明屋子里坐下,听林启明细细一说,更加感动;林启明为了把他们四人从中央捕房救出来,还差点儿发动了全营绝食。

没待他表明自己的感动,林启明便开始训话了,口气很严厉:

"你和白连副的事,到此算完结了!你打也打了,骂也骂了,我和费营副知道你在折腾白连副,故意没有下楼,是费营副不让我下去的。不过,白连副不管咋说还是咱们一起在军人营的弟兄,他就是条狗,咱也要想法让他变成人!你老涂再这么打他,我就不饶你了!听见了么?"

他点了点头。

"还有,别瞒着我再组织啥逃跑、暴动了,这行不通;我已把道理和弟兄们讲清楚了!"

这使他很吃惊,林启明咋着会反对弟兄们逃跑?如果说那次在医院反对逃跑是为了弟兄们,那么,和弟兄们一起逃,为啥也要反对?

林启明似乎猜透了他的心,把在训话时和弟兄们说过的道理,又和他说了一遍,最后,还尖刻指出了他那次流产逃亡计划的漏洞:

"即使你们真的切断了电源,干掉了营门口的夜班警卫,逃出这所军人营,就能逃出租界么?不说别的,这几百套便衣你到哪儿去找?你以为老百姓都敢收你们么?如今是日本人的天下,那些当年支援咱们的百姓也没胆量冒杀头的风险！还有,租界第三国的士兵巡捕也不是吃干饭的,他们会在一夜之间联合行动,进行大搜捕。你们怎么出去的,还得怎么回来!"

如果仅仅说到这分上,他还服气,还会觉着林启明是一番好意,但,林启明接下的话偏十分难听,他强忍着,才没当着林启明的面把火发出来。

林启明说他想出风头,不负责任,还说,他被白科群和那帮班排长卖了不算冤枉,因为说穿了,他涂国强心中也是只有自己。林启明一口咬定,说是对他出风头的迹象早看出来了,说是在出院后的那次记者谈话会上,他的表现就不好,老抢着说,尽表现自己。

他憋着火听,越听越觉得委屈。日他娘,自己当初在医院想独自逃不对,带着大伙儿一起逃,又不对！自己不负责任,只有一己私心不对,在林启明不在的时候承担起全营的责任也不对！这叫什么理?!

盯着林启明紧绷着的面孔,突然发现了问题症结所在,林启明该不是妒忌自己在营区里的名声吧？林启明不在的日子里,他已成功地获得了全营弟兄的拥戴,林启明想必是要把这份拥戴再夺回去,才把他贬得一无是处吧?!

心中冷冷一笑,自觉着看透了林启明内心深处的卑劣,进门时对林启明原有的感激一笔勾销了,剩下的只有不满、疑虑与敌意。

林启明又说起了精神升旗和上操的事,还要他像往常那样,为弟兄们做出表率。

他头一扭,淡淡说了句:

"我听你的,这个营现在又是你当家了！"

十三

散操以后，林启明没回小红楼，独自一人沿着操场边缘散步。这当儿操场上的人不多，寥寥几个，众多弟兄都一个方向朝小红楼和各自的平房走。操场一角的帐篷已大都拆完了，特警中队和公民训练团的弟兄们陆续放走、逃走之后，原住帐篷的弟兄，全住到了平房里。偌大的操场把林启明的背影映衬得很孤单，使费星沅没来由地替林启明生出了一种孤独感。

费星沅认定林启明的心是孤独的，全营弟兄中，真正用身心担负起民族苦难的，大概只有林启明一人。林启明知其不可为而为之，并勉励，乃至强迫全营弟兄和他一起为之。

他却做不到这一点。尽管他知道林启明是对的，尽管他也像林启明那样，不愿有愧于他为之浴血奋战的国家和民族，但他决不会做第二个林启明。他代表国家，也代表自己。他要维护民族的尊严，也要维护自身的尊严，并争取可能获得的自由。他要选择无愧于良知的生存形式，也不反对任何弟兄做任何其他选择——甚至鲁西平和牛康年的选择。

他和林启明议论过鲁西平和牛康年的事。不管林启明说啥，他都坚持认为，鲁西平的选择没有错。鲁西平的脑子没啥毛病，为自由不惜战死，便是没毛病的确证。如果向往自由就是毛病的话，那么，整个人类都有毛病。鲁西平的问题只是，他在夺取自由的动机和方式上出了岔子。牛康年也没错，一个人首要的问题是好好活下去，只有活着，才会有自己所属的民族和国家，人死了，哪还有什么民族和国家的区别？东洋人、西洋人、中国人，埋进土里都是一堆白骨。要考虑的只是：自己个体的生存和民族的生存是否能完全割裂开？民族的生存，是否就是个人生存的天敌和负担？牛康年显然在这个问题上没弄清楚。

他对一切都一目了然，只是在弟兄们面前沉默寡言，啥都不说。他是营副，是黄埔军人，知道怎样维护一个军官的形象。撤离德信大楼以后，许多人——许多在战场上无愧于军人荣誉的人都垮下来了，他没垮。在医院里，当涂国强连长提出甩了林启明逃跑时，他马上意识到这其中的卑鄙。他不赞成林启明的偏执，可更不能做任何卑鄙计划的同谋，这关乎人格。

他处在观念格杀的漩涡中。返归第九军人营，转眼又是两个多月了，两个多月中，重新开始的精神升旗和上操，惹出了弟兄们不少牢骚，有人还直骂娘——不是骂他，都是骂林启明的。弟兄们似乎知道他于沉默中执行林启明命令时的矛盾心态，当着他的面也敢骂。尤其是牛康年一伙人，简直把林启明看作了十恶不赦的暴君。从那次队列前的顶撞之后，牛康年瞅林启明的眼光总有些异样。

他觉着这很危险，闹得不好，非出大麻烦不可，想了几天，还是决定要和林启明好好谈谈。

作为营副，他要服从林启明的命令，可作为朋友，他却不能不劝劝林启明。这并不是要指出林启明在哪些地方做得不对，而是要告诉他，国家和民族的苦难不是哪一个人的肩头可以担起来的。对此，林启明应该有清醒的认识，应该在坚持自己原则主张的同时，兼顾弟兄们的情绪。

林启明会听他劝说的，两个月前的那次，涂国强因白科群出卖自己，报复了白科群。有个弟兄来报信，说是打起来了，林启明起身就要下楼处理，他忙把他拉下了。事情很清楚，林启明下去没好处，白科群出卖自己的弟兄应受惩罚，而惩罚又不能由做营长的林启明下令执行，那么，让涂国强教训一下白科群，并不是坏事。一来实际施行了惩罚，二来，让涂国强出了口气，三来，长官方面又不担责任，岂不完满？！林启明没听他说完就明白了，继续在楼上和他下棋，直到有人说罗斯托上尉奔小红楼来了，才和他一起下楼收风。事后，林启明直夸他遇事机敏。

是七月的一个傍晚，天很热，很闷，没有一丝风。操场坚实的土地上，簇簇片片的野草都显得蔫巴巴灰蓬蓬的,东墙根的两棵杨树绿叶满枝,阳光照着,投下了一片水迹般的阴影。

林启明走进了那片阴影中,叉腰站住了。林启明的面孔是对着墙的,他看不见,能看见的只是林启明穿着军装的脊背。林启明的军装已经很破旧了,脊背上补着两块补丁,下摆毛了边。

租界管理当局倒是在入春前后每人发过一套服装,颜色是深绿的,袖口和裤腿上都有黄圈,林启明坚决不穿,许多弟兄也不穿。大伙儿都极一致地认定那是囚服,为此,林启明还向罗斯托上尉和布莱迪克中校提出过抗议。

林启明无疑是个真正的军人,那打着显眼补丁的军装里包裹着一具属于军人的躯体。这具躯体只应该倒在战场上,决不应倒在这片西洋人的租界里。他有个不祥的预感,总觉着林启明会在某一天挺不住的时候,一头栽倒在这片被囚禁的土地上。而林启明倒下了,这里会出现什么情形,他不敢设想。

小红楼的电喇叭在广播福音电台的宗教节目。一个虔诚的教徒在和一个叫做什么詹姆斯的牧师一问一答。教徒的声音很清晰,是一口略带江浙口音的国语,牧师却总像咬着舌头,中国话说得不太标准。

"我们上帝的孩子如何理解上帝的圣洁?"

"上帝的圣洁在于,他名为'圣者',又叫'忌邪者'。他两眼清洁,不视邪僻,不看奸恶。恶人的道路为他至为憎恶,追求公义者为他所喜爱……"

他在福音电台的广播声中,慢慢向林启明凝立着的地方走,一直走到林启明身边了,林启明还没发觉。这益发使他感到林启明内心深处那难以言述的孤独。

林启明却不承认,从沉思中醒来后,马上用一副威严的神情,替代了脸上原有的忧郁。

他关切地问:

"老林,想啥子?"

林启明摇摇头:

"没想啥！揣摸着咱们开到上海参加淞沪会战眼见着快一年了，弟兄们能这样坚持着就挺好！"

他叹了口气：

"还能坚持多久？战争老不结束，就老这么坚持着么？弟兄们骂娘哩！"

林启明点点头，自信地道：

"我知道！爱骂就让他们骂吧！往天没进军人营，他们不也骂过么？强行军他们骂，开上去打仗他们骂，可几千里路照走下来！一场场硬仗照打下来！这些弟兄们我了解，骂归骂，干归干，都是好样的！"

他苦笑道：

"这里和外边不同，老林，咱得慎重行事才好哩！精神升旗倒还罢了，天天上午、下午上操，弟兄们牢骚太大，而且，一些牢骚也不无道理。有的弟兄说，饭食这么少，又这么差，不上操都饿，上了操就更饿了，眼下又是大热天了，你我能忍着，弟兄们不能长期忍啊！"

林启明目视着高墙外的自由天空，不经意地道：

"这我已注意到了，前天就和罗斯托上尉进行了交涉，还请刘翻译带了一封信给布莱迪克中校。昨晚，罗斯托上尉告诉我，他们已同意每天集体增加四十斤糙米的主食。天热，上操可以改在早晨和傍晚。"

"这可只是问题的一面，另一面，弟兄们不好和你直接说，我……我也不太好说。"

林启明把目光从高墙外的那片天空收回来，正视着他：

"你说！你是三营的营副，有责任说！"

他鼓起了勇气：

"弟兄们觉着天天上操没啥实际意义，这里毕竟不是咱在永县的军营，没仗可打，天又热，老……老这么折腾……"

林启明板起了面孔：

"你费营副也这么想么？"

他摇摇头，坦诚地道：

"不是！我是替弟兄们传个话。"

林启明手一挥：

"那就替我转告他们，我林启明在一天，这操就得上，这旗就得升，不说代表啥国家、民族了！就是对弟兄们本身也有好处！一来锻炼身体，二来增强军规军纪观念！天再热，军人还是军人！"

这不无道理。

他不作声了，撩起军装的衣襟扇风。

小红楼顶的电喇叭还在响：

"……如何理解上帝的公义？"

"上帝的一切所行，无不公义。他喜爱公义，正直的人必得见他的面，惟有恶人和喜爱强暴的人，他心里憎恶。上帝不能容忍人对人的欺压。他不偏待人，在审判的日子必照各人的行为报应个人，显出他的公义。"

"如何理解上帝的信实？"

……

林启明似乎觉出了自己的粗暴，动情地拍了拍他的肩头，又说：

"费老弟，要挺住！要带着弟兄们一起挺住！世界不像上帝的福音电台上讲的那么好。你大概还不知道吧？徐州五月底又陷落了，咱们统帅部正在组织进行武汉会战。淞沪一战之后，我们身陷囹圄，国家和外面的弟兄也不轻松啊！也在流血牺牲啊！"

费星沅知道，营区的电喇叭自从四月里闹出事端后，再也不播这类消息了，遂惊讶地问林启明：

"徐州陷落，和武汉组织会战的事，你听谁说的？"

林启明抹了抹额头上的汗：

"是刘翻译前日告诉我的。我听了以后很难过！"

费星沅心中一震，不禁一阵怆然。

林启明沉默了片刻，用商量的口吻道：

"如今已是七月底了，我想在下月的'八·一三'，把咱国旗真正在营区里升起来，搞一回沪战周年祭，你看好吗？"

他习惯地答道：

"我听你的！"

林启明摇摇头：

"不，我是和你商量。"

他认真地点了点头：

"我同意。"

真见鬼，他原是要劝说林启明的，不知不觉，竟被林启明说服了，还同意了林启明搞周年祭的计划。

后来想想，觉着也不怪，林启明就是有那么一种人格力量。

十四

从那次在队列前挨了林启明的耳光,牛康年就把林启明和他所仇视的屁帘帽们联系起来了。屁帘帽们抢了他的驴,林启明打了他的耳光,还关了他一天的黑屋子,都他娘不是玩意儿。

其实,他原本并不恨林启明,四月里豆大胡子和赵富田甩了他逃跑那夜,他还极真诚地怀念过林启明,还挂记着林启明在十二营的境遇。

不曾想,这一怀念,竟把林启明给怀念回来了,而且一回来就给了他个下马威,当着那么多弟兄们的面让他难堪。他当时哪是故意捣乱呢?他说的都是真心话,还是憋了好长时间才说的。如果林启明训话时不是一口一个国家民族,不是严厉地命令大伙儿不准逃跑,他或许还能憋住。林启明的嘴偏他娘的尽扯淡,他就不能不给林启明提个醒了。一提醒就惹火了林启明,狗东西竟下那么狠的手打他。

后来的顶撞就是故意的了。他就是要出林启明的洋相,看他在西洋鬼子的拘禁营里能拿他怎么办!

牛康年断定林启明和西洋鬼子穿了连裆裤。林启明不和西洋鬼子穿连裆裤,布莱迪克和罗斯托能把他再放到这座第九中国军人营来么?林启明不让弟兄们逃跑,不也正说明了自己在给西洋鬼子帮忙么?

当然,就是林启明和西洋鬼子搅在一起也没啥。只是林启明不该打他,不该强迫他在这臭猪圈里代表什么鸟的国家!林启明事事处处堵他的活路,还人模狗样地开导他,说是要教他做人。他该咋着做人,自己不知道?!他过年就三十二了,早不是任人欺哄的孩子了!他做人的原则很明确,谁得罪了他,就和谁拼。从东洋倭国来的屁帘帽们抢了他的驴,他用机枪扫狗日的屁帘帽;林启明打他的耳光,堵他的话路,他就得好好回敬林启明。林启明就是第九中国军人营里的屁帘帽。每每站在队列里,看着队列前的林启明,总恍恍惚惚把林启明头上破旧的国军军帽看作可恶的屁帘帽。总幻想着手中有枪,能冲着帽檐下的脸开一枪。只可惜,那把毛瑟手枪和十发子弹扔到厕所去了,要是还在的话,他或许真敢干一家伙。

有时,又会没来由地想到杀猪的场面,会把林启明想象成一只两腿站立的猪,老算计着该在林启明脖子上的哪个部位下刀。林启明的喉结很大,说起话来上下滑动,就好像在召唤着刀刃的攻击。那粗大的喉结真有诱惑力,他不止一次热辣辣地想,自己一刀捅下去,一定会获得极大的欢愉。

欢愉迟迟无法实现。喉结每天都在队列前美妙而安然地滑动着,他根本无法接近它——非但无法接近,还要在这喉结发出的命令中立正、稍息、正步走。这实在是桩令人沮丧的事。

沮丧的事不断发生。

他知道连长涂国强对林启明也没好气,便把关于那喉结的美妙幻想说给涂国强听。涂国强竟不同意他的主张,还恶狠狠地说:"你小子敢碰林营长一下,老子先掐死你!"

更坏的是连副白科群,这小子真他娘算条好狗。先前卖了涂国强和一帮弟兄,如今又卖他。那次,他打扫营区卫生时发狠骂娘,被白科群听见了,白科群当晚就告诉了林启明,害得他不得不找碴揍了白科群一顿。打了林启明的狗,自然惊动了林启明,林启明罚他在操场上跑了整十圈,热得透不过气不说,还差点儿连骨头架子都颠散了。

仇恨与日渐增,到后来,竟觉着林启明比那帮屁帘帽还坏。屁帘帽只是抢了他的驴,狗日的林启明却没完没了折腾他,生着法子找他的麻烦,"八·一三"要搞啥周年祭,要埋旗杆,不派别人挖坑,偏派他和另两个弟兄挖,还要他们夜里挖,弄得他一夜没睡好。

挖坑时就想,林启明不仁,他也不义,干脆跑到营门口,找罗斯托上尉告狗日的一状:在人家西洋人的地界升中国的国旗,想造反不成?!只要告,准能告赢。升旗的秘密他都知道,国旗是营外公寓楼里的人摔过来的,眼下藏在林启明的房间里;旗杆是原先这所学校就有的,现在搁在小红楼后的墙根下,上面还盖了几块破席。

犹豫了一夜,没报告。不是怕林启明报复他,而是怕弟兄们都把他看作狗。白科群的处境他太清楚了,谁也不把他当人待,若不是林启明护着,只怕早被弟兄们欺负死了。他若是走了这一步,弟兄们也会这么对待他的。况且,他牛康年是条硬铮铮的汉子,有啥账自己和林启明算,告密做狗,算啥能耐?!

便没告。便慢吞吞地挖坑。操场上的地很硬,简直像石板,挖了半天,才挖出浅浅半米深。要再往深挖也不行了,开挖时图省事,口开得太小,要深挖下去,就得把上面一圈再扩大。他不愿再干了,硬拉着那两个弟兄回去睡觉,说是又不栽洋棒,埋根旗杆,这坑行了。

却因此种下了祸事,次日——"八·一三"那个早晨,这浅坑决定了他和林启明的共同末日。

末日来临前他没想到,林启明更没想到。天理良心!那天望着队列前的林启明,他真没有杀人的念头,而且,也没做任何杀人的准备。如果不是林启明要他重挖那旗杆坑,如果他没看到林启明脖子上滚动的喉结,如果他手头没有一把铁锨,惨剧决不会发生。林启明自己找死,指着那浅坑连骂他和另两个弟兄是混账、偷懒。骂人时,粗大的喉结滚动得很快,像只硬硬的蝉在跳来跳去。他望着那只诱人的蝉,慢吞吞地走出了队列,慢吞吞地拿起了地上的铁锨。锨很小,连柄在内不过一米长,锨头是尖的,很亮,像把刚打磨过的刀。

这一切都那么强烈地诱惑了他,他总觉着不用那尖尖的锨头在林启明的脖子上戳一下便对不起林启明似的。操起锨,就抚摸着雪亮的锨头盯着林启明看,揣摸着如何用锨掘出林启明脖下的那只蝉。

林启明却转过了身子,带走了那只蝉。他操着锨往旗杆坑走时,林启明又正言厉色地说起了什么国家、民族。

林启明的话是对弟兄们说的,弟兄们在操场上站得很整齐,破旧的军装把操场遮掩得一片灰黄。

"今天,是淞沪抗战一周年。也是我一七七六团三营赴沪参战一周年。一年前的今天,咱们从永县日夜兼程开往上海,在上海郊外,在日晖港,在德信公司,浴血奋战了近四个月!在这四个月里,咱们无愧于国家,无愧于民族,无愧于一个中国军人的良心……"

他弯下身子,一锹锹死命掘土,恍惚在掘出的土里看到了那只蝉。后来,又在旗杆坑里看到了林启明瘦削的脸孔,脸孔上的鼻子在动,也像一只欲飞的蝉。

林启明训话的声音还在响,就像是在旗杆坑里响的:

"为了纪念淞沪会战一周年,纪念我营参战一周年,纪念一年来在上海郊外,在日晖港,在南市,在这座军人营里殉国的弟兄,咱们今天要升起国旗,让热爱我们的中国民众,让在上海的东洋鬼子和西洋鬼子都知道,咱们的决心和信念!也让倒下的弟兄明白,他们的血没有白流,活着的同志仍在战斗!只要我中华国土上还有一个东洋鬼子,我们的战斗就决不停止!"

弟兄们傻乎乎地鼓掌,像开了锅的水。

林启明手一挥,说了最后一句话:

"弟兄们,让咱们在这个光荣的日子里挺起胸来,挽起手来,团结奋斗救中国!"

又是傻乎乎的掌声。

在掌声中,林启明走到了他和另两个挖坑的弟兄们身边,极不耐烦地催促道:

"快挖!快一点!不是你们三个混账东西误事,旗早升起来了!"

他偏不挖了,直起腰,拿着锨,冷冷地看林启明,不看林启明的脸,只看他脖子下的喉结。

死到临头的林启明还执迷不悟,偏让那喉结又动了起来。

林启明咽了口唾沫,又说了句:

"你牛康年啥时才能像个人啊!"

268 // 周梅森历史小说经典·中篇集一 军歌

他不是人,难道是狗,是驴不成?

他不知自己吼了声什么,手中的尖柄铁锨就猛举起来,迅疾而凶猛地向林启明恨恨捅去,只一下,就把林启明捅倒在旗杆坑边的土堆上。

没捅到脖子上的那只蝉。锨头扎在林启明的额头上,额头烂了,血肉模糊。林启明痛苦地呻吟着,一口口咽着血水和唾沫,脖子上的那只蝉动得更欢。

他又挥起铁锨,冲着那只蝉,像掘土一样,猛然掘了一下,极真切地听到了喉骨断裂的声音,那声音很美妙,和他咀嚼猪耳朵时嘴里发出的声音极相像。

掘过之后,却傻了,突然意识到自己闯了大祸。甩下铁锨便往林启明身上扑。

他希望林启明别死,希望自己进行的仅仅是一次并不触及生命的复仇。林启明往日折腾他,他今日如此报复一下林启明也就够了。

林启明真没死,正用忧郁的目光看着他,满是鲜血的嘴角抽颤着,好像要说什么话,好像是要对他说。他凑过脸去听,一只手还不由自主地捂住了林启明被捅烂的脖子。当时操场上的队列中发生了啥,他全然不知,甚至有人揪住他的头发,把他往地上拖都不知道。

他没听到林启明的任何声音,就被拖到了地上,一只脚在挣扎中扎进了旗杆坑里。许多脚向他踢来,像踢一只倒霉的球。空中飘着不少熟悉的面孔。面孔上的嘴都很大,一张一合着,不知在吼叫些啥。

他叫了起来,在被踢打的痛苦中,嘶喊着,呻吟着,在地上翻滚。眼前一片金星爆飞。爆飞的金星不断地现出,又不断地消失,似乎是被他翻滚着的躯体压灭了。后来,他滚不动了,极麻木地俯在地上,腥湿的面孔紧贴着地面,仿佛整个身子都在往地下陷。再后来,他头上被什么东西猛击了一下,骤然觉着整个天空压了下来。

他于压下的天空下看到了他的驴,他的大黑和小黑……

十五

林启明无力地躺在费星沅怀里,像个听话的大孩子,任凭费星沅和涂国强笨拙地给他包扎脑袋和脖子上的伤口。没有包扎带,用来包扎伤口的布,不知是从谁的军装上撕下来的。费星沅和弟兄们原是要通知罗斯托上尉,把他送到营外卫生所的,他坚决回绝了,断断续续地对费星沅和弟兄们说,还是升旗吧!他要最后看一眼他为之战斗的国旗。费星沅和弟兄们大约清楚他的伤情,噙着泪答应了他最后的请求。

国旗就在他怀里,他感到一阵快意和轻松。他活得太苦、太累了,今日,能伴着国旗倒在这片坚实的土地上,是他的光荣,也是他的幸福。他作为一个中国军人,活着的时候毅然担起了应承担的责任和道义,任何人也编派不出他的不是。他没被责任和道义压垮,这是值得骄傲的。现在他倒下了,身上的责任和道义也就随之消失了。他无需再代表国家和民族,无需再对任何人、任何事业负责,他将作为一个人,一个叫林启明的中国人而迈入生死之间的门槛。这无疑是一种解脱,就像负荷重轭的牛,卸去了背上的重压。

这才发现,自己骨子里原是渴望死亡的。他真该对向他发起死亡攻击的牛康年好好道一声"谢谢"。牛康年把他推向死亡的同时,也解脱了他,给了他作为一个独立的人的自由。而在此之前,他实际上是最不自由的。虽说他和弟兄们同在一个与世隔绝的军人营里,但弟兄们都可以在不同程度上作为个人而活着,他却不能,他的个人是不存在的,他的躯体和头脑都被国家和民族的道义囚禁了。

如果仅仅如此倒还罢了,要命的问题在于,他一个人这样活,也希望弟兄们都这样活;他背负着国家和民族的道义,陷入双重的困境,也希望弟兄以陷入双重困境的代价背负起国家和民族的道义。费星沅和诸多弟兄劝他,他还不听,这就决定了他今日的命运,就决定了牛康年或者李康年、王康年之流必然要对他进行的谋杀……

却不悔,到九泉之下也不悔。如果来世再做军人,再和东洋鬼子打一仗,再到这第九中国军人营走一遭,他依然选择这样的活法。捐着民族苦难的人虽说注定不会有好下场,但一个民族却不能没有这样的铁肩膀,没有铁肩膀的民族是注定要消亡的。只有那些在民族危难时,知其不可为而为之的人,才是真正的人。由这些真正的人构成的民族,才是不可战胜的民族。

情绪再度激昂起来,挣扎着想往起站,却被费星沅按住了。费星沅要他不要动,说是旗杆已竖起来了,马上就升旗。

想起了国旗。抬起手,颤巍巍地往怀里摸。

费星沅明白了,挪开他的手,从他怀里掏出了那面浸着他的汗水和血迹的国旗。把国旗捧给他看时,费星沅哭了。

他把手搭到国旗上抚摸着说:

"升……升吧!"

费星沅抹掉脸上的泪,向他敬了个军礼,应了声:

"是!"

他又说:

"把……把我抬到队列……列里!升……升旗仪式你……你主持,你……你是营副!"

费星沅点点头,命令涂国强和小豁子把他架到队列里。

小豁子哭得泪人儿似的,根本没力气架他。白科群主动跑来帮忙,和涂国强一起,把他轻轻架到了队列第一排,站下了。

他根本站不住,整个躯体像注满了铅,禁不住往地下坠。脖子很痛,很软,支不起沉甸甸的脑袋。小豁子抽泣着,托起了他的下巴。他看见了那面正在往旗杆麻绳上系着的国旗,看见了那根十四米高的旗杆,旗杆他丈量过,是十四米,原截成两截,放在平房一间堆满课桌的屋子里。他把它找来,用一块卷起的薄铜皮做了个接头的护套。旗杆下端有碗口粗,不过,底端的木头朽了,不知拉动麻绳,升起国旗时,会不会断掉,他有些担心。

还有国旗。

国旗是公寓楼四楼上的一个穿灰布衫的年轻人扔过来的。年轻人像个大学生,又像个教书先生。八月初的那天,他趴在北面的窗台上向公寓楼上看,想找那个熟悉的小姑娘,却看到了那年轻人。他灵机一动,掏出烟盒,取出了烟,在烟盒上写了一句话:"'八·一三'要到了,能做面国旗给我们么?"然后,将烟盒折成飞机扔了过去。飞机落到了弄堂里,聪明的年轻人连忙跑到弄堂拾起了飞机。第二天夜里,年轻人扔了这面国旗过来,国旗里还包着一袋上好的烟丝。

国旗系好了,费星沅喝起了立正的口令,而后,整装正帽,走到了他往日领着弟兄们进行精神升旗时站正的位置。他能看到费星沅微侧着的脸膛。那脸膛上有泪,泪珠在霞光下像颗小小的太阳。他觉着这不好,很不好,今日是费星沅头一次在队列前以全营最高指挥者的身份领操,那颗小小的太阳不该出现在指挥者的脸上,它会损害一个指挥者的威严。

现在是费星沅在支撑这片天地了。对国家民族的道义责任,从他的肩头上卸下来,压到了费星沅肩上。他希望费星沅的肩头比他的肩头更坚强有力,希望费星沅在担起这沉重责任时,能比他挺得更久,直到这场战争以人类自由和尊严的胜利而告终结。

费星沅真不错,噙着泪郑重宣布,从今天开始,他对第九中国军人营的全体同志、全体弟兄负责,也对这次发生了伤亡事件的升旗后果负责。

费星沅以标准的军人的动作,转身立正,面对东方。

费星沅像他往日进行精神升旗一样,下令奏乐、升旗,把并拢着五指的右手靠近了军帽的帽檐。

青天白日满地红的国旗在想象的军乐声中一点点升起。军乐是想象的,国旗却是极真实的,那国旗上有他的汗,他的血,有他这一年中聚集起来的全部忠诚。

他像一个普通士兵那样,站在士兵的行列里,向国旗行注目礼。国旗升起的东方,浴血的太阳正跳出一片火红的云海,国旗上的白色太阳被映得一片血红。

他突然觉着自己不是被扶持着竖立在一个纪念日的队列里,而是站在德信公司大楼上,站在那些码着麻包的窗前,在向布莱迪克中校讲述着一个关于中国的故事。

国旗升到了旗杆顶端,夏日温热的晨风鼓起了整幅旗面。旗猎猎飘动,遮住了东方那轮升起的太阳。太阳还是看得见的,它在国旗后面,透过一层艳蓝的经纬,显现出闪跃的轮廓和辉煌。两轮太阳——一轮精神的太阳、一轮现实的太阳叠合在一面旗上了,这大约不是巧合,而是某种象征,象征着命运之神对一个无惧血火的伟大民族的庄严允诺。

热泪夺眶而出,他脱开小豁子扶在他下巴上的手,高高昂起了头,望着国旗,望着太阳,望着万里无云的自由蓝天,呵呵笑了。他在国旗上看到了自己,他觉着自己就是那面国旗。他笑了好久,觉着自己笑声很响,很惊人,奇怪的是,连他自己也没听到那惊人的笑声,只听到小豁子带着哭腔喊费营副。

费星沅宣布礼毕,大步朝他走来。

他看到费星沅时,还看到了从营门口跑步过来的罗斯托上尉和几十个士兵、巡捕。罗斯托好像还吹响了哨子,哨音尖厉而悠长。

这一切已与他无关了,怎么护住这面国旗,怎么解释他和牛康年的死亡,怎么带着第九中国军人营的弟兄们把未来的路走下去,全是费星沅营副的事了。

费星沅赶到他面前时,他最后说了句:

"我太……太累了,要睡……睡觉。"

费星沅失声大叫:

"老林,你……你不能死!不能死!"

他早已不想什么死与活的问题了。他的确是只想睡一觉,然后爬起来,再轰轰烈烈干一场。他望着费星沅平静地笑了笑,眼一闭,在一片飘扬着国旗的天空下永远睡了过去。

十六

惨痛的一幕演完,局面已不堪收拾了,中国的国旗在第三国租界,在第九中国军人营上空自由飘荡,旗下倒卧着两具中国军人的尸体,这事实已使任何笨拙或巧妙的解释都徒劳无益了。更何况,林启明倒下时,升起的国旗不但被罗斯托上尉和他的士兵、巡捕看到了,也被营区四周建筑物上的中国民众看到了。中国民众又像四月九号那天庆祝台儿庄大捷一样,站在阳台上,门窗前,树杈上,向营区欢呼、呐喊。

费星沉没有选择的余地了,从他走到往昔属于林启明的队列前的位置开始,命运便把他推到了以国家和民族名义设下的祭坛上。他明白被推上祭坛将意味着什么,却又不得不在这祭坛上进行无望的努力。

费星沉很清楚,他必然要做第二个林启明的。他接替林启明,带领弟兄们继续担起对国家、对民族沉重的责任,就意味着迟早要献出自己的热血和生命。血淋淋的例子就在面前,他可能像林启明那样,死在自己弟兄手里,也可能死在西洋鬼子或东洋鬼子手里。他不甘心,可却没有退路,林启明倒下,他的退路便消失了。

现在他是中国国民革命军陆军一七七六团三营的最高军事长官,军人的良知和荣誉感要求他必须接受命运的安排,立即到位,面对任何复杂而险恶的局面。

不幸之中的大幸是,牛康年举锹行凶和众人打死牛康年时,营门口的警卫没发现。早晨的防卫总是最松懈的,警卫可能怕太阳,躲到岗楼里去了,也可能对早晨他们出操的景象看惯了,没加以特别的注意。这样,他才得以在林启明一息尚存时,把国旗升起来,在镇定之中完成就位以后的第一个壮举,并给自己尊敬的营长以最后的慰藉。

现在,旗已升起来了,他就得遵循和林启明商量过的计划,带领弟兄们保证这面国旗在今天——中华民国二十七年的"八·一三"飘扬一天。这一天过后,不论是进捕房还是被引渡给日本人,他都听天由命了。故而,当罗斯托上尉命令他交出杀死林启明和牛康年的凶手,并要他立即降下国旗时,他一口回绝了,像往日林启明和罗斯托上尉办交涉一样,冷峻而平静地说:

"上尉,这是营区中国军人内部的事务,你无权干涉。士兵牛康年持械行凶,袭击我营营长林启明,并将其打死应该得到同等的惩罚。在我营赴沪参战一周年之际,升起我国国旗,也是我们中国军人的正当权利。我们升旗的地方在本营区内,并未触犯任何第三国利益!"

罗斯托哇里哇啦叫着,反复重申:凶手必须交出,国旗必须降下,租界当局决不允许在其治下的中国军人营出现这种凶残、混乱、无法无天的局面,并声称,如不立即服从,他将行使营主任职权,动用武力。

这意味着流血。

看架势,罗斯托上尉是决心让弟兄们流血了。上尉带着他的士兵、巡捕站在距弟兄们不到十米开外的操场边上,手中的长短武器正对着他和旗下的弟兄们。

他有些紧张。他不敢设想罗斯托上尉下令开枪后,飘扬着国旗的操场上将出现怎样一种悲惨景象,手无寸铁的弟兄们将怎样在四溢的鲜血中挣扎。

天很热,紧张对峙的片刻,他脸上、额上已满是汗水,沉重的责任和悬于眉睫的危险,压迫得他透不过气来。他在几近窒息的气氛中不由地换了个思路。

值得为一面国旗让弟兄们这么拼命么?他愿为这面国旗献身,弟兄们也愿为这面国旗献身么?如果他服从了罗斯托上尉的命令,降下国旗,一切实际上是很好解决的。林启明是被牛康年打死的,而牛康年无故杀害自己的长官应该偿命,虽说这不合西洋人的法律,但参与打牛康年的人很多,真正的责任者是找不出来的。他在现场都不能确定谁在牛康年身上进行了致命的打击,罗斯托们就更无法确定了。他恍惚记得当时不知是小豁子还是白科群最后在牛康年头上砸了一锹,可砸那一锹时,牛康年已趴在地上不能动了,十有八九已经死了。

关键的问题不是两个死者,而是旗,那面依然在飘扬的国旗。旗升了起来,一个精神的象征就算完成了,他也许没有必要再让弟兄们为那面无生命的布牺牲宝贵的生命。

几乎想下令降旗了,罗斯托上尉手中的枪偏对空鸣响了,"叭叭叭"连续三声清脆的射击,把一个威势夺人的警告推到了他和弟兄们面前。

真没想到,警告的枪声非但没起作用,反倒激怒了身后的弟兄们和营区外的中国民众。弟兄们在枪声爆响之后,没要任何人招呼,便"呼啦"一下子,聚到了他身边,紧紧护住了他,也护住了悬挂着国旗的旗杆。营区外公寓楼门窗前、阳台上、房顶上、树杈上的男男女女们,更齐声反复呐喊起来:

"国旗不降,国军不降!国旗不降,国军不降……"

他呆了,罗斯托上尉也呆了。

他看到罗斯托上尉转着身子向营区外呐喊的民众看了一会儿,又打量着他身边的弟兄们,举着枪的手垂下了。

身边的弟兄们面对西洋鬼子的枪口,作出了明确的选择,营外的民众又那么热烈地支持他们,都把他逼到了坚持对抗的立场上,他不能退缩了,心头一热,遂再次对罗斯托上尉明确说道:

"我代表第九中国军人营全体中国军人再重申一遍:我们进行的是和平纪念活动,上尉先生和租界管理当局无权干涉。如果上尉先生非法动用武力,酿发流血冲突,一切后果只能由上尉先生和租界当局负担全责!"

罗斯托上尉焦躁不安,和一个巡长模样的白俄鬼子嘀咕了几句什么,手一挥,命令士兵、巡捕放下枪,而后,和白俄巡长一起匆匆走了。

罗斯托和白俄巡长一走,翻译刘良杰便紧张地跑过来对他和弟兄们道:

"你们要小心行事才好!罗斯托上尉打电话去了,可能布莱迪克中校的驻军司令部会派兵来,租界警务处也……也会来人。"

涂国强马上挤到他面前道:

"费营副,要作些准备,不能吃眼前亏!我弄些家伙来,准备自卫!"

他想不起在这军人营里还有啥东西可用来自卫,但还是冲着涂国强点了点头:

"好吧!带十个弟兄去,快去快回!"

没一会儿工夫,涂国强和十个找家伙的弟兄回来了,每人抱了一堆劈下的课桌桌腿,"哗啦""哗啦"摔在地上。弟兄们蜂拥上去拿,人手一根,准备和西洋鬼子们拼一场。

护旗的血战看来是在所难免了。这不是他强迫弟兄们进行的选择,而是弟兄们主动做出的选择。这很怪,往日升旗、上操时,不少弟兄满腹牢骚,眼下血战的架势一摆开,弟兄们反倒齐心了。看来林启明往日对弟兄们的一片苦心没白费。

那就战斗吧!战斗本是他和弟兄们的天职。他和弟兄们选择了军人职业,就是选择了战斗的生涯。

国旗在头上飘,沉重的使命感爬上心头,再次想到,自己已被推上了林启明生前所处的位置,不管这场护旗的战斗结局如何,他都要带领弟兄们勉力为之了——明知不可为也要尽力为之。他悲哀地想,也许今天不但是林启明的祭日,也是他的祭日。

十七

大约在十点多钟的光景,布莱迪克中校手下的士兵和租界警务巡捕们都开来了,人数约有二三百之众。这些西洋鬼子和巡捕们一冲进营门,就迅速占据了营内所有制高点,门口岗楼上的机枪也指向了操场。操场国旗下的弟兄们,陷入了由四面狙击点构成的交叉火力网中。操场外围,布莱迪克中校和罗斯托上尉亲自带着手端自动步枪的士兵们,分别从营门口和小红楼两个方向向操场中心推进。推进到距弟兄们三四十米开外处,却停住了,演操似的一齐卧倒,在地上黑压压趴了一片。

布莱迪克中校似乎不想制造大规模的流血冲突,摆开这副阵势之后,手持喇叭,对着弟兄们喊话。涂国强听来总觉着布莱迪克中校不像是在敦促他们投降,而是在背啥公文。中校讲的是鬼子话,涂国强听不懂,可中校的翻译官郑彼德先生讲的中国话,涂国强是能听懂的。郑翻译也和和气气,把中校的话翻译过来依然没丝毫的火气。

郑翻译说,第九中国军人营在第三国租界上,租界的中立性不可破坏,否则,必将招致上海日军占领当局的抗议和报复。因此,布莱迪克中校希望大家的"八·一三"升旗纪念到此结束,降下国旗,各回居所,以免发生不幸事件。

弟兄们都红了眼,都在两军对垒的气氛中生出了英雄气。连白科群这种最没骨头的人都说:"西洋鬼子怕日本人,咱们不怕!中国人在自己的营区升中国旗,他们管得着么?!"

僵持了一个多小时,快十二点的时候,布莱迪克中校提议谈判。弟兄们都不主张去,都怕谈判的人过去,会被抓走。

费星沅好样的,说是得去,得和布莱迪克说清楚,弟兄们并不愿闹事流血,弟兄们坚持的只是让他们为之战斗的国旗在"八·一三"这天飘一天。费星沅认为,同样作为军人,布莱迪克或许能理解中国军人的心情。

涂国强赞成费星沅的意见,费星沅一说完,他就主动提出,陪费星沅一齐去。

费星沅不同意,紧紧抓着他的手说:

"老涂,你得留下,万一我回不来,这里的一切就全靠你了!"

他默然了,狠命点点头,动情地拥抱了费星沅,又一直目送着费星沅一步步离开操场中心,一步步接近布莱迪克中校和他的士兵。直到看到费星沅稳稳在布莱迪克中校面前站住了,两人相互敬礼,才微微地松了口气。

费星沅和布莱迪克中校谈的什么他不知道,只远远地注意到,费星沅镇定自如地挥着手指指点点说着什么,布莱迪克中校来回踱着步,静静听,时不时也说几句什么,郑翻译官在一边翻译。

今天的一切真是惊心动魄,涂国强咋也想不到杂种牛康年会用锹砍死林启明。从那次谈话后,他对林启明确无好感,总觉着林启明毁了他的英雄梦,可杀林启明的念头,则从未有过。牛康年偶尔在他面前露出杀机时,他还狠狠骂了牛康年一通。只是由于对林启明不满,未及时向林启明提出警告,这就造成了林启明今日的殉难。

架着林启明站在升旗的队列里,他默默哭了,一次又一次地想,真正的英雄是林启明,他不配拥有什么英雄梦,他压根儿不是英雄。

然而,倒下一个林启明,必将站起一个涂国强,林启明生命的分量,已加到了那个叫作涂国强的中国军人身上。他将用双倍的努力,来捍卫这面浸溶着林启明生命光辉的国旗。

这是能办到的。费星沅营副不会让国旗降下来,弟兄们也不会让国旗降下来。谈判不成就拼一场,人在国旗在,誓与国旗共存亡。

费星沅回来了,平静地告诉大伙儿,布莱迪克中校一再坚持降旗的要求。中校声称自己理解中国军人的心情,但却不能不执行他们本国领事馆的命令。他们本国领事馆不允许任何国家——不管是中国还是日本的国旗,在这片租界地上空升起。中校谋求谅解,并向中国军人,向殉难的林启明营长致以深深的敬意。

最后费星沉阴沉着脸说:

"我们要清醒,看来冲突无法避免。布莱迪克中校说了,要咱们再好好想想,万不得已,他只能执行本国政府的命令。"

却没拼起来——至少到快两点钟都没拼起来,头上骄傲的国旗成功地在第九中国军人营上空飘扬了大半天。在这面国旗的无声号召下,营区外公寓楼的楼顶,营门对过一座法式洋房的阳台上,都升起了国旗,布莱迪克中校和他的士兵们眼睁睁地看着,根本无法对付,或者是根本不愿想办法对付。

看得出,布莱迪克中校和罗斯托上尉不同,他对中国军人是尊敬的,不愿向中国军人下手。

三点左右的时候,小红楼上的广播喇叭突然响了,福音电台开始播音。弟兄们顶着烈日,满脸满身的汗水,围着旗杆坐着,木呆呆地听。从早晨到中午粒米未吃,滴水未进,弟兄们一个个都很疲惫,对及时到来的上帝的声音似乎有了兴趣。

那个弟兄们都很熟悉的詹姆斯牧师在娓娓动听地讲述天国:

"……神是人类历史的主宰,也要在每个人心里成为主宰。主耶稣传报天国的福音,就是要告诉世人,'天国近了'的好消息。父的国和父的旨意都要在地上实现和施行,如同在天上一样……"

他觉着这很不好,认定洋人的上帝和洋人的天国都不属于他和他的弟兄们,遂决心用军人的声音和上帝的福音抗衡,以激励弟兄们的斗志。他和费星沉商量一下,站到弟兄们的面前,领头唱起了《大上海不会降》。

弟兄们振奋起来,齐声和他一齐唱:

大上海不会降!
大中华不会亡!
我们有抗敌的成城众志,

我们有精神的铁壁铜墙。
四万万国人四万万勇士,
一寸寸山河一寸寸战场。
雄踞东方大中华,
五千年历史,五千年荣光……

福音电台的声音依然不慌不忙,清晰可辨:
"……主耶稣被钉死在十字架上。主耶稣没有罪,却为担当我们的罪而死,使我们既然在罪上死,就得以在义上活……"
弟兄们的歌声越发嘹亮,如同一片汹涌的巨浪扑向高远的天空,把整个营区都浸渗在悲壮的歌海中:

大上海不会降!
大中华不会亡!
且看我八百孤军守四行!
且听那南市炮火震天响。
……
雄踞东方大中华,
五千年历史,五千年荣光。

营区外的民众也激动地参加了合唱,连天接地的歌声终于压倒了福音电台的布道。

也就是在这时,布莱迪克中校下令进攻了,在八月的太阳下晒了几个小时的巡捕、士兵们,向空中放着枪,冲了过去。瞬时间,一片轰鸣的枪声把福音电台的播音和弟兄们的歌声一齐淹没了。

涂国强一直对布莱迪克中校的士兵保持着高度的警惕,领头唱《大上海不会降》时,两眼就紧盯着操场两侧。枪一响,他马上抓起地上的桌腿,站到了费星沅身边。

费星沉知道事情不妙，紧张地对他说：

"老涂，快把那些身体不行的弟兄弄到里圈去，护住国旗！"

他不听，却把费星沉往弟兄们当中推，还嘶声喊道：

"你到里面去！三营可以没有我涂国强，不能没你费营副！"

刚转过身，西洋鬼子们已冲到了面前，他抡起桌腿，利利索索劈倒了一个，又在那个倒霉的西洋鬼子身上狠狠跺了一脚。继而，虎视眈眈地寻找下一个目标。

目标不好找。四处都是扭动的身影，满耳都是器械的撞击声和受伤者的嘶叫声。旗下乱成了一团，弟兄们一个对一个和冲上来的巡捕、士兵们搏斗。巡捕士兵们可能是得到了布莱迪克中校的命令，大都没放枪，只用枪托对着弟兄们的脑袋、脊背砸，有刺刀的家伙，就用刺刀捅。弟兄们则用桌腿、棍棒还击，拼得英勇，却明显不是士兵巡捕们的对手。弟兄们又乏又饿，有的被士兵、巡捕捣一枪托子，就挣扎不起来了。遍地躺着的大都是自己的弟兄们，几乎没几个巡捕、士兵。

他却还行。他身高体壮，在三营是有名的格斗好手，有一回和特警中队的几个家伙摔跤，转眼间就把他们全摔翻了。一对一地干，他相信这些西洋鬼子都不是他的对手。

看到一个高个子士兵用刺刀捅一个倒地的弟兄，他挥着桌腿冲过去了，在高个士兵背后狠狠砸了一下，砸倒之后，马上夺走了狗东西上了刺刀的枪。

他有枪了，真正是个军人。他端着枪在混乱的人群中横冲直撞，把湿漉漉的刀刃一次又一次捅到那些西洋鬼子的躯体上。他也被一个军官模样的家伙打了一枪，是用手枪打的，打在腰眼上。他感到被谁撞了一下，身子晃了晃，还是站住了。

福音电台还在响，音量极大，不知是不是布莱迪克故意让管电喇叭的人这么干的。布莱迪克是不是想用上帝的声音掩饰这场屠杀？

他认定这是屠杀，认定在此之前布莱迪克中校表明的一切忍耐都是虚伪的骗术。狗日的想把弟兄们在饥渴和烈日下拖垮，在弟兄们大都丧失反抗能力的时候,一举冲到旗杆前,降下中国的国旗,完成他对本国政府的使命,也好向东洋鬼子交差献媚。

想到了国旗,想到了被推到旗杆前的费星沅营副,觉着自己拥有的这支枪,应该担负起保卫费营副和捍卫国旗的双重责任,遂踉踉跄跄地避开几个正在纠缠的对手,奋力向国旗前冲。

耳朵里断断续续飞进了上帝的声音:"圣灵、圣父、圣子……主耶稣的复临……按各人的行为审判人……"

脑子很乱,仿佛有一群蜂蝇在乱飞乱撞,把上帝、国旗和他执意要寻觅的费营副全搅得恍恍惚惚;冲到旗杆下,肩头被谁捅了一下刺刀都不知道。

站在旗杆下才发现,费营副就在面前。费营副瘦高的躯体紧紧贴靠在旗杆上,双手牢牢抓着系着国旗的绳索。费营副身边还站着白科群和小豁子,旗杆四周已没有几个弟兄了。

他被白科群和小豁子搀扶着站住了,枪牢牢地在手上握着,雪亮的枪刺正对着十米开外的西洋鬼子们,恨恨地准备着最后的格杀。

然而,刚刚站稳,攻上来的西洋鬼子们冲着他开枪了。他没明白过来是怎么回事,就脱开白科群和小豁子的搀扶,仰面跌倒在费星沅站立的旗杆下。

国旗还在飘,他看见了。飘荡的国旗被一片瓦蓝的天空映衬着,显得格外耀眼夺目。他大睁着眼看着那面国旗,直到它一点点融入高远的天空。

空中,上帝的声音仍轰然响着:

"上帝复临以后,要亲自与人同住,擦去他们的一切眼泪,不再有死亡,也不再有悲哀、号哭、疼痛,因为前世的事都过去了……"

十八

租界驻军司令布莱迪克中校致本国上海总领事馆:关于第九中国军人营悬升中国国旗事件的报告。军营办公室发。保密级:机密。案卷登记号:F252/6。

总领事先生:

　　我奉命向你报告下列事实:一、第九中国军人营现拘禁之三百零二名中国军人,在其少校营长林启明,上尉营副费星沅之策动下,于一九三八年八月十三日在其营区非法升起了中国国旗,始升时间为该日晨六时四十分,强行降落时间为同日下午三时五十六分。二、迫令其降旗时,我和我指挥的官兵,保持了相当的冷静和克制,力图避免不幸事件的发生。但是,由于中国军人不可思议的固执,我不得不下令动用武力。三、升旗策动者之一林启明,于升旗前被部下士兵牛康年用铁锹砍死,凶手牛康年则死于混乱的殴斗中。调查证明,致牛康年于死命者,为该营长林启明之勤务兵小豁子(李姓,无正式名字)或二连副白科群所击之两锹。二人均称对牛康年之死负责,暂无法判明,现二人已移押中央捕房。四、强行降旗的冲突中,我指挥下的步兵营士兵三十二人受伤,警务处巡捕二十三人受伤,无死亡。被拘禁之中国军人伤亡数字为:轻伤一百八十六人,重伤五十九人,死亡四人(不含林启明、牛康年)。其中中尉连长涂国强,于混乱中夺取我士兵武器,激烈抵抗,伤我官兵数人,凶残无比,被我命令击毙,其余三人均为误伤,或自身原因造成的死亡(附死亡鉴定书)。五、受伤之中国士兵已得到公平人道的治疗,升旗事件策动者费星沅,亦已移押中央捕房。

　　我建议将我的报告通过外交渠道转给日本有关当局,驳斥他们关于我租界方面怂恿中国被拘官兵反日情绪的无理指责。

上海·一九三八年八月二十六日
驻军司令布莱迪克

租界×国总领事致日本驻沪总领事日高。×国总领事馆发。外交文号:第四十七号。

日高总领事:

　　我荣幸地通知您,我本人和我国政府已注意到您和贵国政府对租界情况屡次表示的忧虑和不安。我再次向您指出,我驻沪的军事武装在中国军人营采取的措施是尽可能严格和完善的,任何违反我国中立场的激烈情绪和行动都是不被允许的。您所指出的"八·一三"悬旗事件,实出偶然,决不能视为我本人或我国政府怂恿之结果。我本人和我国军警对悬旗事件发生的第九中国军人营进行了武装弹压,有效地制止了事态的进一步扩大,表明了我国政府不可怀疑的中立立场。

　　因此,我本人和我国政府遗憾地通知您,并请您通知贵国政府:贵国政府的指责和抗议是无法成立的,将被拘之中国军人引渡给贵军事当局也是决无可能的。

　　附布莱迪克中校给我的报告一份。

上海·一九三八年八月二十九日
总领事:纳·维尔逊

　　罗斯托上尉致布莱迪克中校,事由:关于第九中国军人营继续举行精神升旗活动的报告。

中校先生：

　　我管辖下的这所拘禁营，并未因八月的流血而有所收敛。被无罪放回的上尉营副费星沅仍然率领着中国军人日常操练，并举行所谓的"精神升旗"，我感到类似八月的非法事件仍有发生的可能。因此，我要求司法当局对费星沅进行有罪判决，使其永久离开我辖下的这所军人营。

上海·一九三八年十一月二日
营主任　罗斯托

布莱迪克中校致罗斯托上尉，事由：对第九中国军人营有关事宜的回复。

罗斯托上尉：

　　我认为你犯了两个错误，首先，你将神圣的法律视为儿戏，以为有罪、无罪是可以随意制造的，嘲弄了我们公正的司法精神。其二，你以为消除了一个费星沅，第九中国军人营的麻烦就永远没有了，这无疑是可笑的。对这个营的中国军人我很了解，我本人在上海沦入日军手中的最后一个夜晚，亲眼看到他们在德信大楼（该大楼位于摩尔斯路口）如何进行英勇的战斗。事情很清楚，就是费星沅不在了，还会有其他中国军人替代他的位置。因此，我给您的忠告和命令只能是：尊重这些中国军人，在此基础上加强戒备，以谋求该营区的安全，免生新的风波。

上海·一九三八年十一月十五日
驻军司令布莱迪克

日本驻沪总领事日高致布莱迪克中校，事由：关于要求租界×国驻军制止精神升旗之类反日活动的外交信函。

布莱迪克中校：

我不断接到租界内我国侨民的报告，对被拘禁之中国军人的抗日情绪深感不安。我要指出的是，第九中国军人营的所谓"精神升旗"具有不容置疑的反日性质。这因此而引起了我大日本皇军中国派遣军上海司令部的强烈不满。我要求中校先生制止这一活动，否则一切后果当由先生和贵国军事当局负责。

上海·一九三八年十二月七日

日本驻沪总领事日高

布莱迪克中校致日本总领事日高，事由：对日高外交信函的回复。

日高总领事先生：

我非常遗憾地拒绝您的要求，并拒绝承担您所言及的所谓"后果"。我认为自悬旗事件之后，在我部下士兵及租界警员的严密看守下，中国军人并未从事也无法从事任何反日活动。您将中国军人列队注视太阳升起的和平活动称之为反日的"精神升旗"，我感到惊讶。我认为这只是一种宗教仪式，一种类似于图腾崇拜的宗教行为。我国是民主国家，政府对宗教信仰的自由是加以保护的，我无法禁止他们，您和贵国军事当局也无权以此为借口，进行挑衅性干涉。我将要求我驻沪总领事向您和贵国军事当局提出抗议。

上海·一九三八年十二月十七日

驻军司令布莱迪克

罗斯托上尉致布莱迪克中校：关于第九中国军人营上尉营副费星沅遇害过程的报告。第九中国军人营发。保密级：机密。案卷登记号F271/8。

中校先生：

　　悲惨的事件终于发生了，七日下午四时十一分，当上尉营副费星沅在小红楼前站立着和一名中国士兵谈话时，一粒从营区围墙外射入的子弹击中了费星沅的后脑，使其当场死亡。我立即率机动班士兵和值班巡捕，包围了子弹射发方向的两座建筑物，在其中一座建筑物四楼的窗前发现了两粒未及收拾的弹壳。弹道学专家纳尔逊先生证明，刺杀费星沅的凶手是在此窗前开的枪，凶手使用的武器为日制机动步枪。我怀疑这一犯罪行径为日侨或亲日之中国人所为，是对中国军人精神升旗的报复。该住所为一王姓中国商人所有，而该王姓中国商人全家在事发时不在现场，凶手是从走廊小窗爬入的。一七二号巡捕在小窗上发现了凶手落下的毛发。

　　对此严重的事故，我请求处分，并再次向您要求，下令取消您所称之为"图腾崇拜"的"精神升旗"活动。我已发现。在费星沅死去的当日，中国军人又推出了新的领袖，我已无法应付他们不惧死亡，不计后果的疯狂和固执。

上海·一九三九年六月七日

营主任　罗斯托

尾　声

　　五年以后,前中国国民革命军陆军一七七六团三营士兵李小豁子置身于上海,却不认识上海了。在他的记忆中,上海就是第九中国军人营,第九中国军人营就是上海。上海,是由高墙、铁棘和一轮升起来又落下去的太阳构成的,根本没有这么多高楼大厦,也没有如此的热闹繁华。他被眼前的景象惊呆了,恍然觉着自己的上海不见了,代之而来的是一个陌生而奇怪的世界。他弄不清楚自己是在哪儿丢了上海。

　　他要找到它,走遍所有楼厦下的街弄也要找到它。咋会找不到呢?他记得清楚着哩!那个上海在租界里,当时太平洋战争还没爆发,日本兵还不能进租界,看守他们的是西洋鬼子和安南巡捕。他们住的是一幢红砖小楼,楼北对着一座灰暗的公寓,公寓三楼上有个小姑娘。

　　小姑娘该长成大姑娘了吧?五年过去了,她如果还活着,该有十八九岁了。就是再见着她,她也不会冲着他做鬼脸了。她大概也会像霓虹灯下款款来去的太太小姐那样,足蹬"的的"作响的高跟鞋,穿着时髦的裘皮大衣,掩着鼻子从他身边擦身而过。她或许认不出他,或许不会认他,他的上海和她的上海不是一回事。

　　他的上海是不屈不降的怒吼,是军人营里用鲜血和生命升起的国旗。而她的上海则是一阵热血沸腾之后的灯红酒绿和轻歌曼舞。

　　是的,他不去找她,不去找她的上海,他要找的是自己心中的上海,那个曾拘禁过一七七六团第三营三百八十六名长官弟兄的第九中国军人营。在那里为他敬爱的营长,为殉难的弟兄烧上一把纸,献上一瓣心香。

　　是冬天的一个傍晚,寒风携着空中尚未形成雪花的细碎冰粒,扑打着他的脸孔,使他禁不住一阵阵抖颤。破开了花的棉袄裹了又裹,把袄上的麻绳扎了又扎,还是觉着寒风和雪粒在往皮肉里钻。

他忍不住在一块悬有"国货劝业公司"霓虹灯的门楼下站住了,背靠着门楼一端的水门汀墙壁,向对过的街面张望。对过的街面全是商号、店铺,他凭藉林启明营长教他认识的上千个汉字,在心里连猜带蒙地诵读着一家家商店的名号,以转移注意力,抵御寒冷的侵袭。

"新上海"、"大东亚"、"东京·大坂儿童用品酬宾抛销"、"本号统办世界东西洋各国纱丝绸缎、化妆粉脂,鞋帽衬衣"、"倡导国货,抵制英美,真正牺牲血本;中日提携,共存共荣,应付世界商战"……

真滑稽,既倡导国货,又中日提携,还他妈应付世界商战,串起来是啥意思?弄不明白。尤其是那世界商战扯得离奇……

正想着,有人踢了他一脚,还恶狠狠地骂:

"臭瘪三,滚!"

他回身看了那踢他的守门人一眼,悄然从门楼下离去了。这情形他已不是第一次碰到了,出狱五天来,他自己也不知道被人这样恶骂着驱赶了多少回。

重又站到了刺骨的寒风中,细碎的雪粒已变成了片片雪花,在街面上落了一层。

他迎着风雪,抱着肩头,寻寻觅觅向前挪,向他心中的上海挪,面前这个势利的上海不认识他,那个高墙包围着的上海却是认识他的,那里有他的营长,有他的弟兄,有他十六岁的自由梦。

然而,刚挪出那片繁华的街面,他就在一片铺着条石的弄堂口栽倒了……

醒来时已是半夜,他躺在一个拾破烂老人的怀里。老人一口口给他喂着讨来的残汤剩饭,还在他身上盖了一块印有"太平洋货栈"字样的破麻袋。身边是个垃圾箱,老人在垃圾箱靠墙的一面用几块污迹斑斑的玻璃纸撑起了一片无雪的天地。

眼圈湿润了,他嘴角抽动了半天,才对老人轻轻地说了句:

"谢谢!"

老人道：

"都到这地步了，谁谢谁呀？！"

他默然了。

老人又说：

"这大雪天，只能翻翻垃圾箱，可不敢这么乱跑，乱跑不说讨不到吃的，栽倒没准就站不起来了！"

他艰涩地道：

"我……我不是讨饭，我……我是在找……一所军人营……第……第九中国军人营，'八·一三'后，我……我在那里呆……呆了一年。"

老人一下子傻了：

"你……你参加过淞沪作战？"

他郑重地点点头。

"哪部分的？"

"一七七六团三……三营！"

老人眼中热泪直流：

"我……我也参加了淞沪作战，五十七师一六六三团的！后……后来进了第三军人营，鬼子占领租界前逃……逃了出来。"

他怔住了，睁着朦胧的泪眼，呆呆地看了老人好半天，才忘情地一头扑进老人怀里。

老人痛惜地抚摸着他的头说：

"孩子，不要去找军人营了，都……都不在了，三十年十二月太平洋战争爆发的当天，鬼子就把租界占领了，西洋鬼子全向东洋鬼子投降了，军人营的弟兄逃的逃了，没逃掉的大……大都落到了日本人手里，连咱大名鼎鼎的谢晋元团副和八百孤军也被转到了日本人的南京战俘营。孩……孩子，你……你就权当做了一场梦吧！我……我就觉着那是一场梦！"

依稀是场梦。让人揪心的梦。仿佛一切都没存在过。仿佛日晖港的激战，德信公司的坚守，都是臆想中的幻觉；仿佛从未有过什么中国军人营。他心中的上海，他和长官弟兄们为上海自由天空献上的国旗，都是世人编造的故事。

却无法说服自己。

即使以往的一切都是梦,他也依然置身于梦中无法摆脱。透过头上悬下的玻璃纸,他分明看到白皓皓的雪地上站着林启明营长、费星沅营副、鲁西平连长、涂国强连长和许许多多熟悉的长官弟兄。

雪花纷纷扬扬地落,寒风紧一阵慢一阵地刮。疯狂旋飞的雪花,把他和老人置身的世界搅得一片迷蒙浑噩。

他于那迷蒙浑噩之中,躺在老人怀里,咀嚼着旧梦,就像当年躺在林启明营长怀里一样。在老人温暖的怀里,他找到了心中的上海,觉得自己又置身于第九中国军人营了。

那时,一切真好。太阳总是鲜红的,队列总是整齐的,林营长一声"升旗"的号令,弟兄们全对着东升的太阳昂起不屈的头颅,硬挺着身板,按林营长的命令,扛起一个时代沉重的国难。是的,是一个时代的沉重国难。这是林营长说的。林营长还说,国家和民族将永远不会忘记他们,永远不会!

他自豪地微笑了,微笑中,为自己十六岁那年的铁肩膀,为自己和长官弟兄们曾共同拥有过的那段壮烈岁月,默默流下了苦涩的泪水……

作于1990年1月
2017年10月修订